U0521027

星继承者之 II

INHERIT THE STARS

温柔的伽星巨人

[英]詹姆斯·P. 霍根 著
[加]仇春卉 译

新星出版社　NEW STAR PRESS

The Gentle Giants Of Ganymede by James Patrick Hogan

Copyright © 1978 by James Patrick Hogan

This edtion arranged with THE SPECTRUM LITERARY AGENCY through BIG APPLE AGENCY, INC., LABUAN, MALAYSIA.

Simplified Chinese edition copyright:

2022 Chengdu Eight Light Minutes Culture Communication Co., Ltd.

All rights reserved.

著作版权合同登记号：01-2019-8101

图书在版编目（CIP）数据

星之继承者. 2，温柔的伽星巨人 ／（英）詹姆斯·P.霍根著 ；（加）仇春卉译. -- 北京 ：新星出版社，2021.4（2022.2重印）

ISBN 978-7-5133-4257-5

Ⅰ.①星… Ⅱ.①詹…②仇… Ⅲ.①幻想小说-英国-现代 Ⅳ.①I561.45

中国版本图书馆CIP数据核字(2021)第000365号

光分科幻文库

星之继承者Ⅱ：温柔的伽星巨人

[英]詹姆斯·P.霍根 著；[加]仇春卉 译

责任编辑：杨　猛
特约编辑：余曦赟　田兴海　姚　雪
责任印制：李珊珊
装帧设计：张广学　付　莉

出版发行：新星出版社
出 版 人：马汝军
社　　址：北京市西城区车公庄大街丙3号楼 100044
网　　址：www.newstarpress.com
电　　话：010-88310888
传　　真：010-65270449
法律顾问：北京市岳成律师事务所

读者服务：010-88310811　service@newstarpress.com
邮购地址：北京市西城区车公庄大街丙3号楼 100044

印　　刷：北京天恒嘉业印刷有限公司
开　　本：910mm×1230mm　1/32
印　　张：8.375
字　　数：210千字
版　　次：2021年4月第一版　2022年2月第九次印刷
书　　号：ISBN 978-7-5133-4257-5
定　　价：59.00元

版权专有，侵权必究；如有质量问题，请与印刷厂联系更换。

此书赠给我的妻子琳。
是她让我知道，无论站在篱笆哪一边，
我们总能在自己脚下种出更绿的草。

序　章

雷欧·托里斯是设在"伊斯卡里三号"行星赤道附近的科学观测基地的指挥官。他看完一份报告后，把最后一页合上，向后靠着椅背伸了个懒腰，心满意足地舒了口气。座椅自动进行调整，以适应他的新坐姿。他坐了一会儿，尽情享受这片刻的放松，随即站起身来，绕到书桌后面的一张小桌前。小桌上摆着一只托盘，托盘里放着几瓶饮料。他拿起其中一瓶，给自己倒了一杯。清凉的饮料很提神，一杯下肚，很快就驱散了聚精会神工作几个小时积累起来的疲劳。快结束了，他心想，只需要再熬两个月，就能永别这颗荒芜星球上的焦土和顽石，回到清爽洁净的太空。然后，他们将会穿越无尽的幽暗，在点点星光的陪伴下踏上归途。

他的营房四周簇拥着一座座半球形建筑物、天文瞭望台和通信天线。他往书房四周扫视了一圈，突然觉得身心俱疲。在过去两年里，这个地方就是他的家。他在这里执行着相同的工作程序，日复一日，月复一月，无休无止。不管这个项目当初是多么激动人心，如今他都受够了。现在，他渴望回家，一天也不想耽搁了。

他缓缓走到书房一侧，盯着面前的一堵空墙，看了足有一两秒钟。然后，他头也不回地大声说道："观景面板，透明模式。"

墙壁立刻变成了单向透视，为他展示出一幅"伊斯卡里三号"行星表面的高清景观图。近处那堆乱糟糟的建筑物和器械设备正是他们的基地，而基地边界以外则是一片荒芜的大地。红褐色的巨石和危岩一直向远处延伸，陡然消失在一条弧形的地平线上，仿佛是被一块绣着点点繁星的黑色天鹅绒幕布盖住了。在半空中，一个炽热的圆球正在无情地喷射着烈焰——这就是伊斯卡里星。它的光芒反射进来，把整个房间染成温暖的橘红色。他凝视着外面的荒野，一股渴望在心中油然而生——他多么想在蓝天白云下漫步，在和煦的暖风中自由呼吸。那是一种多么简单的幸福快乐，可是那种感觉已经完全记不起来了。是的，他渴望回家，一天也不想耽搁了。

突然，一个声音从房间里某个地方冒出来，打断了他的沉思：

"指挥官，马维尔·查理索请求接入。他说情况十万火急。"

"接通吧。"托里斯答道。他转身向着对面墙壁，看着一块几乎占满了整面墙的大屏幕。屏幕一下子就激活了，出现了呼叫人的脸部大特写。查理索是一位资深的物理学家，此刻正在天文观测台的一个测量仪器实验室里。他脸上的神情满是惊恐。

"雷欧！"查理索开门见山地说道，"你能马上下来吗？我们这回遇上大麻烦了——真是大麻烦了！"他并不需要多说半句，因为他的语气已经表明了一切。能让查理索这么惊慌失措，这个麻烦一定很大。

"马上来。"托里斯说完，立刻向房门走去。

五分钟后，托里斯来到实验室。查理索连忙迎上来，脸上的忧色比刚才又多了几分。他带着托里斯来到一个安装在一组电子设备前方的显示器前。另一位科学家郭顿·布兰泽坐在这里，面如死灰地盯着计算机屏幕上的数据分析曲线。他们走近时，布兰泽抬眼看着两人，神色凝重地点了点头。

"光球出现强发射谱线。"他说道，"吸收谱线迅速向紫外区偏移。毫无疑问，伊斯卡里星的内核变得极度不稳定，而且情况正在恶化。"

托里斯看着查理索。

"伊斯卡里星正在变成新星。"查理索解释道，"我们这个项目不知道哪里出了错，现在整颗恒星要爆炸了。光球会向外炸裂，初步计算显示，这个地方会在二十小时内遭到吞噬。我们必须立即撤退！"

托里斯目瞪口呆地看着他，完全无法相信这是事实，"不可能出错啊！"

科学家摊开双手，"也许吧，不过现在事实摆在面前。错出在哪里，这个问题你日后花多少时间去研究都可以，不过现在我们必须撤离！而且是马上撤离！"

托里斯凝视着眼前这两张神色严峻的脸，心里对他们这番话有一种本能的排斥。他的目光越过两人，盯着他们身后一块占据了整面墙的巨大屏幕，上面是一幅从一千万英里[1]之外的太空传过来的画面。画面当中有一个长三千米、直径五百米的圆柱体，那是三台巨型G射线发射器中的一台。这三台发射器是在距离伊斯卡里星三千万英里的绕恒星轨道上组建起来的，其中的轴线都经过调整，精确地对准了恒星的内核。在发射器的侧影后面，伊斯卡里星这颗喷火的巨球看起来依然很正常。可是，托里斯看着看着，脑海里突然出现一个画面：那颗巨球正在缓缓地膨胀，看着不明显，却能让人感受到强烈的危机感。

在那一瞬间，各种思绪涌上他的心头——紧急撤退这个艰巨任务像大山似的突然横在他们面前；在巨大的压力下，他几乎不可能进行理性思考；两年的心血就这样付诸东流……可是，这些情绪来

---

1. 1英里=1.609千米

得突然、去得也快，一下子就烟消云散了。身为基地指挥官的他再次站了出来。

"左拉克。"他稍稍提高声量，说道。

"指挥官？"刚才在他的房间里说话的那个声音回答道。

"马上联络'沙普龙号'飞船，报告加鲁夫总指挥，现在出现了最严重、最紧急的状况，请立刻召集探险队伍所有指挥官开会商讨对策。我请求他发出紧急呼叫，强制大家在十五分钟内上线。另外，在本基地发出全体集合警报，所有人进入待命状态，随时准备开始行动。我会去主观测台的十四号控制室，用那里的终端组上线参加紧急会议。好，就这些。"

一刻钟后，托里斯和两位科学家面对着满墙的显示屏幕，看着出席会议的同僚们。旗舰"沙普龙号"飞船位于"伊斯卡里三号"行星上方两千英里的高空，探险队总指挥加鲁夫端坐在飞船的核心区域，身边一左一右坐着两名副官。他聆听着手下汇报当前的情况，并没有提问打断他们的话。首席科学家施洛欣在旗舰的另一个区域上线出席会议，她确认在过去几分钟内，"沙普龙号"飞船上的感应器生成的读数与"伊斯卡里三号"行星表面设备的探测结果很相近，而飞船的计算机组也得出了相同的分析结果。他们没有预料到G射线发射器会在伊斯卡里星的内核引起某种灾难性的变化，破坏了其内部原有的平衡状态，导致这颗恒星开始向新星转变。现在没有时间想别的对策了，只能尽快逃跑。

"我们必须撤走驻扎在三号行星上的全体人员。"加鲁夫说道，"雷欧，我需要你先提交一份报告，列出目前能立刻调动的所有飞船，以及它们能承载的人员数目，再与你们基地总人数进行比较。一旦知道准确差额，我们就马上派飞船下去接载剩余的人员。孟查尔……"他对身处另一块屏幕的副总指挥说道，"所有外派飞船都全速返航的话,有没有航程超过十五小时的?"

"没有。最远的在二号发射器附近,十小时就能回来。"

"好。立刻下令所有外派飞船返航,强调这是最高优先级的紧急任务。如果我们刚才看到的数据是准确的话,这次要脱险,唯一的机会就是启动'沙普龙号'的主驱动器。立刻制作一张预计到达时间表,确保目的地做好接应准备工作。"

"遵命,长官。"

"雷欧……"加鲁夫把目光投向主观测台十四号控制室的屏幕,"让你手头上能调动的所有飞船都进入待飞状态,马上开始规划撤退路线,一小时后汇报进展。每个人只能带一包行李。"

"长官,有个难题需要向你汇报一下。"插话的是身处驱动器区的"沙普龙号"飞船总工程师罗格达·贾思兰。

"什么难题,罗格?"加鲁夫将脸转向另一块屏幕。

"主驱动器超环体的主减速系统还有一个故障未排除。目前整个减速系统都拆开了,在二十个小时内连装都装不回去,更别说诊断和排除故障了。所以驱动器一旦启动,就只有一个减速方法:等它按照自然规律自己慢下来。"

加鲁夫沉思了片刻,"不过还是能正常启动主驱动器的,是吧?"

"是的。"贾思兰确认道,"问题是,那些黑洞一旦开始在超环体内旋转,就会产生现象级的角动量[1]。没有减速系统的干涉,它们会自然运行好几年,速度才会减下来,然后我们才能手动关闭主驱动器。也就是说,主驱动器会全程开动,而我们没办法让它慢下来。"说到这里,他做了一个无助的手势,"飞船最后会停在哪里,谁也无法知道。"

---

1. 角动量,是和物体到原点的位移和动量相关的物理量,用来表示质点矢径扫过面积的速度大小。

"可是我们已经别无选择了。"加鲁夫指出,"因为不逃走就是死路一条。我们必须把家乡星球设置为这次航程的目的地,然后一直环绕太阳系巡航,直到速度降下来为止。除此之外,我们还有别的方案吗?"

"我知道罗格的意思了。"首席科学家突然插话道,"这件事情没那么简单。你想想,主驱动器持续不断地运行几年,我们的飞船会达到极高的速度。与伊斯卡里星系和太阳系的移动速度坐标系统相比,我们飞船的高速会产生巨大的时间膨胀效应。因为'沙普龙号'飞船处于一个加速系统内,所以船上经过的时间会比我们家乡星球经过的时间少很多。没错,我们知道最后会在哪里停下来,可是却不知道停下来时,家乡已经是哪一年了。"

"实际上,后果会比这更严重。"贾思兰补充道,"主驱动器的工作原理是产生一个局部的扭曲时空,让飞船不停地跌入其中。这个操作本身就会产生时间膨胀效应,所以这就等于两个时间膨胀效应叠加在一起,同时作用在我们的飞船上。在这种情况下,主驱动器不减速地连续运行几年,其后果是什么?我没办法告诉你——因为我印象中从来没有发生过这种事情。"

"我当然也来不及进行精确的计算。"首席科学家说道,"可如果我心算没错的话,这个复合膨胀系数应该是百万级的。"

"百万级?"加鲁夫顿时目瞪口呆。

"是的。"首席科学家用严肃的目光看着众人,"我们高速逃脱新星爆发之后,在接下来的减速过程中,船上每经过一年,外界就会流逝一百万年。"

众人沉默了许久。

终于,加鲁夫开口了,他的声音沉重而冷峻:"就算是这样也没办法,逃命要紧,我们没有别的选择了。我刚才的命令保持不变。总工程师贾思兰,立刻启动深空航行预备程序,让主驱动器进入待机状态。"

二十小时后,就在新星爆发的第一股热流开始灼烧船身外壳的那一瞬间,"沙普龙号"开足马力,全速冲向星际空间,远远地抛开了曾经被称作"伊斯卡里三号"行星的那一团灰烬。

01

  在宇宙生命周期的某个瞬间,一种叫作人类的神奇动物从树上一头栽下来,然后发现了火,发明了轮子,学会了飞行,还冲出地球,开始探索其他星球。

  从人类诞生的那一天起,他们的历史就是一片混乱。可是,人类探索和冒险的脚步从来没有停下,他们的新发现也是源源不绝、永无休止。而在漫长的前人类时代,进化过程波澜不惊,历史的画卷总是缓慢地展开,还从未发生过如此迅猛的改变。

  可以说,在很长的一段时间里,这是学界的主流观点。

  终于,人类来到了伽倪墨得斯——也就是木卫三——木星最大的卫星,并在无意中发现了一个秘密。千百年来,在人类永不满足的好奇心的考验下,幸存下来的理论寥寥无几,其中有一个就被这次发现给彻底粉碎了:在这个宇宙里,人类毕竟不是独一无二的——原来早在两千五百万年前,就存在过一个种族,他们超越了人类迄今为止取得的一切成就。

  二十一世纪三十年代初,人类开始了第四次木星载人探索计划,并首次在木星的几大卫星上建立永久驻人基地——这标志着人类正式开始对太阳系外围星球进行深度探索。木卫三轨道上的监测设备发现，这颗卫星冰层下面某个小范围区域存在着大量金属。于是，他们在该区域设立基地，插入竖井，调查这个异常现象。

在这个亘古不变的寒冰坟墓里，他们发现了一艘巨大的太空飞船。根据遗留在飞船里的骸骨，地球科学家们还原了建造这艘飞船的外星种族的原貌：他们是身高八英尺[1]的巨人，而且其科技水平比地球领先了起码一百年。按照惯例，人类根据发现地为这些外星人命名，把他们称作"伽星人"。

伽星人起源于慧神星[2]。这颗已经毁灭的星球本来位于火星与木星之间，在它爆炸时，慧神星的主体飞到了太阳系边缘，进入一条离心率极大的偏心轨道，成为后来的冥王星；而慧神星的其余碎片则在木星的潮汐效应作用下，散作了小行星带。人类科学家用多种科学技术手段进行调查，包括对小行星带采集的样本进行宇宙射线曝露测试，确认了慧神星解体是发生在五万年前——距离伽星人翱翔太阳系的年代已经很久远了。

两千五百万年前存在过一个高科技外星种族，这个发现已经很激动人心了；可是更让人兴奋——却不意外——的是，伽星人曾经来过地球！木卫三太空飞船的货舱里储存着大量人类从来没有亲眼见过的动植物——这批极具代表性的样本向人们展示了渐新世后期和中新世早期的地球生命形态。其中有些在密封罐里保存得很好，有些则是关在围栏和笼子里，而且在飞船失事的时候还是活的。

人们发现伽星人飞船时，参与"朱庇特五号"探索计划的七艘飞船还在月球轨道上进行组装。这支舰队启航的时候，随行的有一

---

1. 1英尺＝0.305米
2. 慧神星是作者虚构的一颗太阳系行星，和天文学上的小行星"慧神星"并非同一颗。

支科学家团队。他们迫不及待地前去深挖伽星人的来龙去脉——对于科学家来说，这是一个难以抗拒的诱惑和挑战。

船身长约两千米的"朱庇特五号"旗舰正在两千英里高空的轨道上绕木卫三航行。飞船上的计算机组运行了数据处理程序后，把结果输出到一个信息调度处理器。接下来，这些信息被激光束发送到位于木卫三表面主基地的一个收发器上，然后通过一系列中继站向北传输，在几百万分之一秒后到达七百英里外的坑口基地。坑口基地的计算机解码该信息，再将信号转发到其目的地：生物实验室区域某间小会议室的一个墙幕终端显示器上。于是，屏幕上出现了一系列复杂的符号，那是基因学家用来标注染色体内部结构的。在这个狭小的空间里，五个人围坐在桌子旁，全神贯注地盯着屏幕。

"看，我们直接上大图，这就是这种酶的真面目了。"说话的人身材高瘦，有些秃顶，身穿白大褂，戴着一副过时的金丝眼镜。他站在桌子前方，身处屏幕的一侧，一只手指着画面，另一只手轻轻扶着外套的翻领。这位正是来自休斯敦西木生物研究所——隶属联合国太空军团生命科学部的克里斯田·丹切克教授。他率领一支生物学家团队跟随"朱庇特五号"旗舰来到木卫三，深入研究在伽星人飞船上发现的古代地球动物。坐在他面前的几位科学家盯着屏幕上的图案，陷入了沉思。过了片刻，丹切克把他们刚才讨论了一个多小时的问题又总结了一遍：

"我希望在座各位都能看出来，我们眼前的这个画面，是某种酶的内部结构特有的分子排列。多个物种的样品组织正在'朱庇特四号'旗舰的实验室里接受检验，其中有很多都含有这种酶。我强调一下，很多物种——很多不同的物种——体内都含有这种酶……"说到这里，丹切克两只手一起扶着翻领，用充满期待的目光看着寥寥几位观众。他的声音突然压得很低，"可是我们在现代地球动物身上却找不到这种酶,甚至连与之相似或者相关的品种也没有。各位,我们目前面对的难题就是,如何去解释这些古怪的事实?"

在座最年轻的一位生物学家叫保罗·卡彭特,是一位神采奕奕的金发小伙儿。他双手往桌子边缘一推,整个人坐直了,一边用疑惑的目光左右看了看,一边摊开双手。"我看不出这里到底有什么难题。"他坦承道,"这种酶存在于两千五百万年前的动物体内,是吧?"

"没错。"坐在桌子对面的桑迪·霍姆斯轻轻地点了点头。

"也就是说,在过去的两千五百万年里,这种酶发生了变异,所以现在认不出来了。随着时间流逝,所有东西都会改变,酶也不例外。从这种酶衍生出来的品种现在也许还有,只是看起来不一样罢了⋯⋯"突然,他留意到丹切克的神色有异,"不对吗?⋯⋯为什么呢?"

教授长叹一声,显示出最大限度的耐心。"这个疑点不是已经解决了吗,保罗?"他说道,"也许是我自己一厢情愿吧⋯⋯那我再简要地陈述一遍:在过去几十年里,学界对酶的研究突飞猛进,所有种类的酶都已经分门别类地记录在案,可是我们从来没碰上过像眼前这个品种的酶。这个品种跟我们见过的所有酶都完全不一样。"

"我也不想抬杠,可是你这个结论真的正确吗?"卡彭特表示反对,"我想说的是⋯⋯仅仅在过去的一两年里,学术界已经增加了几个类别的酶,对吧?比如说,圣保罗的施耐德和格罗斯曼发现了P273B系列及其派生物⋯⋯还有英格兰的布拉多克——"

"嗨,可是你根本没听明白我的意思。"丹切克打断他的话,"没错,那些确实是新品种,不过它们都能够被归入现有的某个标准种类当中——因为这些新品种所展现出来的特性都能够准确无误地在现有的种类当中找到。"他再次伸手指着屏幕,"可是,这种酶却没有归属,它是一个全新的品种。在我看来,它也是一个全新的种类,而这个种类里面只包含这一个品种。在所有已知生命形态的新陈代谢机制当中，我们从来没有发现过类似的例子。"丹切克的目光在眼前一小圈人脸上扫过。

"众所周知，每一种动物都能归入某一科；在同一科里，我们能够认出彼此相关的物种及其先祖。而微观水平上的酶也遵循同样的规律。过往累积起来的所有经验告诉我们，就算这种酶有两千五百万年的历史，也应该能够辨认出它所属的种类的特性，从而在现有的酶当中找到与之相关的品种。然而我们找不到！依我看，这是极端反常的。"

沃尔夫冈·菲克特——丹切克手下一位资深的生物学家——揉着下巴，用充满怀疑的目光看着屏幕，"我也同意这不大可能，克里斯。"他说道，"可是你真的百分之百确定绝无可能吗？毕竟这是两千五百万年啊……也许环境因素发生了剧变，导致这种酶变得面目全非？我不知道，也许是日常饮食结构改变……诸如此类的因素吧。"

丹切克坚决地摇了摇头，"不，我敢保证，这是绝不可能的。"他举起双手，开始一根一根地掰手指，"首先，就算它变异了，也应该能认出该种类的基本结构。正如任何一种脊椎动物，我们一眼就能看出它最根本的特征。

"其次，如果这种酶只出现在一种渐新世的动物体内，那么我还有可能让步。也许这种酶真的发生了变异，生成了许多新的种类，一直流传到今天。换句话说，这个品种代表了现代某个大类的酶所共有的始祖形态。如果真是这样的话，也许我会同意这种酶发生了巨大的变异，导致始祖形态与后代之间的关系模糊化了。不过事实并非如此，这种酶出现在多个渐新世的物种体内，而且这些动物之间完全没有关系。你的提议若要成立，那么这种极小概率的变异过程必须反反复复地同时发生在多个彼此独立的物种身上。所以我能断定，这是不可能的。"

"可是……"卡彭特刚要开口，丹切克马上继续往下说道：

"第三，当今世上没有一个物种的微量化学系统中存在这种酶，可是它们都过得好好的，它们当中有许多还是伽星人飞船上面渐新世动物的直系后代。在这些直系后代里，有些分支发生了快速的变异，以适应环境和饮食结构的改变；而其他分支则没有这样的遭遇——在好几个例子当中，从渐新世的先祖进化到现代形态，整个过程很缓慢，变化的程度也很小。我们拿飞船上渐新世动物的微量化学系统与其后代的现成数据做了详细比较，结果不出所料：变化并不大，而且两者之间的联系清晰可见。先祖的微量化学系统的每一个功能都能够轻易地在后代体内辨认出来，尽管当中有些会出现一点微不足道的改变。"丹切克飞快地瞥了菲克特一眼，"其实，在进化的时间尺度上，两千五百万年并不算特别长。"

发现没有人反驳，丹切克继续说道："不过，在每一个对比的案例中总有一个例外——也就是这种酶。我们掌握的所有知识都表明，如果这种酶在先祖体内存在，那么它——或者与它很相似的变体——也能在后代的体内观察到。可是在我们观察的每一种动物体内都没有这种酶。我只能说，这种现象明明不可能发生，可是又确实发生了。"

短暂的沉默中，每个人都在仔细消化丹切克的这番话。终于，桑迪·霍姆斯提出了一个想法："有没有这样一种可能性：这种酶确实发生了剧变，却跟我们想象的正好相反？"

丹切克皱起眉看着她。

"什么意思？何谓正好相反呢？"坐在卡彭特身边的另一位资深生物学家亨利·鲁松问道。

"是这样的，"桑迪答道，"飞船上所有动物都曾经去过慧神星，对吧？它们很可能是在慧神星土生土长的，而它们的先祖正是伽星人从地球上运过去的动物。会不会是慧神星的自然环境导致它们基因突变，从而产生了这种酶呢？至少这能解释为什么现代地球动物体内都没有这种酶，因为它们和它们的先祖都没有去过慧神星。"

"但难题还是没解决。"菲克特摇了摇头，低声说道。

"哪个难题？"桑迪问道。

"为什么这种酶同时出现在许多不同种类、彼此间没有关系的渐新世动物体内？"丹切克回答，"没错，我也承认，慧神星与地球的环境差异有可能会导致来自地球的酶发生变异。"他又指着屏幕，"可是有许多个不同的物种从地球去了慧神星，各自有独特的新陈代谢属性和酶群。现在我们假设慧神星的环境里有某种条件导致那些酶发生变异——记住，不同物种有不同的酶群，而每个物种的变异过程都是彼此独立的，所以，难道你真能假设所有这些变异过程会产生同一个结果吗？"他停顿了一下，"这正是我们面临的困境！伽星人飞船里保存了许多不同物种的样本，可是每一个物种体内都含有这种酶。怎么样，你愿意重新考虑刚才提出的猜想吗？"

那位女科学家很无助地看着桌面，一秒钟后，做了一个投降的手势，"好吧……话都说到这份儿上了，我猜这种现象确实不合理。"

"谢谢。"丹切克冷冷地答道。

亨利·鲁松身体前倾，拿起放在桌面中心的水瓶给自己倒了一杯水，然后喝了一大口。而其他人则依然心事重重，仿佛都在盯着墙壁和天花板外面的世界。

"我们暂且重新审视一下几个最基本的事实，看看能不能有所突破。"亨利说道，"第一，我们知道伽星人是在慧神星上进化的，对吧？"他四周的几颗脑袋都在轻点，表示赞同。"第二，我们也知道伽星人肯定到过地球，否则他们的飞船上不可能有地球生物——除非我们假设有另外一个外星种族。不过我不打算节外生枝了，因为没理由这样做。第三，我们还知道坠毁在木卫三这里的飞船是从慧神星起飞的，而不是地球。既然这艘飞船来自慧神星，那么飞船上的地球生物必然也是来自慧神星的。这就能支持我们之前的那个假设：伽星人出于某种原因把各种各样的地球生物运往了慧神星。"

保罗·卡彭特举起一只手，"等等，我们怎么知道楼下那艘飞船是来自慧神星呢？"

"看飞船上的植物呀。"菲克特提醒他。

"噢，对啊，那些植物，我都忘了……"卡彭特的声音越来越小，最后完全消失了。

伽星人飞船上用来圈养动物的围栏和笼子里都有蔬菜饲料以及覆盖地面的植被。在飞船被冷冻起来的时候，空气中的水分也被凝结成固态，所有物体表面形成了一层坚冰，将那些植物和种子都完整地保存了下来。丹切克把种子解冻出来，成功培植出一些与地球植物完全不一样的品种——估计这就是慧神星的本土植物了。那些叶子颜色非常深——几乎是黑色——能吸收可见光谱内的每一丝阳光。看来，这些植物与科学家们通过其他独立途径获得的证据非常吻合，都证明了慧神星距离太阳相当遥远。

"我们还在研究伽星人为什么要把地球动物运到慧神星，"鲁松说道，"进展如何了？"他一边说一边张开双臂，"他们这样做肯定有原因吧？至于具体是什么原因，我不知道研究的进展如何，但我觉得跟这种酶可能会有关系。"

"很好。那我们再总结一下，到目前为止，我们对这个话题已经了解多少。"丹切克提议道。他从屏幕旁走开，坐在桌子边缘，"保罗，关于亨利这个问题，能不能跟我们讲一下你的答案是什么？"保罗挠着后脑勺，五官都挤作了一团。

"这个……"他开始说道，"首先是那条鱼，我们已经确认那是慧神星本土生物，所以就帮我们把慧神星和伽星人联系起来了。"

"好。"丹切克点了点头，看起来情绪好了一点，不像刚才那么大的火气，"请继续。"

保罗说的是一种罐头鱼，已经被确认是来自慧神星的海洋。丹切克向众人展示过，这种鱼的骨骼结构与埋在坑口基地下方飞船上的伽星人骸骨是有关联的，好比人类和猛犸象之间的关系——这就表明罐头鱼和伽星人是属于同一条进化线。因此，既然罐头鱼来自慧神星，那么伽星人自然也是了。

"你用计算机对罐头鱼进行了基础细胞化学分析，"保罗继续说道，"结果显示这种鱼天生对包括二氧化碳在内的一系列毒素有很低的抗耐性。我记得你还假设，罐头鱼的这种基础化学特性很可能是遗传自它的先祖——也就是说，可以一直回溯到慧神星早期的历史。"

"没错。"丹切克回应道，"还有呢？"

保罗犹豫了片刻，"这么说来，慧神星的陆生动物对二氧化碳的抵抗力也是很低的咯？"

"不一定。"丹切克答道，"你没有指出这个结论的推导逻辑链。在座哪位能详细说明一下？"他转头看着德国人，"沃尔夫冈？"

"要得出这个结论，必须假设'二氧化碳抗耐性低'这个特性是遗传自很久以前的先祖——在那个先祖的时代，慧神星上还没出现陆生动物。"菲克特停顿了片刻才继续说道，"然后就可以假设那个生命形态是后来所有陆生动物和海洋动物——比如说，罐头鱼——共同的先祖。在这个假设的基础上，才可以说这个特性也被遗传到了后来出现的陆生动物身上。"

"千万别忘记了你做过的假设，"丹切克强调道，"科学史上的许多问题就是由这种低级错误造成的。此外，还有一点值得我们注意：如果'二氧化碳抗耐性低'的特性确实来自慧神星进化过程的早期，而且一直延续到罐头鱼的年代，那么按照我们地球的进化学说，这是一个非常稳定的特性。这样一来，下面这个假设的可信度就增加了：在进化与分化[1]的过程中，这个特性在陆生动物当中传播开来，

---

1. 生物个体发育过程中，细胞向不同方向发展，在构造和功能上由一般变为特殊的现象。

成了陆生动物的共性,而且这个共性经过了那么多年,基本没怎么改变——这就好比地球的脊椎动物,各物种的外形和大小差异很大,可是它们的基本构造在亿万年来始终没有变过。"说到这里,丹切克把金丝眼镜摘下来,开始用手帕擦拭镜片。

"好了,"他继续说道,"我们就顺着这个假设得出结论:到了伽星人已经完全进化的年代——也就是两千五百万年前——慧神星陆地上已经存在着各种各样的本土动物,每一个物种都对包括二氧化碳在内的一系列毒素具有较低抗耐性。除此之外,还有什么线索能帮助我们判断当时慧神星上发生了什么事情呢?"

"我们知道,当时伽星人想离开慧神星,移民到别的星球。"桑迪·霍姆斯补充道,"很可能是去别的星系。"

"哦?是吗?"丹切克露齿一笑,然后对着镜片呵了口气,"我们是怎么知道的呢?"

"嗯,首先看埋在这儿地下的飞船。"桑迪答道,"根据船上货物的种类和数量,我们推测这是一艘殖民飞船,他们此行是没有回程的。还有,在那么多星球当中,这艘飞船为什么偏偏坠落在木卫三呢?他们当时不可能是飞去另一颗系内行星吧?"

"可是在慧神星公转轨道以外并没有能够殖民的星球呀。"保罗·卡彭特插嘴道,"除非你飞去别的星系吧。"

"没错。"丹切克一脸严肃地对着桑迪说道,"你刚才说'推测是一艘殖民飞船',别忘了,到目前为止,我们手头上的证据充其量只能让我们推测,而不能证实什么。基地很多人说我们现在已经知道伽星人放弃了太阳系,去别处寻找新的家园,因为慧神星大气当中的二氧化碳浓度在某种未知因素的影响下不断增加。如果我们刚才提出的假设都是正确的话,那么伽星人也和其他陆生动物一样,对二氧化碳的抵抗力很弱;这样一来,空气中二氧化碳浓度增加势必给他们带来了严重的问题。可是正如我刚才所强调的,我们并不是明确知道，只是提出了几个假设，从而推导出这样一个解释。"这时候，教授停了下来，因为他看见卡彭特想要开口说话。

"其实我们的把握不像你说的那么小吧。"卡彭特问道，"我们比较确定的是，在大约两千五百万年前，慧神星上所有陆生动物都在短时间内灭绝了……也许除了伽星人自己吧。这听起来正是'二氧化碳浓度增加，本土生物无法适应'带来的后果。所以说，我们的假设还是有事实根据的。"

"我觉得保罗说得有道理。"桑迪·霍姆斯插话道，"这个理论完全说得通。再者，我们一直以来都在猜测伽星人把地球物种运上慧神星的原因，而这个理论也跟那个原因相吻合。"说完，她转头看着卡彭特，仿佛是在请他把剩下的故事说完。

和往常一样，卡彭特并不需要太多鼓励，便开口道："伽星人真正想做的，是用来自地球的绿色植物覆盖慧神星的表面，利用它们吸收二氧化碳和制造氧气的功能去恢复慧神星大气的二氧化碳平衡。而伽星人把地球动物也顺便带上，纯粹是为了制造一个平衡的生态系统，好让地球植物顺利活下来。正如桑迪所说的，这个理论完全说得通。"

"你其实是先有了结论，为了证明这个结论，就把证据硬塞进那个框架里。"丹切克警告道，"目前来说，有些证据是确凿的事实，而有些只是假设或者猜想。下面我们再尝试一次，把这两种证据区分开来。"于是，丹切克继续引导众人进行讨论，反复检验和印证着科学推理的原则和逻辑分析的技巧。有一个人自始至终都坐在桌子远离屏幕的一端，一边悠闲地抽着烟，一边默默地跟随众人的思路，将每个细节都记在心上。

维克多·亨特博士跟随科学家团队乘坐"朱庇特五号"旗舰来到木卫三研究伽星人飞船，至今已经过去三个多月了。在这段时间里，科研团队研究外星飞船的结构和设计，以及船上运载的物品，虽然没取得重大突破，却也采集了海量的数据。每一天，工程人员都会从飞船上拆除某些器械和设备，运到设在木卫三表面的基地，或者送到轨道上的"朱庇特四号"和"朱庇特五号"旗舰进行详细检验。在这些碎片化的测试结果当中，各种线索开始浮现。根据这些线索，研究人员也许就能描绘出一幅展现伽星人文明的画面，还能发现两千五百万年前到底发生了什么神秘事件。

而这正是亨特的工作。他来自英国，本来是一位专注于数学核子学的理论物理学家，后来联合国太空军团聘请他去休斯敦的导航通信部领导一支精英科研小团队。当其时，各个领域的专家团队都参与了研究工作——有些团队在地球上，有些在木卫三上，有些则是在木卫三附近的轨道上——而亨特团队的任务就是把各专业团队的研究结果进行关联整合。这就好比各个领域的专家们画出拼图的碎片，而亨特团队则把这些碎片拼成一幅完整的图。这个方案是亨特的顶头上司——联合国太空军团导航通信部执行总裁格雷戈·柯德维尔一手策划的。凭着这个方案，他们发现了慧神星的存在，也成功破解了这颗星球毁灭的谜团。如今在伽星人的项目上，初步迹象表明这种工作模式应该还会继续出成果。

他听着各位生物学家争论了一大圈，最后又回到了起点：还是那种陌生的酶。

"不，恐怕不行。"丹切克回答鲁松的一个问题，"我们目前还不知道这种酶具体有什么功效。它的一些反应方程式当中的某些特定函数表明，它能帮助修改或者分解某一类蛋白质分子；至于具体是哪些分子，或者这样做的目的是什么，我们就不知道了。"说完，丹切克环顾四周，鼓励在座的人继续发表意见，可是看起来大家的话都已经说完了。会议室陷入一片寂静，众人首次留意到附近某个发电机正在发出一阵阵轻微的嗡嗡声。终于，亨特挤灭了烟头，向后靠着椅背，手肘搁在扶手上。"看来这个难题还是悬而未决嘛。"他发表评论道,"酶可不是我的老本行,所以还是留给各位专家去解决吧。"

"哈?维克你还没走呀?我很欣慰。"丹切克抬眼看着桌子远端说道,"我们坐下来以后,你就没说过话。"

"既然我不能做出贡献,"亨特咧嘴一笑,"就只能聆听和汲取了。"

"听起来像是一种人生哲学嘛。"菲克特一边说一边拨弄着摆在面前的纸张,"你有很多人生哲学吧?都写在一本小红书上面?"

"言必称哲学其实也没什么,只是到最后难免会自相矛盾。"

菲克特笑了笑。"这么说来,关于这种讨厌的酶,你自认帮不上忙,所以沉默是金咯?"他说道。

亨特没有马上回答,只是抿着嘴唇侧着脑袋,看样子好像知道些什么,却在内心斗争要不要说出来。"看来……"他终于说道,"这种讨厌的酶已经让你们焦头烂额,我就不给你们额外添堵了。"他的语气半是开玩笑,可是话里显然带着刺儿。会议室里所有人都猛地转过头来盯着他。

"维克,你别吞吞吐吐的。"桑迪没好气地说道,"快老实交代。"

丹切克默默地瞪了亨特一眼,眼神里带着一点质问的意味。亨特点了点头,伸出一只手,在桌子边缘的内嵌式键盘上面输入几条指令。在木卫三远端的上空,"朱庇特五号"飞船的计算机组对他的请求做出回应,往小会议室的墙幕上传来一大堆密密麻麻、排列成圆柱形的数字。

亨特给众人时间端详这个数字圆柱体。"最近,'朱庇特五号'飞船的实验室做了一系列定量分析测试,屏幕上显示的就是结果。这些都是例行测试,目的是确认各位刚才讨论的那些动物——就是伽星人飞船上的那些——体内某些特定器官的细胞化学成分。"他停顿了一秒钟,然后继续用一种实事求是的口吻往下说道,"在这些数据里,有几个化学元素的固定组合反复出现,而且它们的比例也是恒定的。这些比例表明,它们很可能是某些常见的放射性衰变过程的产物,仿佛这种酶生成的时候,专门选择了某些特定的放射性同位素。"

几秒钟后,在座有一两个人皱起了眉头,算是对他这句话的回应。接下来,打破沉默的是丹切克。"你这是在告诉我们,这种酶有选择性地把某些放射性同位素整合进自己的结构当中?"他问道。

"正是!"

"太荒唐了!"教授斩钉截铁地说道,听那语气是绝对容不得半句异议的。亨特耸了耸肩。

"可是看来事实就是这样。你去看看那些数字呀。"

"但这种选择过程是不可能出现的!"丹切克坚持道。

"我也知道,不过它确实就摆在面前了。"

"纯化学过程是不可能区分同位素和放射性同位素的。"丹切克很不耐烦地指出,"酶是由化学过程生成的,而这些过程本身并没有能力选择特定的放射性同位素去合成酶。"不出亨特所料,对于他的提议,丹切克的即时反应当然是坚决反对、毫不妥协。他们两人紧密合作了两年多,亨特已经逐渐适应了教授的风格:每当有违背他学术信仰的新想法出现时,他就会本能地龟缩在正统学说的壁垒后面。可是亨特知道,一旦丹切克有足够时间去反思,他其实跟在座各位年轻一代科学家一样,都是富有革新精神的。所以在这一刻,亨特没有说话,而是一边心不在焉地用手指敲着桌面,一边若无其事地吹起了跑调的口哨。

丹切克等了片刻,眼看越来越不耐烦了。"化学过程是不能区分放射性同位素的。"他终于忍不住重复道,"酶,并不是这样生成的。就算你说的这种方法能够合成酶,也没有任何意义。从化学的角度看,无论是否包含放射性同位素,酶的工作原理都是一样的。你说的简直是荒谬至极！"

亨特叹了一口气，疲惫地伸出一根手指，指着屏幕。

"这不是我说的，克里斯。"他提醒教授，"是那些数据说的，事实都摆在眼前了，你自己看吧。"说着，亨特身体前倾，把脑袋一歪，同时皱起眉头，好像突然想起了一件事情。"你刚刚说什么来着？说人们为了证明自己预设的结论，硬是把证据塞进某个框架里？"他问道。

02

十一岁那年，维克多·亨特离开自己那个喧嚣混乱的家，从伦敦东边的角落搬到了伍斯特，跟叔叔婶婶住在一起。他的叔叔在亨特家族中是个异类——他是一位设计工程师，为一家顶级的计算机制造商工作。叔叔对小维克谆谆教导，为他开阔了眼界，带领他走进了那个神秘而精彩的电子世界。

年轻的维克多对形式逻辑法则很感兴趣，还如痴如狂地研究起了逻辑电路设计的各种技巧。没过多久，他就把满腔热情倾注在第一个实践项目上：他设计和制造了一个具有特殊功能的硬接线处理器，只要输入1582年——也就是格里高利历正式实施的那一年——之后的任何一天，处理器就会输出那天是星期几。第一次运行时，满怀期待的维克多屏住呼吸，打开了开关，可是系统一点反应也没有。后来他发现，原来他把一个电解电容器接反了，使得整个电源都短路了。

这次实践让他明白了两件事：第一，只要观察的方向和角度正确，你就会发现绝大部分难题都有一个简单的解决方法；第二，为了最后一刻胜利的喜悦，之前所有的辛劳努力都是值得的。其实他本就隐约明白，实践是检验真理的唯一标准；而这次经历使他对直觉更加深信不疑了。在后来的学术生涯中，他从电子学转到数学物理学，然后再转到核子学，其间一直恪守治学的各种基本原则，这些原则给他的惯性思维打下了坚实的基础。一眨眼，三十年快过去了。时至今日，亨特依然对那种紧张的感觉深深着迷：每当到了重要实验的最后关头，一切准备就绪，悬念也就愈发强烈了。

此刻，他看着文森特·卡里森对功率放大器的参数设置做最后的调整，心中突然涌出这种熟悉的紧张感。今天早上，在坑口基地的电子实验室，众人的目光都被一台从伽星人飞船里发掘出来的设备吸引住了。这东西大致是一个圆柱形，就像油桶那么大，只有寥寥几个输入和输出连接口，看起来功能不是很复杂。有一点很明显：这是一台自成一体的设备，而并非更复杂庞大的系统中的零部件。

可是，它的功能一点也不明显。坑口基地的工程师们推断说，那几个接口是电源的输入点。他们分析了这台设备上面的绝缘材料、电压钳制、保护电路、平滑电路以及滤波系统，然后推断出它用的是哪种电源。有了这些信息，他们就能够设置合适的变压器和变频器。而今天正是他们通电测试的大日子！

除了亨特和卡里森，实验室里还有另外两位工程师，这两人负责监控一套专门为这次实验组装的测量设备。其中一位名叫法兰克·托尔斯，他在放大器控制台那儿检查完毕后，退了一步，看到卡里森满意地点了点头，然后问道：

"准备好做过载测试了吗？"

"准备好了。"卡里森答道，"给它电一下。"于是，托尔斯在另一个控制台上拨了开关。随着刺耳的哐当一声，控制台后面机柜里某个断路器跳闸了。

山姆·穆伦站在房间另一端的一张操纵台前，瞥了某个读数屏一眼,"电流跳闸正常运行。"他宣布道。

"先排除短路,再输入一点低压。"卡里森告诉托尔斯。后者修改了几个控制参数,再一次拨下开关,然后扭头看着穆伦。

"上限五十。"穆伦说道,"请核对。"

"核对完毕。"托尔斯答道。

紧接着,卡里森看着亨特,"万事俱备了,维克。第一次正式通电时,我们会在电路里安装几个限流器,无论发生什么状况,这东西总会起到一些保护作用的。你想改赌注的话,这就是最后机会了,马上就不能下注啦。"

"我买定了,这宝贝可能会放音乐呢。"亨特咧嘴笑道,"就当它是个电动手风琴好了,你尽管通电吧。"

"计算机怎么样?"卡里森瞄了穆伦一眼。

"计算机正在运行,所有数据信道都正常。"

"那好吧。"卡里森搓着双手,"有请主角出场,这回是来真家伙了。法兰克——开始进度表的第一阶段。"

实验室突然陷入一片死寂,四周弥漫着一种紧张的气氛。托尔斯调整控制参数,又一次拨动开关,他所在的控制台上内置数字显示屏的读数马上就变了。

"设备上线,"他确认道,"正在消耗能量。电流已经到达限流器上限,看来还需要更多呢。"这时候,在场的每一双眼睛都转去盯着穆伦,而穆伦正在紧张地注视着计算机输出显示屏,并没有抬眼看着大伙儿,只是摇了摇头。

"一点反应也没有。跟这东西比,乌龟也会蹦迪了。"

这台伽星人设备镶在一个钢制框架里,放在一层橡胶防震垫上。固定在设备表面的几个测震器检测不到设备内部任何形式的机械运动;贴在它外壳上的高敏感采音器也没收集到可听区域和超声区域的任何声波。此外,热传感器、辐射探测器、电磁探测器、磁强计[1]、闪烁计数器，以及各式各样的天线——这么多的仪器，竟然什么也检测不到。托尔斯试着在某个范围内改变电源频率，可是很快大家就意识到，无论他怎么改变输入值，这东西都不会有动静的。亨特走到穆伦身边，仔细端详着输出显示屏的读数，一句话也没说。

"看来我们要给它加把火才行。"卡里森评论道，"法兰克，第二阶段。"于是托尔斯加大了输入电压值，紧接着，穆伦的一块屏幕上面立马出现了一排数字。

"第七频道上面出现信号！"穆伦告诉大伙儿，"是音频。"他在终端键盘上输入了一串短指令，然后凝视着辅助显示器上面出现的一个波形，"这是一个带有严重偶次谐波畸变的周期波，低振幅……基波频率大约72赫兹。"

"72赫兹，那就是输入电源的频率呀。"亨特嘟囔着说道，"也许是哪里出现了共振，我们不应该过度解读。还有别的读数吗？"

"没了。"

"继续加大电压，法兰克。"卡里森说道。

随着实验向前推进，他们变得越来越小心谨慎，在每一步当中尝试的变化次数也越来越多。最终，根据输入电源的属性，他们判断这台设备已经到达饱和，正处于设计中的最佳运行状态。到这时候为止，这台设备已经消耗了大量能源，可是除了轻度的音频共振和设备外壳某些部位稍稍发热之外，测量仪器依然是冥顽不灵，半点反应也没有。整整一个小时过去了，亨特与太空军团的三位工程师对通电测试心灰意冷，开始商量采用另一种更耗时但更细致的测试方法——只是这种方法难免要将这台设备大卸八块了。他们都赞同拿破仑的看法：幸运的人之所以幸运，是因为他们敢于去碰运气——而现在，为这台设备碰一下运气总是值得的。

---

1. 用于测量地磁场的大小与方向的仪器。

其实，伽星人的设备确实造成了干扰，不过这种干扰并不是那些仪器能够测量到的。一系列由剧烈的局部时空扭曲形成的球面波从坑口基地出发，以光速向外扩散，覆盖了整个太阳系。

坑口基地以南七百英里处，木卫三主基地的地震探测仪突然像发了狂，计算机内的数据验证程序也突然中止，并发出了系统故障的信号。

而在木卫三上空两千英里处，"朱庇特五号"旗舰上的感应器一下子就盯上了坑口基地，把它定性为异常读数的源头，随即向当值主管发出警报。

在坑口基地的实验室，那台设备满功率运行了一个半小时之后，托尔斯终于切断了电源。亨特把烟头掐灭，靠在椅背上长叹一声。

"就到此为止吧。"托尔斯说道，"这样弄下去也不会有结果的，看来我们非把它拆开不可了。"

"快给十块钱！"卡里森提醒道，"看到了吧，维克——这东西哪儿能放音乐？"

"这台设备虽然不能放音乐，却也没放其他东西呀，所以这个赌局作废。"

在控制终端，穆伦按照标准的备份流程把刚才收集到的那一丁点数据储存好，关了计算机，然后过来和两人会合。

"我不明白，刚才消耗的电能都去哪儿了呢？"他皱着眉头说道，"产生的热量远远达不到那个水平呀……而且也没有别的反应……要疯了。"

"那东西里面肯定有个黑洞！"卡里森猜测道，"没错，这东西就是一个垃圾桶，而且是个超级无敌垃圾桶！"

"说得好，我下注十块钱。"亨特马上回应道。

而在三亿五千万英里之外的小行星带上，太空军团的探测机器人检测到了一连串密集而又短暂的引力异常。于是，机器人的主机立刻终止所有程序，把全系统故障诊断测试程序从头到尾运行了一次。

"不是说笑，那些简直就是迪士尼的作品！"在坑口基地公共餐厅的一角，亨特向坐在餐桌对面的同事们说道，"就在伽星人飞船里面那个房间的墙上……我还从来没见过这样的动物壁画。"

"不会吧？"坐在亨特对面的山姆·穆伦说道。

"你觉得那些动物是哪里来的？慧神星，还是别处？"

"都不是地球动物，这一点是肯定的。"亨特答道。他皱起眉头，双手在空中挥动起来，画出一个个小圆圈，"他们都色彩鲜艳，看起来……笨笨的……丑丑的。很难想象他们是从现实的进化系统中进化出来的——"

"你的意思是，他们并不适合在自然选择中存活下来？"卡里森问道。

亨特不假思索地点了点头，"是的，就是这个意思了——不适合生存。他们既没有伪装，也没有逃跑的本领或者其他能力。"

"嗯……"卡里森显得很感兴趣，却又很困惑，"有什么想法吗？"

"呵呵，想法倒是有。"亨特说道，"我们很有把握这是伽星人的保育室之类的房间，也许这就能解答我们的疑问了——这些动物本来就不是真的，只是伽星人的卡通形象罢了。"亨特停顿了片刻，然后自顾地笑了起来，"丹切克说不知道伽星人有没有以海王星给其中一头动物起名。"另外两位听了，一脸疑惑地看着亨特，"迪士尼动画里面，米老鼠的狗叫'布鲁托'，也就是冥王星嘛。不过那时候，伽星人还没有冥王星，所以这堆动物里面不可能有叫'布鲁托'的。"亨特解释道，"所以他们也许会以海王星来命名吧。"

"海王星——尼普顿！"卡里森哈哈大笑着，砰的一掌拍在桌面上,"很好听啊……想不到丹切克还能说出这样的俏皮话!"

"想不到吧?"亨特告诉他,"丹切克其实没什么,只是刚认识的时候有点儿闷;不过只要你了解他的话,就会发现这家伙其实挺好玩儿的……对了,你们几位真的应该看看那些壁画,我会打印几张拿过来给你们欣赏。其中有一头动物是亮蓝色的,身体侧面有一道一道的粉红色条纹,看起来就像一只超重的大肥猪,却又长了一根长鼻子!"

穆伦捂住眼睛做了个鬼脸。

"天哪……一想到它的尊容,我连喝酒的胃口都没了。"说着,他转头看着柜台,"法兰克滚哪儿去了?"话音刚落,法兰克就出现在他身后,手上还捧着一只托盘,上面放着四杯咖啡。他把托盘放下来,挤进座位里,开始分咖啡。

"两杯加糖加奶,一杯加奶不加糖,一杯加糖不加奶。对吧?"然后,他舒舒服服地坐下来,接过亨特递来的烟,"干杯!柜台那人说你快要走了,是吗?"

亨特点了点头,"很快就轮到我回'朱庇特五号'旗舰休假了,不过也就是休五天而已……应该是后天从主基地起飞。"

"就你一个人?"穆伦问道。

"不——我们一共有五六个人,丹切克也跟我一起去。有机会歇一歇,何乐而不为呢?"

"希望天气一直保持晴朗!"托尔斯戏谑道,"要是你错过了假期就太可惜了。这地方这么好,我都不明白迈阿密海滩有什么了不起。"

"迈阿密的好处是,那里的冰都是用苏格兰威士忌结成的。"卡里森一本正经地说道。

突然,一道阴影出现,把桌面笼罩住了。众人抬头一看,只见一个身穿花格衬衫和蓝色牛仔裤、满脸黑胡子的彪形大汉站在面前。他叫皮特·卡明斯,是位结构工程师,当初跟亨特与丹切克一起来到木卫三。他将一把椅子转过来，叉开双腿跨坐在上面，眼睛盯着卡里森。

"进展怎么样？"他问道。卡里森做了个鬼脸，摇了摇头，"还是没戏。发了一点热，有一点嗡嗡响……除此之外就没别的了。这东西，八棍子都打不出个什么来。"

"哦，太不幸了。"卡明斯很合时宜地挤出一脸同情，"这么说来，这场混乱不是你们几位的杰作咯？"

"什么混乱？"

"你们没听说吗？"卡明斯显得很惊奇，"刚才'朱庇特五号'旗舰发来一条消息，说他们监测到一些古怪的波，是从木卫三表面发出来的……源头好像就在这一带。指挥官发动坑口基地全体人员展开调查，看到底是什么引起了这次混乱。那帮家伙现在就在高塔那儿上蹿下跳，就像在鸡舍里搜捕黄鼠狼似的。"

"我敢打赌，我们刚才离开实验室时没接的那通电话就是关于这件事的。"穆伦说道，"我都告诉你肯定有重要事情了。"

"嗨！我要喝咖啡的时候，天塌下来也顾不上。"卡里森答道，"反正又不是我们弄的。"他又转头看着卡明斯，"不好意思，皮特，你改天再来问进度吧，我们今天算是颗粒无收了。"

"嗯，这整件事情都很古怪。"卡明斯摸着络腮胡子说道，"他们几乎掘地三尺了，可还是什么也没发现。"

亨特皱起眉，深深地吸了一口烟，又吹出一团烟雾，然后抬头看着卡明斯。

"那是几点发生的，皮特？"亨特问道。卡明斯听了，五官都挤成了一团。

"我得想想——哈，应该是在一小时以内。"接着，他转身向坐在另一张桌子旁的三个人喊道："喂，杰德，'朱庇特五号'几点监测到灵异怪波的？你知道吗？"

"本地时间十点四十七分！"杰德喊道。

"本地时间十点四十七分。"卡明斯对本桌众人重复了一遍。

突然间，亨特一桌陷入一阵死寂当中。

"各位怎么看？"终于，托尔斯开口问道，平淡的语气里流露出一丝掩饰不住的惊奇。

"也许是巧合呢？"穆伦嘟囔着说，可是听起来连他自己也不相信这句话。

亨特的目光往在座众人的脸上扫了一圈，顿时猜到了每个人心中的想法：其实，他们都已经得出了同一个结论。于是，亨特代表大家说出了心声。

"我不相信巧合。"他说道。

五亿英里外，在月球背面的射电与光学综合天文台基地，奥托·施耐德教授正前往一间计算机制图室，看助手找他有什么事。助手报告说，一台专门用来测量来自银河系中心的宇宙引力辐射的仪器出现了前所未有的读数。这些信号很强，可奇怪的是，它们并非来自银河系中心的方向，而是来自木星附近。

而远在木卫三，亨特与三位工程师听了卡明斯的一番话，连忙赶回实验室重新评估刚才的实验。一小时后，他们打电话给基地指挥官，报告了目前的状况，并且一致同意对伽星人的这台仪器进行一次更精细、更全面的测试。接下来，托尔斯与穆伦重新检查之前收集的数据，而亨特与卡里森就在坑口基地四处游走，使出各种手段，软硬兼施，坑蒙拐骗，好歹弄了几台地震监测仪回来。最后，他们在一间仓库里找到了一些合适的探测头——这些本来是三英里外一个地震监测站的备件，现在被他们征用了。一切准备就绪后，四人开始计划下午的实验安排。这时候，他们的情绪愈发激动，好奇心也越来越强烈了。假如这台设备真是引力脉冲发射器,那么它是干什么用的呢?

距离木卫三十五亿英里处,在天王星平均轨道附近,一台监控计算机的通信子处理器接收到某条信号后,激活了一个代码转换例行程序,然后将一条最优先级信息传送给了主系统监控器。

它接收到的信息来自一个标准17号马克3B型的遇险信标。

03

  地表运输机平稳地爬升,冲出了永远笼罩着坑口基地的那团甲烷和氨的迷雾,然后恢复水平方向,往南方飞去。在接下来的两个小时里,下方是亘古不变的苍莽冰原,就像一片波涛翻滚的大洋。不时有一团团阴沉的雾霭涌上来,如海浪般把运输机淹没。木星悬在空中,如同一只色彩斑斓的大圆盘,散发着宁静的光芒。冰层上不时出现一座座奇峰突起的黑色巨石,在木星光辉的映照下,给枯燥的荒原平添一分诡异的质感。终于,机舱屏幕显示前方地平线上出现了一簇银色的尖塔,大概有六七根,都直立着指向天空,仿佛在守护着木卫三主基地——那些正是热核动力的"织女星"大型运输飞船。

  在主基地休整过后,亨特一行与其他同去"朱庇特五号"旗舰的旅客一起登上一艘"织女星"飞船。很快,他们就飞上了太空;身后的木卫三迅速缩小,变成一颗平平无奇的光滑雪球。前方,一个亮点逐渐变长变大——终于,"朱庇特五号"旗舰现形了。这个庞然大物有两千米长,独自悬浮在茫茫太空里,使人一见就心生敬畏。

"朱庇特四号"旗舰在上周已经离开,此去将永久地环绕木卫四飞行。在计算机和停泊雷达的指引下,"织女星"飞船飞进了一个像巨型洞穴似的前部降落区,轻轻地停了下来。几分钟内,所有乘客都走进了这座巨大的钢铁城市。

丹切克一下子就没影儿了——他迫不及待地跑去跟"朱庇特五号"的科学家们讨论坑口地球动物样本研究工作的最新进展。亨特则心安理得地彻底放纵,什么也不干,偷了整整一天闲。在从地球来木卫三的漫长旅途里,他跟"朱庇特五号"的许多船员混得很熟。这次回来,亨特去找他们喝酒聊天,听他们讲说不完的精彩故事。此外,他还在看不到尽头的长廊和空旷的甲板上无拘无束地闲逛,尽情享受那种久违了的自由时光。一天下来,亨特觉得自己早已彻底陶醉在无穷的欢乐当中。这次重返"朱庇特五号",他仿佛离家又近了一点,也离他熟悉的一切又近了一些。在某种意义上,他确实已经回到了家。这是一个人造的小小世界,一个飘浮在无尽虚空当中的生命孤岛,是一个给予他光明和温暖的地方。一年多以前,当他在月球上空首次登船时,这里只是一个陌生的、冷冰冰的金属壳;可如今在他眼里,这里已经成了地球的一部分。

第二天,亨特先去探访飞船上的科学界人士,接着去船上一个超豪华的健身中心锻炼一番,然后又到游泳池里享受清凉。辛劳过后,他去酒吧痛饮了一杯啤酒,又想着晚饭去哪里吃。巧合的是,一位医疗官下了班也在酒吧小酌,两人就聊起天来。她叫雪莉,说着说着就发现她竟然是剑桥大学的校友,两人当年的住处走路还不到两分钟。亨特和雪莉都惊叹世事这么巧,然后友谊之花说开就开了。于是他们一起吃饭,晚上继续聊天、欢笑、喝酒,然后又接着喝酒、欢笑、聊天。到了午夜,两人依然如胶似漆,显然是没法说再见了……第二天早上,亨特觉得神清气爽——他已经很久没有感觉这么好了,长时间的压抑可是不健康的。亨特突然想,雪莉能让人感觉这么好，真是一位称职的医疗官……

　　第三天，他终于去找丹切克了。这两年来，亨特和丹切克精诚合作，率领科研团队取得了重大成果，在全世界范围内获得无数赞誉，两人也成了聚光灯下的名人。"朱庇特五号"任务的总指挥名叫约瑟夫·B.香农，在十五年前全球去军事化之前是一位空军上校。他听说亨特和丹切克回来度假，就邀请两人共进午餐。于是两人根据日程安排，在飞船上一天过半的时候，来到总指挥的餐厅，坐在了一张餐桌前。饭后，两人一边享受白兰地和雪茄，一边从各自的角度和香农聊起这两年来震动科学界的重大发现——查理和月球人。从轰动程度来看，这两个发现绝对能跟伽星人相媲美。

　　至于伽星人，当时木卫三坑口基地的竖井钻透冰层，发现了巨大的飞船，伽星人的谜团这才浮现出来。而在此之前，人们在月球表面发现了一些蛛丝马迹，表明远在人类进化之前，太阳系就存在着一个先进的高科技种族。按照用发现地命名的惯例，这个种族被称作"月球人"。研究表明，他们的鼎盛时期是在大约五万年前，也就是更新世冰期的最后一个冰段。研究人员在哥白尼环形山附近的乱石堆和洞穴里发现了一具身穿太空服的尸体——查理。查理保存得很完整，是他们发现的第一个月球人。他为研究人员提供了很多线索，最终月球人的历史就是以他为起点重新构建的。

　　研究证实了月球人根本就是人类，每一个细节都是。确认了这个事实之后，接下来的难题就是：如何解释月球人的出处。他们也许是源自地球，不过月球人的文明是出现在当代人类之前，所以无人知晓；或者他们是来自地球以外的某颗星球。除此之外，就再也没有别的可能性了。

　　可是在很长一段时间内，这两个可能性看起来都能够被排除。一方面，如果一个先进的社会曾经在地球上繁荣昌盛过，那这么多个世纪以来，考古发掘肯定能发现大量证据。而另一方面，如果假设他们在别处起源的话，就必须引入平行进化的概念——而这个假设严重违反了广为学界接受的随机变异和自然选择的原则。因此，月球人既不可以来自地球，也不可能来自别处，所以是不可能存在的——而他们又确实是存在的。为了解开这个未解之谜，亨特和丹切克被撮合在一起，再加上全世界各大科研机构成百上千位顶级专家，所有人都全情投入，一眨眼两年就过去了。

"克里斯从一开始就坚持说查理——当然还包括其他月球人——跟我们一样，是从同一个先祖那里进化而来的。"亨特一边吞云吐雾一边说道，香农全神贯注地听着，"我不想和他争辩，只是对从那个说法推出的结论不敢苟同。按照那个结论，他们必须是源自地球。如果他们真的源自地球的话，就肯定会留下蛛丝马迹。可是我们什么遗迹也没发现。"

丹切克一边苦笑，一边呷了一口酒。"确实是。"他说道，"如果我没记错的话，早期我俩开会时的交流，应该怎么形容来着……很直接，很激烈。"

香农听了，眼中闪过一丝亮光。虽然丹切克很小心，言辞很委婉，可香农能想象那几个月里，两人是如何唇枪舌剑、针锋相对的。

"我记得当时也听说了。"香农点头回应道，"可是那时候各种各样的报道满天飞，很多记者自己也糊里糊涂的，所以我们根本不可能知道背后到底发生了什么事情。你第一次意识到月球人其实来自慧神星，是在什么时候？"

"说来话长呀。"亨特答道，"在很长一段时间里，整个项目毫无头绪，你想象不到当时多混乱。我们发现得越多，那些信息就越显得自相矛盾。让我回忆一下……"他停下来揉了揉下巴，"自从查理出土之后，我们又陆续发现了更多月球人的残骸和遗迹。研究人员对它们做了各种各样的测试，得出了五花八门的数据片段。当然，查理本身——包括他的太空服、背包等物品——还有新发现，在第谷环形山等地找到的各种零碎信息也陆续涌来。终于，各种线索开始慢慢整合，我们根据这些线索，逐渐构建出一幅慧神星的全貌图，而且竟然还相当完整。最后，我们甚至想出办法，相当精确地定位了慧神星当时的位置。"

"你加入航通部的时候，我刚好驻扎在得克萨斯州的加尔维斯顿。"香农告诉亨特，"你说的这部分故事，当时很多媒体都有报道。我记得《时代周刊》还给你做了专访，题目叫《休斯敦的福尔摩斯》。可是刚才你说的那些进展似乎并没有解决问题，可否给我讲一下，就算你发现他们是源自慧神星，可又是怎么解决平行进化难题的呢？不好意思，我还是不太明白。"

"没错。"亨特确认道，"那些信息只能证明慧神星这颗星球确实存在，却不能证明月球人是在上面进化的。正如你所说，还有平行进化的难题没解决呢。"他把雪茄往烟灰缸上一弹，摇着头叹了口气，"当时真是各种各样的理论都有啊。有人说地球有个远古的文明殖民慧神星，然后跟母星断绝了来往。有人说他们是在慧神星独立进化，然后经过某种不为人知的进程，最终与地球的人类殊途同归……各种狂想都冒出来了。"

"不过在那个节骨眼儿上，我们碰上了特别好的运气。"丹切克插话道，"'朱庇特四号'的同事们发现了伽星人的飞船——而且是在这里，在木卫三这里。当我们确认船上有来自两千五百万年前的地球动物，一个能够解释一切的理论就成型了。最后的结论让人难以置信，却是合情合理的。"

香农拼命点头，表示这个答案也符合他心中的猜想。

"没错，只能是那些动物。"香农说道，"我就是这样想的。月球人的先祖是被伽星人从地球运到慧神星的——如果这一点不确认的话，你是不可能把月球人和慧神星联系起来的，对吧？"

"也不全对。"亨特答道，"当时我们已经设法找到了月球人和慧神星的联系——也就是说，我们知道他们跟慧神星确实有瓜葛——可是我们不知道他们怎么能在慧神星那里进化。不过有一件事情你说对了，伽星人在很久以前运送的这些动物，确实在最后解开了这个疑团。只是当时我们必须首先把伽星人跟慧神星联系起来。你知道吧，我们刚开始的时候只知道伽星人有一艘飞船坠毁在木卫三，却不知道这飞船是从哪里来的。"

"没错，当然了，那里没有任何证据表明伽星人跟慧神星有关系，对吧？那么最后你是依靠什么走上正确方向的呢？"

"我必须承认，这次也是依靠好运气。"丹切克说道，"在月球上有一个被摧毁的月球人基地，我们在食物仓库里找到了一条保存完好的罐头鱼。我们成功证明了这条鱼是慧神星本土的生物，是被月球人带上月球的。而且从解剖学角度对罐头鱼和伽星人骸骨进行比较之后，我们发现两者是有关联的。这就意味着伽星人与罐头鱼属于同一条进化线。既然罐头鱼来自慧神星，那么伽星人自然也就是来自慧神星了。"

"因此这艘巨型飞船也是来自慧神星。"亨特指出。

"而那些动物也必然是来自慧神星。"丹切克补充道。

"但那些动物是怎样从地球去到慧神星的呢？答案只有一个：是伽星人把它们运过去的。"亨特总结道。

香农听了这一连串的结论，仔细想了一会儿。"是的，我明白了。"他终于说道，"这样一来，那些难题都能解释清楚了。余下的部分，大家都很清楚：地球的动物被分成了两个相互隔绝的群落——一个始终在地球上，另一个则被伽星人带到了慧神星上，而后者也包括了灵长目动物。在接下来的两千五百万年里，慧神星上的灵长目动物当中有一些进化成了人类，也就是后来的月球人。"说到这里，香农把雪茄剪灭，双手平放在桌面上，看着两位科学家，"至于伽星人，"他说道，"在两千五百万年前，他们全部消失了……他们到底遭遇了什么呢？关于这个问题，你们团队快找到答案了吧？给我提前透露一点儿行吗？我真的很感兴趣。"

丹切克两手一摊。

"相信我，我现在最大的愿望就是能满足你这个愿望。不过实话实说，我们在这个方向上还没有取得大的进展。你说得对，伽星人确实消失了；可是与此同时，慧神星上所有陆生动物也在很短时间里灭绝或者消失了。外来的地球动物取代了它们，在慧神星上繁衍壮大。最终，月球人出现了。"教授再次摊开双手，"至于伽星人遭遇了什么，其中的原因如何，这些问题依然悬而未决。当然了，我们也有一些理论，也可以说，我们能够想出一些可能的解释。最普遍的说法就是，当时空气中的毒素——尤其是二氧化碳——含量激增。这对本土动物是致命的，对外来的地球动物却没有影响。不过老实说，我们手头上的证据距离'确凿'二字还差得很远。两三个月前，我对这个说法还挺有信心的，可是昨天我跟你们飞船上的分子生物学家们聊了一下，现在我的信心也动摇了。"

香农流露出一点失望的神色，不过还是很豁达地接受了现实。他还没来得及进一步发表评论，一位身穿白色制服的服务员就走到餐桌这里，把空的咖啡杯收起来，又擦拭着洒在桌面上的烟灰和面包屑。三人向后靠在椅背上，让出点空间给服务员干活。香农抬头看着他。

"早上好，亨利。"他很随意地说道，"今天过得愉快吧？"

"哈哈，我没什么可抱怨的，长官。我以前的雇主可比不上太空军团呢。"亨利兴高采烈地答道。亨特听出了他的东伦敦口音，心中一动。"我经常说，改变总是有好处的。"

"你以前是做什么工作的，亨利？"亨特问道。

"航空公司的空少。"

这时候，亨利转移阵地，开始收拾隔壁的桌子。香农与两位科学家对视着，把脑袋朝服务员的方向扬了一下。

"亨利很厉害。"他稍稍压低声音说道，"你们从地球来的路上始终没有听说过他吗？"另外两人一起摇头，"他是'朱庇特五号'的现任国际象棋冠军。"

"天哪！"亨特顺着香农的目光看过去，对这个人的兴趣又多了一分，"这么厉害？"

"他从六岁开始下棋，"香农告诉两人，"天赋极高，如果全身心投入的话，可能会赚大钱呢。不过，亨利说他宁愿把下棋当作兴趣爱好。我们飞船上的首席领航员日夜钻研，做梦都想把冠军头衔从亨利手上抢走。可是我私下跟你们说吧，我觉得他需要很多运气才有那么一丁点儿可能击败亨利。问题是在国际象棋中，运气实在是一个无足轻重的因素，对吧？"

"确实是。"丹切克确认道，"亨利真了不起！"

这时候，香农瞥了饭厅墙上的挂钟一眼，然后张开双臂扶着餐桌边缘，表示午餐结束了。

"好了。"他说道，"这次终于结识两位，还有幸听到两位妙语连珠，真的很愉快，也很感激。我觉得从现在开始，我们应该定期碰一下头才好。我马上就要去开一个会，不过我记得答应过让两位参观飞船的指挥中心。如果两位准备好了，我们这就可以出发了。我会介绍两位认识海特船长，他会做两位的向导。那之后嘛，很不好意思，我就得失陪了。"

于是一行人乘坐一个传送舱，沿着某条传送管道前往飞船的另一个区。十五分钟后，两人已经站在了舰桥上。在他们四周，有三面堆满了让人眼花缭乱的终端组、控制台和监控屏。两人下方灯火通明，这正是指挥中心的全景。那一组一组的操作台，一排一排闪亮的设备，还有层层叠叠的仪器面板……这些就是整艘飞船的中枢神经，本次任务的所有活动以及飞船的一切功能，都是在这里进行操纵的。飞船与地球之间的永久性激光通信线路,飞船与木卫三表面各大基地和散落在木星系统各处的飞船之间的数据信道,导航、推进与飞行控制系统,供暖、散热、照明与维生系统,辅助计算机组,飞船上的机械系统,还有其他数不清的进程——所有这一切,都是由这个集人类最高科技于一体的指挥中心进行监管和协调的。

罗纳德·海特船长就站在两位科学家身后,等待他们把舰桥下面的景象尽数收入眼底。根据"朱庇特五号"任务的等级制度和组织架构,本次任务的所有行动都是在联合国太空军团非军事分支的指挥下进行的,而其中的最高权力就落在了总指挥香农身上。至于许多对于太空军团特别重要的职能——比如管理飞船的全体船员,在陌生的外星环境里安全高效地运作——都需要高标准的训练和纪律,只有军队模式的组织架构能够达到这种标准,于是,太空军团就建立了军事分支去实现这种需求。而这种安排以一种和平的方式满足了年轻一代相当一部分人对冒险的向往——对于年轻人来说,大规模常规军早已过时了,最好永远也不要提起。海特船长正是"朱庇特五号"飞船上全体官兵的总司令,他的直属上司就是总指挥香农。

"现在这里看起来挺冷清,其实平常不是这样的。"海特终于开口说话了。他走上前,站在两人中间,"你们也看到了,很多终端和控制台都没人监管。这是因为现在我们停泊在环木卫三轨道上,很多系统都处于关机或者自动监控状态,所以现在两位看到的只是最基本的船员队伍。"

"看来那边有动静。"亨特一边说,一边指着下方的一组终端。只见几名操作员正忙着观察显示屏,不时往键盘输入几个指令,或者对着麦克风说几句,或者跟身边的同事商量什么。"发生什么事情了?"

海特顺着他的手指看过去,然后点了点头,"有一艘巡航飞船已经绕木星运行了一段时间,我们正在连接它的主机。这艘飞船发射了一系列探测器，在低轨道上绕木星飞行；再下一个阶段就是要登陆木星了。我们正在给登陆探测器做准备，因为登陆任务的控制中心将会设在这里。你们看见的这批操作员只是在监控这次准备工作罢了。"船长指着右边更远一点的地方，"那边是交通控制组，负责监控环绕几颗卫星以及在卫星之间往来的所有飞船的行踪，他们才是真正的一刻不得闲。"

丹切克一直默默地观察着指挥中心，现在他终于转过头来看着海特船长，脸上露出惊奇的神情。

"我只能说两个字：佩服！"他说道，"真的很佩服。当初飞来这里的路上，在好几个场合里，我把你这艘飞船叫作'地狱装置'，真的很不好意思。现在看来，我得打自己嘴巴了。"

"你怎么叫都没关系，教授。"海特咧嘴一笑，"不过，这艘飞船绝对是有史以来最安全的装置。这里控制的所有重要功能，在另一个紧急指挥中心里都有备份。那个紧急中心设在飞船的另一个区域，就算这个指挥中心被毁，那个中心也会立即接管，依然能把你安全送回地球。当然了，万一有什么大规模灾难把两个指挥中心同时摧毁，呵呵……"他耸了耸肩，"我估计这艘飞船也不会剩下多少了。"

"确实很厉害！"教授若有所思地说道，"可是请你告诉我——"

"长官，打扰一下。"说话的是值勤驾驶员。他坐在三人身后几英尺的控制台前，海特转过头看着他。

"什么事，中尉？"

"雷达长请求通话。远程监控发现不明物体，正在高速接近。"

"激活二副的屏幕，把视像转过去，我去那里接听。"

"遵命，长官。"

"失陪一会儿。"海特低声说了一句，然后走到一个控制台前，在一张空椅子上坐下来，打开主屏幕。亨特和丹切克一起向前走了几步，站在船长身后不远处。他们的目光越过船长的肩膀，看见飞船雷达长的脸孔出现在屏幕上。

"船长，出现异常情况。"雷达长说道，"一个不明物体正向木卫三飞来，目前距离八万两千英里；速度每秒五十英里，不过正在减速；飞行方向是太阳角度278×016；航线为直线，预计到达时间为三十分钟多一点；回波强度达到七级。所有读数已经验证并确认。"

海特看着雷达长，沉默了片刻，"会不会是我们自己的飞船按照原定计划飞抵了那个区域？"

"长官，我们没有那样的计划。"

"会不会是我们的飞船偏离了原定的飞行航线？"

"不会的，长官。我们查过，每一艘飞船都报到了。"

"轨道曲线呢？"

"目前数据不足，还在监控当中。"

海特沉思了片刻，"保持在线状态，继续汇报。"然后他转头看着值班员，"召集值勤的舰桥船员各就各位。通知总指挥，舰桥会与他联络，请他准备接电话。"

"遵命，长官。"

"雷达长，"海特把目光移回面前的屏幕，"把光学扫描仪接上激光测距系统，追踪不明飞行物的航向，显示在3-B5号屏幕上。"海特停顿了一下，再次转头对值班员说道，"向交通控制发出警报，所有发射无限期延后，原计划在一小时内降落'朱庇特五号'的所有飞船一律在外围候命。"

"你需要我们回避吗？"亨特低声问道。海特转头看着他。

"噢，不用。"他说道，"请留下来，也许你们能看看我们是怎样行动的。"

"那是什么？"丹切克问道。

"不知道。"海特脸色凝重，"我们从来没见过这样的东西。"

时间一分一秒地流逝，舰桥上的气氛也越来越紧张。在船长下令之后不久，当值船员就三三两两地赶过来，在各个终端和控制台前坐好。四下很安静，空气中充满了疑惑和焦虑。整个舰桥就像一台上好机油、调试完毕的机器，早已准备就绪，静静等待着……

远程望远镜传回来的信息经过光学扫描仪的分析，展现出一幅独特的、让人无法解读的图像：那是一个圆形的物体，似乎有四个凸出物，形成一个十字形。这四个凸出物的其中两个比另外两个长一点，也稍稍厚一点。这东西有可能是一只圆盘，也可能是一个椭球体，甚至可能是别的形状，而这个图像只是它顶端的截面……反正从这个画面是没办法分辨出来的。

很快，环绕木卫四飞行的"朱庇特四号"旗舰就通过激光信道传来第一幅照片。木卫四和木卫三有一段距离，两者的相对位置很适合"朱庇特四号"对不明物体进行观察——因为它与不明飞行物的预计航线之间还有一段路程。在不明物体与木卫三之间的距离迅速缩小之际，"朱庇特四号"上的望远镜得以从斜角处拍了一张照片。

当这张照片出现在"朱庇特五号"舰桥的屏幕上，在场所有人都倒吸了一口凉气。在联合国太空军团的所有飞船当中，只有"织女星"飞船是流线型设计，因为它们需要穿越星球大气层。可是照片里这艘绝对不是"织女星"飞船。它的船身线条极其流畅，机翼的曲面特别精致，给庞大的飞船平添了一种优雅的平衡感——这艘飞船不可能是地球人设计的。

海特船长难以置信地盯着屏幕，心里突然明白了这是什么，顿时哑然失色。他狠狠地咽了一下口水，环顾四周，看着一张张惊骇的脸孔。

"指挥中心全体人员立即回到各自岗位。"他下命令的时候声音很低，仿佛耳语一般，"请总指挥马上来舰桥。"

04

　　这艘外星飞船出现在"朱庇特五号"舰桥一面巨大的屏幕墙上，就如同镶进了一个画框里。它浮在虚空当中，背景的繁星正在以肉眼难以察觉的速度缓缓转动着。在过去的一个小时里，这位不速之客完全慢了下来，处在与"朱庇特五号"平行的轨道上，一同环绕木卫三巡航。两者之间只隔了五英里，所以这艘飞船的所有细节都清晰地展现在众人面前。其船身和机翼表面轮廓的线条十分流畅，外壳上没有明显的标记和花纹。不过有几处地方有点褪色，估计原来印着标志，只是都被磨蚀甚至烧焦了。实际上，这艘飞船的外观给人一种饱经沧桑的印象，仿佛它经历了一个漫长而艰苦的旅程，已经磨损得很严重了。飞船的外壳看起来很粗糙，布满凹坑；而且从船头到船尾都斑斑驳驳的，显得很丑陋，感觉整艘飞船似乎曾经遭受过高温的炙烤。

　　自从第一幅清晰的照片传进来后，"朱庇特五号"就陷入了一片忙乱之中。从照片上看不出飞船上有没有人；要是有人的话，也不知道他们此行的目的是什么。"朱庇特五号"飞船上没有任何形式的大型武器，也没有防御系统。这次任务的设计者和规划者并没有认真考虑过会遇到目前这种状况。

指挥中心的每一个岗位都安排了人；在整艘飞船的其他地方，每名船员都守卫在临时分派的紧急岗位上。所有舱壁都已经关闭，飞船的主驱动器也已经启动，处于待命状态。与木卫三表面各个基地以及附近飞船的通信已全部中断，避免暴露它们的方位。"朱庇特五号"上的各艘小飞船，只要能在短时间内起飞的，全部都飞走了，分散在外围空间里候命。其中几艘由母舰遥控，必要时可以用来发动自杀式袭击。后来，他们往外星飞船发送了信号，对方也回应了，只是"朱庇特五号"的计算机没办法将其解码，所以不知道对方在说什么。现在他们什么也做不了，只能干等着。

在一片兴奋和激动当中，亨特与丹切克两人呆呆地站着，都有点发懵了。他们其实身处一个最有利的位置，能够心无旁骛地纵观全局——因为整个舰桥上只有这两人不用担负任何职责，不用分心去处理任何事情。现场也许只有他们俩能够深思熟虑，想想眼前发生的这一系列事情到底有多么重大的意义。

在不久前，他们先是发现了月球人，后来又发现了伽星人，所有人都接受了这样一个观点：除了人类之外，宇宙中还存在着其他高科技种族。可是，现在的这番遭遇又大不一样了。与他们相距区区五英里的那艘飞船并不是史前流传至今的遗物，也不是古代失事飞船的残骸，而是一台来自另一个世界的、功能齐全、能够正常运作的机器。就在这一刻，某种形式的智慧正在对这艘飞船进行操纵和指引，而这种智慧也使飞船稳稳地、迅速地进入了目前的轨道，还积极响应了"朱庇特五号"发去的信息。不管这艘飞船上面有没有载客，这都是现代人类首次与来自外星球的智慧种族进行交流。这是人类史上最独特的一刻，无论将来的历史长卷如何展开，这一刻都是不可复制的。

香农站在舰桥中心，仰头看着主屏幕。海特站在他身边，盯住主屏幕下方的一排辅助屏幕，浏览着上面显示的各种图案及数据报告。其中一块辅助屏幕显示着副总指挥哥顿·斯托雷尔的脸，他正率领着自己的一帮副官和手下驻守在紧急指挥中心。与此同时，"朱庇特五号"不间断地向地球发送信息，详尽汇报在这里发生的一切。

"分析程序刚刚发现了新目标。"喊话的是通信官，他的控制台位于舰桥的另一边。然后，他宣布从外星飞船接收到的信号模式发生了改变，"类似K波段雷达的紧束传输，脉冲重复频率为22.34千兆赫，未经调整。"

时间过得特别慢，好不容易又过去了一分钟。突然，另一个声音说道："雷达捕捉到新目标！一个小型物体与外星飞船分离，向'朱庇特五号'飞来。外星飞船保持现有位置。"

在舰桥上观察局势的人们顿时警觉起来，紧张的情绪如浪潮般席卷着大家。如果来者是导弹的话，他们几乎是无力回天了：最近的撞击飞船在五十英里以外，就算全速飞过来拦截的话，至少也需要半分钟才能到达，海特船长根本没时间仔细计算了。

"发射'撞击一号'进行拦截！"他吼道。

一秒钟后，手下大声回话确认："'撞击一号'已发射，成功锁定目标！"

人们目不转睛地盯着各个显示器，有人脸上流下了豆大的汗珠。主屏幕还暂时无法显示这个物体的清晰图像，可是有一个辅助屏幕显示着一幅画面：两艘巨大的飞船之间确实有一个小亮点，这个小亮点开始朝着其中一方飞去。

"雷达数据显示，该物体正在以恒速靠近，每秒九十英尺。"

"'撞击一号'继续逼近，二十五秒后命中目标。"

此时的香农口干舌燥，下意识地舔了舔嘴唇。他仔细看着屏幕上不断更新的数据和报告，心里想着这些信息到底意味着什么。海特将飞船的安全置于首位,这样做是完全正确的。至于最后关头应该怎么决断,这个责任就只能由他这个总指挥一力承担了。

"相距三十英里,撞击时间十五秒。"

"目标航线恒定,速度恒定。"

"这不是导弹。"香农斩钉截铁地说道,"船长,召回撞击飞船。"

"'撞击一号',终止任务!"海特立刻下令。

"'撞击一号'解锁目标,转向离开。"

在场众人都长吁了一口气,很多人的姿势也放松下来,刚才积聚起来的紧张情绪终于释放了不少。从深空飞速赶来执行自杀式任务的那艘"织女星"飞船缓缓转了一个半径二十英里的大弯,终于消失在无穷无尽的太空黑幕里。

亨特转头看着丹切克,低声说道:"你知道吗?克里斯,这事情挺有意思的……我有位叔叔住在非洲,他说那里有些地方的风俗是用大吼大叫和挥舞长矛的方式去迎接陌生人,据说这是一种树立威信的好办法。"

"也许他们只是觉得小心为上罢了。"丹切克淡淡地回答。

当那个物体飞到两船中间的时候,"朱庇特五号"上的光学镜头终于拍到了一块亮斑。放大后的图像显示,这是一只表面没有任何凸出的光滑圆盘。跟刚才一样,这个画面并不能显示它的真正形状。这个物体继续不紧不慢地飞过来,终于在距离"朱庇特五号"半英里的地方停了下来。只见它缓缓转向,露出了整个侧面——原来只是一个鸡蛋的形状,并没有什么特别的地方。这东西大概三十英尺长,看起来是全金属质地。几秒钟后,它开始闪出明亮的白光,节奏依然是不慌不忙的。

经过紧张的讨论,众人达成了共识:这颗外星蛋是在请求进入"朱庇特五号"。考虑到与地球之间的通信延迟,他们不可能及时得到上级的指示。香农通过激光信道向地球发去一份详尽的报告,然后下令开门迎客。

他们在仓促间成立了一支迎宾队伍，立即前往"朱庇特五号"的一个停泊区。旗舰上的停泊区通常是用来给各种子飞船做维护工作的，这里有两扇巨大的外舱门，平常都是打开的，而在停泊区需要填充空气时则会闭合。停泊区内侧每隔一段距离就有一个辅助气密锁——这一系列气密锁正是从飞船主体进入停泊区的通道。迎宾队员们身穿太空服，走到停泊区的一个巨大工作台上，然后安装好闪光信号灯，让闪光的频率与外星蛋同步。

在舰桥上，众人围成一个半圆形，充满期待地注视着大屏幕上的停泊区。无尽的宇宙镶在两扇巨型外舱门的阴影之间，就像一块绣满了点点繁星的挂毯。只见那颗银色外星蛋出现在星光中，接着就飘了进来。它本来一直在闪光，但现在白光已经熄灭。外星蛋慢慢下降，最后悬浮在平台上方不远处，仿佛在小心翼翼地观察四周的环境。从近处看，外星蛋表面好几个地方都有一个圆形的凸起，就像一个个可伸缩的低矮塔楼。这些凸起缓缓转动，估计正在用摄像头或者其他设备扫描停泊区的内部环境。然后，外星蛋继续下沉，终于轻轻地降落在甲板上，距离迎宾队只有十米左右。迎宾队员们肃立不动，排成一个紧密的队形，每个人都显得惴惴不安。停泊区顶上突然亮起一盏弧光灯，把外星蛋笼罩在一片白光之中。

"好了，它已经降落了。"某个音频信道上传来副总指挥哥顿·斯托雷尔的声音——他是自告奋勇前来率领迎宾队的，"有三个降落架从它的底部伸出来。没有其他迹象表明上面有人。"

"再等两分钟。"香农对着自己的麦克风说道，"然后向前走到中点，就停在那里，动作要慢。"

"是，长官。"

六十秒后，另一盏灯打开，照亮了那群迎客的地球人——刚才有人提起，迎宾队伍在昏暗之中影影绰绰的，容易给对方以邪恶的印象，这就不太好了。可是虽然他们开了灯，外星蛋依然没有任何反应。

终于，斯托雷尔转头对手下说道："好了，时间到，我们继续前进。"

在屏幕上，那些戴着头盔的笨重身影互相簇拥着慢慢向前走。领头的那位佩戴着一枚金色肩章，正是斯托雷尔；他的两侧是两位太空军团高级军官。一行人走着走着，突然停了下来。紧接着，外星蛋侧面有一块面板流畅地滑开，露出一个八英尺高、至少四英尺宽的舱口。那群身穿太空服的人顿时僵住了，在舰桥上观察的人们也一下子紧张起来。可是接下来并没有发生什么事情。

"也许他们是纠结外交礼仪之类的繁文缛节吧。"斯托雷尔说道，"他们进入了我们的地盘，可能现在他们表示轮到我们进去了。"

"有可能。"香农表示同意。然后他低声问海特："顶上的人看到什么没有？"他是指预先埋伏在停泊区平台顶维修过道上的两名太空军团中士。于是船长调到另一个信道，与那两人通话。

"维修过道，请回答，你们从顶上看到什么了？"

"从我们这个角度刚好能看见里面。肉眼看全是阴影，可是我们用信号增强器获得一个图像，里面只是一些仪器和配件……看起来好像挺拥挤的。没东西在动，也没有生命迹象。"

"哥顿，没发现生命迹象。"香农转告停泊区的迎宾队，"看来，如果你们不想在外面等一辈子的话，就得进去看看了。希望一切顺利吧。要是发现哪怕一丁点儿可疑的地方，马上就撤，千万不要犹豫。"

"绝不犹豫。"斯托雷尔答道，"好了，弟兄们，你们也听见了。千万别说太空军团的招募广告骗人哦。米拉斯基和欧伯曼，你们跟我来；其他人原地待命。"

于是，三人开始行动了。他们离开队伍向前走，来到舱口前面，站在一条刚才从外星蛋里伸出来的小坡道旁边。这时候，另一块屏幕激活了，是跟随斯托雷尔的其中一位军官的手持摄像机。刚开始时，屏幕上是敞开的舱口和坡道的顶部；紧接着，斯托雷尔的背影就占满了整个画面。

音频信道传来斯托雷尔的声音："我来到了坡道顶部，里面的甲板下沉大约一英尺。入口隔间有一道内门，是敞开的，看起来像是一个气密舱。"这时候，手持摄像机的军官跟在斯托雷尔身后走进去，镜头拉近，画面确实跟他的描述一样。而且顶上维修过道两位中士的印象也是对的，舱里确实堆满了东西，四周很拥挤。温暖的黄色亮光从内舱门里弥漫出来，照进了气密舱。

"我准备走进内舱……"斯托雷尔停顿了一下，"里面看起来像是驾驶舱，有两张并排的座椅，都是面向前方。有可能是驾驶员和副驾驶的座位——还有各种各样的操控设备……但是没有人……还有另一扇关着的舱门，是去船尾的。这两个座位特别大，舱内其他所有东西也是按这么大的尺度设计的，肯定都是身材高大的家伙……欧伯曼，你过来这里，拍给大家看看。"

屏幕里的景物跟斯托雷尔说的一模一样。然后画面开始缓缓移动，绕着机舱内部转了一圈，近距离展示着外星人的设备。突然，亨特指着屏幕。

"克里斯！"他一边喊道，一边扯着丹切克的袖子，"那块灰色的长条形面板，上面全是开关……你看到没有？上面的标记我在哪里见过！它们是在……"

说到这里，他突然停住了。只见镜头猛地向上抬，聚焦在两张座椅正对着的一块大屏幕上。屏幕有动静了，眨眼间，画面上出现了三名外星人。"朱庇特五号"舰桥上的每个人都目瞪口呆，一句话也说不出来。

这几名外星人的外形，在场没有一个人不曾见过——下半部凸出的长脸、变宽加长的颅骨、巨大的身躯、让人难以置信的六指以及两个大拇指……当年"朱庇特四号"把详细发现传送回地球后不久，丹切克就制作了一个八英尺高的一比一伽星人骨骼模型。画家们根据模型设想伽星人的相貌并画了出来，每个人都见过这些画像。

现在大家都看到了，那些画家确实很厉害。

这些外星人正是伽星人！

05

　　从当时积累的证据看来，伽星人在两千五百万年前就离开了太阳系。他们的家乡星球在五万年前也已经不复存在，只剩下一个比海王星更偏远的大冰球，以及由它的零碎残骸组成的小行星带。既然如此，又为何会有伽星人突然出现在外星蛋的大屏幕上呢？亨特脑中闪过的第一个可能性是他们进入蛋舱的时候，激活了一个很久以前录制的视频。可是这个念头一下子就被推翻了，因为三名伽星人身后跟"朱庇特五号"的舰桥一样，也有一块大屏幕；关键是那个画面上也有一艘宇宙飞船——正是从外星飞船角度看到的"朱庇特五号"旗舰！这些伽星人是真实存在的，就在这个时空，就在那艘飞船里……只有五英里远！不过，现在已经没时间进行哲学思辨了，因为蛋舱里的局面开始发生了变化。

　　只见伽星人的面部表情突然一变——没人知道这意味着什么，不过大家普遍认为这表明他们跟地球人一样，都是大吃一惊。伽星人开始打起手势，与此同时，音频放大器传出一阵人类听不懂的说话声。外星蛋里面没有空气可以传递声波，伽星人明显是监控了迎宾队与舰桥之间的通信,然后使用了相同的频率和调制传递信息。

这时候,屏幕上的画面聚焦在站在中间的那名伽星人身上,然后一个声音再次响起,只有三个音节,听起来像是"加鲁夫"。同时,屏幕上的伽星人稍稍点了点头,这个动作流露出来的礼貌和尊严能让大部分地球人都自愧不如。"加鲁夫","加鲁夫",那名外星人的声音继续重复着这三个音节。接下来,镜头拉远了一些,三名外星人同框。然后伽星人用同样的方式介绍了另外两人。随后,他们一动不动地盯着屏幕,好像在等待着什么。

斯托雷尔一下子就明白了,于是走过去,直接站在大屏幕前说道:"斯托——雷尔,斯托雷尔。"然后他一时冲动,加了一句:"下午好。"

斯托雷尔事后承认这句话是画蛇添足,他说自己当时脑子不是太清醒。这时候,蛋舱大屏幕的画面暂时变成了斯托雷尔,屏幕内外的同一个人在大眼瞪小眼。

"斯托雷尔。"那名外星人说道。他的发音很标准,当时在场的有几个人还以为是斯托雷尔自己说的。

接下来,米拉斯基和欧伯曼轮流介绍自己。两人在狭窄拥挤的机舱里上上下下地互换位置,相当狼狈。介绍完后,屏幕上出现一系列图片,斯托雷尔用英语单词说出每一张图片上面的事物。

伽星人、地球人、宇宙飞船、恒星、臂、腿、手、脚……这样一直持续了好几分钟。很明显,伽星人主动挑起了学习外语的重担。很快地球人就意识到背后的原因了:开口说话的那位伽星人展现出超强的学习吸收能力和惊人的速记能力。他从不要求地球人重复某个定义,也从不忘记具体细节。刚开始的时候他还经常出错,可是一旦纠正过来,就绝不犯同一个错误。但画面上三位伽星人的嘴型与这个声音并不同步,估计开口说话的那位仁兄正在他们的飞船上看着这次会面。

突然，蛋舱大屏幕边的一块小屏幕上出现了一幅图：是一个小圆环，上面镶着一圈辐射状的射线，就像一个花环似的；小圆环外面有九个同心圆。

"这是什么东西？"斯托雷尔喃喃自语道。

香农的眉头皱成一团，用问询的目光环顾身边众人。

"太阳系。"亨特猜测道。香农把答案转告斯托雷尔，斯托雷尔随即告诉伽星人。然后画面变成了一个空心圆。

"这是谁？"伽星人问道。

"纠正。"斯托雷尔回应道，他已经和对方建立了一套对话的范式，"这是什么？"

"哪里用'谁'，哪里用'什么'？"

"伽星人和地球人用'谁'。"

"伽星人和地球人——统称？"

"人。"

"伽星人和地球人，'人'？"

"伽星人和地球人，都是人。"

"伽星人和地球人都是人。"

"正确。"

"非人用'什么'？"

"正确。"

"'非人'——统称？"

"物体。"

"人用'谁'，物体用'什么'？"

"正确。"

"这是什么？"

"一个圆圈。"

随后，一个点出现在圆圈的中心。

"这是什么？"那个声音问道。

"这是圆心。"

"'这'是特指，'一个'是泛指。"

"特指用'这'，泛指用'一个'。"

这时候，太阳系的图画又出现了，只是这一次圆心的标志在不断闪动。

"这是什么？"

"太阳。"

"一颗恒星？"

"正确。"

各颗行星的标志依次闪动，斯托雷尔按照顺序把它们的名字一个一个说出来。虽然双方的对话依然缓慢而笨拙，不过进步还是很明显的。在接下来的交流当中，伽星人想办法对"火星与木星之间缺少了一颗星球"的现象表达出诧异之情。其实这个问题一点也不难回答，因为地球人早就料到对方会问起。他们颇费了一番周折才成功地让伽星人知道，慧神星已经被摧毁了，如今只剩下一些碎石和冥王星。斯托雷尔跟对方提起过冥王星，伽星人当时听了自然是莫名其妙，这也是完全可以理解的。

经过反复询问和仔细验证，伽星人终于接受了现实：他们并没有误解地球人的意思。三名伽星人的情绪一下子变得很低落，连话也说不出来了。在场的地球人虽然看不懂对方的肢体语言和面部表情，却被弥漫在伽星人飞船上的无尽悲伤和彻底绝望感染了。他们长长的脸上每一个细微动作都流露着痛苦，仿佛体内的每一根骨头都被来自远古的哀号触动了——地球人完全能够体会他们心里的悲凉。

过了好一会儿，伽星人才恢复过来，重新开始对话。地球人发现伽星人对太阳系的知识都属于遥远的过去，而他们对现状的期待全部建立在这些过时信息的基础上。由此，地球人得出一个结论：正如之前所料，伽星人肯定是在很久以前就移民去了另一个星系；而他们如今突然现身，可能是一次感性的寻根之旅吧。这颗星球是他们的发源地，不过那已经是几千万年前的事情了。他们当中没有一个人亲眼见过那个地方，也许只能通过代代相传的珍贵资料去了解自己的故乡。他们长途跋涉回来寻根，却遇上这种结果，能不沮丧吗？

可是当地球人说起伽星人是从另一颗星球回到这里，还问那颗星球的具体位置时，对方却矢口否认。这些外星人似乎想说，他们这次旅程是在很久以前开始的，而出发的地点正是慧神星！这个说法当然是很荒谬的，可是这时候斯托雷尔已经舌头打结、词不达意了，只能放下这个话题，就当是存在着暂时性的交流障碍吧。这个问题无疑是会解决的，不过必须等翻译员的语言技巧进一步提高才行。

伽星人翻译员发现了"地球"与"地球人"这两个概念之间的潜在联系，于是把话题拉了回来，想确认与他对话的这个种族是否真的来自靠近太阳系的第三颗星球。当被告知确实如此时，屏幕上的伽星人突然显得很激动。三人商量了很久，他们说话的声音并没有通过音频信号传过来。可为什么这件事情引起了他们那么大的反应呢？地球人并没有问，伽星人也没有做出解释。

接下来，外星人总结说他们经过了漫长而艰苦的旅程，路上很多人生病，还有不少病死了；他们供给短缺，飞船设备年久失修，很多已经不能用了；他们也都筋疲力尽，身体、心理、情绪和精神等方面都快要崩溃了。从他们的话语中，地球人能感觉到，伽星人之所以能够经受千辛万苦，到现在还没倒下，全因心里有一个回家的信念在支撑着；可是现在，那个梦想破灭了，他们也走到了尽头。

香农让斯托雷尔继续跟伽星人对话，他自己从大屏幕前走开，并且召集了几个人——包括亨特与丹切克——围成一圈，召开一个简短的紧急会议。

"我打算派遣一支队伍登陆他们的飞船。"他低声嘱咐众人，"他们急需帮助，而现在看来唯一能帮他们的就是我们了。我会把斯托雷尔从停泊区召回来带队，因为他看来跟对方相处得不错。"然后他看了海特一眼，"船长，请准备好一艘能立刻起飞的短途运输机，选十个人给斯托雷尔带去，其中至少包括三名军官。叫他们在……三十分钟后集合做任务简报，集合地点就在那艘能最快起飞的运输机的气密锁前厅吧。当然了，每个人都要装备齐全。"

"立刻执行！"海特应道。

"哪位还有别的想法吗？"香农问在场众人。

"他们需要带手枪吗？"有位军官问道。

"不用。还有别的问题吗？"

"我有个问题。"说话的是亨特，"我要求同行。"香农看着他，神情有些犹豫，好像并没有预料到亨特会自告奋勇。"上面派我来就是专门研究伽星人的，这是我的正式任务。除了亲身接触，还有更好的研究方法吗？"

"这个……我也说不准。"香农的五官挤成一团，抓着后脑勺，看样子是在搜肠刮肚地找一个反对理由，"好像也想不出什么理由不让你去……好吧，你就去吧。"然后他转头看着丹切克，"你也去吗，教授？"

丹切克连忙摆手表示拒绝，"感谢你的好意，我心领了。今天的刺激已经够多了，再来的话就怕我这颗老心脏顶不住。而且我在这台'地狱装置'里耗了整整一年才总算找到一点儿安全感，现在要我登上外星人的飞船？我甚至连想也不敢想啊！"

海特听了咧嘴一笑，然后摇了摇头，并不答话。

"好吧。"香农的目光又一次在众人脸上扫过，看有没有别的提议,"那就这么决定了。我们立刻通知下面迎宾队的人。"然后他走回大屏幕前,把麦克风转过来,对斯托雷尔说道:"下面情况如何,哥顿?"

"挺好,我正在教他们数数呢。"

"很好。但请让别人接手,我们准备派你出去一趟,具体情况海特船长会跟你说。你要当地球大使了。"

"会涨工资吗?"

"给我们点儿时间,哥顿,我们还在研究当中呢。"香农笑了起来。这是他在很长一段时间里,第一次体会到一种轻松的感觉。

06

  他们乘坐的小型载人运输机通常在卫星和轨道空间站之间来回运送乘客。此刻，它距离伽星人飞船越来越近了。亨特坐在一条紧挨着机身侧面的长凳上，挤在两个身穿太空服的队员当中。他从这个位置能看到镶在机舱尽头的一块小显示屏，只见外面那个庞然大物正在一点点逼近。

  从近距离观察，这艘飞船的破败沧桑感比刚才更鲜明了。船身从头到尾都覆盖着褪色的斑块，不过刚才在"朱庇特五号"的屏幕上观看时，虽然有高倍数放大技术，画面还是无法还原船身的真实面貌，现在近看就很清晰了——那些斑块让亨特想起了老电影中的粗糙画质。飞船外壳上还布满了不规则的圆孔，虽然这些圆孔的尺寸各异，不过都不算很大。每个圆孔外沿都有一圈凸起，露出内层的灰色金属，就像一个迷你的月球环形山。看来这艘飞船曾被成千上万的微型颗粒以高速撞击——那速度足以让小颗粒撞穿外壳，还会释放出足够的热量把周围一圈的物质都融掉。也许这艘飞船穿越了很长一段距离，亨特想道，又或者太阳系以外的环境特别恶劣，只是太空军团至今还没机会碰见罢了。

他们现在已经知道了，这艘伽星人飞船叫作"沙普龙号"。这时候，飞船侧面早已开了一个矩形的洞，其大小足够让地球人的运输机飞进去。洞里亮着柔和的橙色灯光；洞口一条长边的中心还有一个正在闪光的白色信标。

运输机缓缓转向，对准了入口。驾驶员的声音从对讲机中传来："请各位抓好座位扶手，我们马上就要开进去了。因为没有停泊雷达，我们只能单凭目视着陆。请各位先不要去拿架子上的头盔，等停稳了再动。"

通过微调喷气发动机，运输机一点一点地往前移，终于穿过了入口。在停泊区里，有一个发着蓝黑色光泽的球根状飞行器被固定在内舱壁上，占了大部分可用空间。有两个看起来很坚固的平台以垂直于飞船主轴的角度伸出来，占据了余下的空间。其中一个平台上面并排停着两颗银色的外星蛋；另一个平台的边上立着一座信标灯，中间有足够的空间让人类飞行器毫无障碍地降落。运输机调整位置，对准平台，悬浮在平台上方十英尺的高度。然后，飞行员小心翼翼地让运输机缓缓下降，终于停在了平台上。

亨特马上就发觉情况有些古怪，但却过了好几秒钟才意识到究竟有什么不妥。他四周有几个人的脸上也露出了疑惑的神情。

他突然觉得椅子正在往上顶着自己——因为他感受到了近乎正常重力环境下的体重！可问题是，他并没有看到这里有什么机制能够造成这种效果。在"朱庇特五号"上面，有些区域利用持续旋转的方法去模拟正常的重力，有些区域则为了特殊目的专门保持着零重力状态。当某个设备需要瞄准一个固定目标——比如说，在过去几个小时里，一直跟拍"沙普龙号"飞船的摄像机——这个设备通常是安装在一个伸出来的吊杆上，这种吊杆可以通过逆向旋转来补偿飞船自身旋转造成的位移，其原理就和安装在地面上的天文望远镜差不多。可是，出现在"朱庇特五号"舰桥大屏幕上的"沙普龙号"飞船，它的船身不但没有旋转，而且飞船上面也没有任何一个区域在转。此外，运输机调整自身位置开进停泊区时，与入口保持着一个相对恒定的位置，而在那一刻，背景的满天繁星都是静止不动的，这就意味着飞行员并不需要让运输机与目标保持同步旋转。因此，亨特此刻感受到自己的体重，只能表明伽星人用一种革命性的技术制造了重力的效果。真有意思！

这时候，驾驶员又开口了。他的话证实了亨特的结论。

"哈哈，今天是我的幸运日。我们成功降落啦！"都到这时候了，这位美国南方佬说话还是不紧不慢的，真是人才，"你们当中有人可能已经留意到重力了。别问我他们是怎么做到的，我只知道绝对不是模拟离心力。现在外舱门已经关闭，我们测出外面的气压正在上升，看来他们正在往停泊区灌气——也不知道他们呼吸的是什么气体。等我们做完一些测试之后，就会告诉各位需不需要戴头盔，很快就会有结果了。我们在这里还跟'朱庇特五号'保持着通信，估计是外星友人把我们的传输内容转发过去了吧。旗舰说他们已经解除了紧急状态，也恢复了与各方的通信。'朱庇特四号'发来贺电，让我们转告外星友人：他们刚才经过的时候，'朱庇特四号'全体人员曾向他们挥手致敬。"

运输机外的空气可以呼吸，跟正常的地球空气几乎一样——亨特早就料到了。这艘飞船上的空气估计和慧神星差不多，而且当年地球生物到了慧神星也发展壮大了。这时候，运输机内的众人都表现得很镇定。不时有人动一下，或者拨弄一下身上的设备，大伙儿对即将发生的事情还是充满了期待，甚至开始有点儿不耐烦了。

斯托雷尔有幸成为人类当中踏足外星飞船的第一人。他从靠近后舱的座位里站起来，等气密锁的内舱门打开，抬脚走进气密舱里，通过外舱门的透明舷窗往外看。

片刻之后，斯托雷尔向其他队员描述自己的新发现："我们所在的这个平台边缘的一面墙上有一扇门正在打开。门里面站着几个人——就是那些巨人。他们走出来了……一、二、三……一共五个。现在他们正穿过平台……"机舱内众人都本能地把脑袋转向舱壁上的显示屏，可是画面显示的却是平台的另一侧。

"没办法扫描他们。"驾驶员仿佛看穿了他们的心思，说道，"那是个盲点。现在指挥权交还给你了，长官。"斯托雷尔继续看着舷窗外，一直不说话。过了好一会儿，他终于转过身来看着舱内众人，然后深深吸了一口气。

"好了，时辰已到，按照原定计划行动。飞行员，请开舱门。"

运输机的外舱门缓缓打开，滑进了凹槽里；一截金属短阶梯翻转着落在平台上。斯托雷尔走上前，站在舱门的门框里停留了片刻，然后慢慢走了出去。担任副队长的太空军团军官早已守候在内舱门，此刻正跟在斯托雷尔身后往外走。在机舱里，亨特和其余人排成一列，一点一点地向外移动。

刚才在机舱里还没察觉，等亨特走出舱门时才发现，外面的空间其实非常巨大，感觉就像从一个小型礼拜堂走进了大教堂的中殿。

他们头顶上悬着一艘舰载子飞船的尾翼，看起来就像一座气势磅礴的抽象几何金属雕塑。其实，他们所处的并不是大片的空旷区域，毕竟这里只是一艘太空飞船的内部。可是从尾翼这里望过去，停泊区内壁远端的线条一直向外延伸，最后汇聚在看不见尽头的远方——这个景象展示了这艘飞船的真实规模，也让他们切身体会到自己所在的这个地方确实是太空科技创造的一个奇迹。

不过，这些感觉只是在亨特脑海的深处一闪而过，因为他正忙着见证历史性的一刻：人类首次与一个智慧外星种族进行面对面的交流。地球人队伍排成一行，斯托雷尔与两位军官站在稍稍突前的位置。几英尺外，一位貌似迎宾队伍首领的伽星人面对着斯托雷尔，他身后站着四位同伴。

他们的肤色是浅灰色,感觉比人类皮肤粗糙一点。那五人头发茂密,都垂到了肩膀上,不过脸上并没有毛发。当中三人——包括首领——都有着乌黑亮丽的头发,另一人的头发已经花白,还有一位的发色则是深棕色,使其面部皮肤显得微微泛红。

他们衣服的颜色五花八门,看起来没有明显的相似之处,可是基本风格却是一致的:上身是类似衬衫的宽松衣服,款式简单朴实;下身是普通的裤子,裤筒在脚踝处束紧——可见他们穿的并不是制服。每个人都穿着锃亮的厚底靴,每双靴子也是颜色各异。他们当中有几位腰上还佩着装饰性的腰带。除此之外,每个人的额头上都缠着一根很细的金色饰带,把一颗圆形的珠宝固定在前额正中心;手腕上还戴着一条金属腕带,上面嵌着一个远看像是烟盒的扁平银色盒子。从衣着打扮看不出首领跟手下有什么不同。

在接下来的重要一刻,双方面对面,默默地打量着对方,看了足足几秒钟。与此同时,运输机的副驾驶员站在地球人队伍身后的舱门口,用手提摄像机把这一幕记录下来传世。只见伽星人队伍的首领往前迈出一步,像之前在"朱庇特五号"大屏幕上的加鲁夫一样,很优雅地点了点头。斯托雷尔生性谨慎,生怕做别的动作会在无意中得罪对方,于是很干脆利落地行了一个太空军团的标准军礼。五位伽星人看了,竟然主动学他的动作还礼,让一行地球人大喜过望。可是他们的动作有点迟疑,还参差不齐,时机掌握之差劲简直让人发指,要是太空军团的新兵训练官看了肯定会号啕大哭的。

这时候,伽星人首领先开口了。他缓慢地、断断续续地说道:"我叫梅尔瑟,下午好。"

这句简单的问候注定会永垂不朽。不过在被载入史册之前,它首先被当作一个经典笑话,在地球人和伽星人当中流传了很久。梅尔瑟的声音低沉而沙哑,与之前在外星蛋里说话的那位伽星人翻译员有天壤之别，后者的咬字甚至口音都堪称完美无瑕。如此看来，这位梅尔瑟显然没有那位翻译员那么厉害。可他还是大费周折地用来宾的母语作为开场白，确实显示出了很友好的姿态。

梅尔瑟又用他的母语讲了一小段话，地球访客很谦恭地倾听着。接下来，就轮到斯托雷尔发言了。从"朱庇特五号"飞过来的一路上，他忐忑不安地期待着这一刻。他多么希望联合国太空军团的训练手册上有关于这种情况的指南啊！那些策划任务的精英拿那么高的工资，不正是应该比别人多那么一点点先见之明吗？希望后世的历史学家们在对他此刻的表现做出评价时，能够充分考虑到他面临的实际困难，对他笔下留情吧。于是斯托雷尔挺直腰板，把他在心里准备好的一小段话说了出来：

"各位友邻，各位同路人，地球人民向你们致以诚挚的问候。人类心怀和平而来，我们的理念是四海之内皆兄弟。但愿通过这次会面，我们能达成互惠的共识与协议，从此和平共处，友谊地久天长。伽星人与地球人有一个共通之处：知识。在知识的引领下，我们分别走出自己的家园，相聚在这个万物生灵共享共有的宇宙空间。希望我们两个种族从此携手合作，继续拓宽彼此的认知领域。"

斯托雷尔说完了，伽星人保持沉默，一动不动地站着，以示尊重。几秒钟后，这套初次见面的礼节才算正式结束。伽星人首领打了个手势，示意地球人跟他走，然后就转身朝着刚才他们一行人出来的那道舱门走去。另外两位伽星人跟在梅尔瑟身后，带领地球人往前走；剩下的两位伽星人则跟在大队伍后面。

他们沿着一条宽阔的过道向前走。过道的墙壁是白色的，两侧还有很多敞开的舱门。墙壁的面板以及天花板各处都漫射出均匀的灯光，把走廊照得一片明亮。地板是软的，靴子踩在上面稍稍有点往下陷。走廊里的空气显得有些冷。

一路上，三五成群的伽星人聚在一起看着队伍往前走。他们当中大部分和去迎接运输机的那几位身高差不多，可是也有几名伽星人矮很多，而且看上去身材和体质都相对比较弱，估计是处于不同年龄阶段的伽星人小孩儿。与迎宾的五人组相比，围观群众的衣着更显得款式各异、花色繁多；不过每个人都戴着相同的头饰和腕带。亨特开始怀疑这些不仅仅是装饰品那么简单。看着走廊两边的伽星人，他感到四处弥漫着一种疲倦和沮丧的气氛；而这些人身上的陈旧衣衫更是让他们多了一份落寞。墙壁和舱门上布满刮痕，应该是被无数个经过的物体碰出来的。距离墙壁稍远的地板历经磨蚀，已经变薄了——曾经有多少只脚在上面来回走动了多久呢？亨特无法想象。有些伽星人需要同伴搀扶才能勉强站立；还有些虽然能自己站，可是整个人都耷拉着，看姿势好像随时会倒下——他们的遭遇已经尽在不言中了。

这条过道很短，他们很快就走进了一条与之垂直的、更宽敞的走廊。向左右两边望去，这条走廊都是向内弯的弧形，看起来像是一条绕飞船核心区域一圈的环形通道。在他们面前是核心区域的弧形外墙，上面有一扇敞开的大门。伽星人带领他们走进大门，来到了一个直径约二十英尺的空荡荡的圆形房间里，然后大门悄无声息地关上了。房间里隐约有一种轰鸣声，像是某种看不见的机器发出的，却听不出源头在哪里。门边的墙上镶着一块面板，有些奇怪的符号在上面时隐时现。几秒钟后，亨特恍然大悟：他们身处一个巨大的电梯里，正沿着飞船核心内的一条竖井移动。和刚才一样，他完全感觉不到加速——可能这是又一个例子，再次证明了伽星人在引力工程科学领域的造诣是多么高深。

他们从电梯里走出来，穿过另一条环形通道，经过一间似乎是控制室或者仪器室之类的房间。在这个房间主通道两侧的墙边，各摆着一排控制终端、指示台和显示屏，一些伽星人正坐在其中几个位置上。总的来说，跟联合国太空军团飞船内部的仪器室相比，这里显得更干净,也没那么拥挤。那些仪器和设备好像是与地板整合在一起,而不是后来才放上去的。这个控制室的设计理念是审美与功能并重,渐进式的一体化色彩设计在黄色、橙色和绿色之间找到了微妙的平衡点,波浪形的图案从空间的一端流向另一端,整个房间不仅仅是"沙普龙号"飞船的一个功能模块,同时也是令人赏心悦目的审美对象。相比之下,"朱庇特五号"的指挥中心就显得特别粗陋和功利了。

走进控制室远端的另一道门,一行人终于来到了此行的目的地。这是一个以灰色和白色为主的梯形房间——这么古怪的形状,也许是因为这里是挤在飞船核心与外壳之间吧。在较宽的那一端,墙壁上镶着一块巨大的显示屏。屏幕下方立着一排终端控制台和设备仪表板,上面的按键和开关明显比"朱庇特五号"的类似设备少很多。这个房间中心的大部分区域都被一些类似工作台的大桌面和几台不知名的设备占满了。房间窄端的地面上升,形成一座平台。平台上有一个长条形的终端控制台,后面摆着三张巨大的空座椅,座椅就正对着房间另一端的大屏幕。这里无疑就是船长与副手们监控整艘飞船运作的地方。

平台前有一片开阔空地,上面站着四名伽星人。地球人列队面向他们,双方轮流简短致辞,把刚才的仪式又重复了一遍。礼数刚结束,发言的伽星人——也就是自称加鲁夫的那位——马上示意地球人去看陈列在一张桌面上的一些物品。他们给每名地球人配备了一件头饰和一条腕带,就是伽星人佩戴的那种;另外还有一些小物品。一位太空军团的军官犹豫着把手伸过去,伽星人纷纷打手势表示鼓励。终于,军官拿起了一件头饰仔细端详,于是其他地球人也纷纷效仿。

亨特看中一件头饰,便拿了起来,发现这东西轻若无物。镶在头饰中间的那个东西远看像是一颗宝石,近看原来是一块闪闪发亮的银色金属片，就像一枚硬币那么小。金属片正中心嵌着一个半球，看质地像是黑色的玻璃。头饰的绑带比较短，肯定套不进伽星人的大脑袋；而那块金属片上面有被破坏和简单修补的痕迹——很明显，伽星人匆匆忙忙地对这些设备进行了改造，为人类量身打造了这些特别的版本。

突然，亨特眼前出现了一只灰色的六指巨手：每片指甲都很宽，指关节十分灵活、布满老茧……这只手轻轻抓住了头饰。亨特抬起头，发现一位伽星巨人就站在他身旁，正与他大眼瞪小眼。亨特留意到这位伽星巨人的眼睛是深蓝色的，有一个又大又圆的瞳孔。他敢发誓，在那一瞬间，伽星人闪烁的目光里流露出来的是一丝温厚的笑意。亨特脑筋飞快地转动，可是还没来得及把思路整理好，头饰就已经被服服帖帖地戴上了他的脑袋。然后那位伽星人拿起桌面上其中一件小物品——一块粘在软垫上的圆形橡皮片——很轻巧地粘在了亨特的右耳垂上。这个小设备设计很巧妙，小圆片轻轻地贴在他脖子侧面骨头隆起的部位，一点也没感觉到难受。然后伽星人把另一个小设备固定在亨特的脖领上，就在太空服与头盔连接的圆圈里；这个设备上的橡皮圆片就粘在他的咽喉处。这时候，亨特意识到伽星人已经走进了地球人的队伍当中，帮助他的同伴们佩戴这些设备。他还没来得及仔细观察，身边的这位伽星人已经拿起了最后一件设备：那个戴在手腕上的装置。他向亨特演示了几次怎样给腕带调松紧——那方法确实很妙——然后就把装置固定在亨特太空服的袖口上了。这个装置的正面几乎被一块微型显示屏占满了，不过此刻这块屏幕上并没有图像。巨人指着屏幕下面一排小按钮当中的一个，开始摇头晃脑，脸上的表情也变来变去，无奈亨特完全不知道他要表达什么。接着，这位巨人转身去帮助另一位地球人——那家伙想佩戴耳机，却怎么也弄不好。

亨特环顾四周，只见许多没有任务的伽星人都聚集在房间各处默默地观看着,仿佛在耐心地等待什么事情发生。一种如梦如幻的感觉渐渐涌上亨特心头,使他有些木然……突然,他抬头发现悬在众人上方的那块全景大屏幕里有一艘飞船,正是悬浮在五英里之外的"朱庇特五号"。在这个陌生的环境里看见一件熟悉的事物,顿时把之前的木然无措一扫而光了。亨特又低头看了一眼手腕上的装置,耸了耸肩,然后按下了刚才伽星人示意的小按钮。

"我叫左拉克,下午好。"

亨特抬起头左顾右盼,想看看是谁在说话,却发现根本没有人在留意他。亨特困惑地皱起了眉头。

"谁是你?"还是刚才那个声音。亨特左右看了,又前后看,一下子就蒙了。他发现有两名地球人也和他是一样的反应,还有几位同伴开始低声地自言自语。这时候,亨特突然意识到,这声音来自耳朵里的那个小设备,而这个声音正是出自之前在"朱庇特五号"上与他们交流的那位翻译员。在这一刻,他恍然大悟:咽喉上那个设备原来是麦克风!亨特想到自己竟然和其他同伴一样,表现得那么可笑,心中不禁有点难为情。他答道:"亨特。"

"地球人对我说。我对伽星人说。我翻译。"

这完全出乎亨特的意料。他本来把自己定位成一名旁观者,无论事态如何发展,自己也不会在其中扮演多么重要的角色。可是现在,对方竟然邀请他直接参与双方的对话!亨特大感不解,一时间想不出应该说什么。

可是他也不希望给对方留下粗鲁的印象,于是问道:

"你在哪里?"

"我各个部分分别在'沙普龙号'飞船的不同地方。我不是一个伽星人。我是一台机器。我相信地球话是……计……算……机……"这声音停顿了一下,又继续说道,"没错,我说对了,我是一台计算机。"

"你怎么能那么快就查出来呢？"亨特问道。

"对不起，我还不明白这个问题。你能说简单点吗？"

亨特想了片刻。

"刚开始你不确定'计算机'的意思，可第二次你就明白了。你是怎么学会的呢？"

"飞到'朱庇特五号'的蛋舱里有个地球人正在跟我说话，我刚才问他了。"

亨特大为惊叹，因为他意识到左拉克不仅仅是计算机那么简单，它更是一个超级人工智能，能够同时进行多个独立对话，并从中汲取知识。这在很大程度上解释了为什么它对英语的理解能在短时间内取得惊人的进步，也解释了它为什么不需要对方重复就能记住对话的所有细节。以前在地球上的时候，亨特在不同场合见过最先进的翻译机器是怎样运行的；和它们相比，左拉克不知道高到哪儿去了。

在接下来的几分钟里，地球人兴致勃勃地摆弄着那些小设备，先是通过它们与左拉克交流，接着又尝试通过左拉克与别人交流。伽星人默默地站在一旁，观察着地球人练习使用这些设备。那些头饰其实是一台微型摄像机，佩戴者看到的一切都会被直接输入到"沙普龙号"飞船的计算机组里，任何一个头饰摄像机的画面都可以显示在任何一个手腕屏幕上。此外，储存计算机组内的所有能用图像表达的信息都能用手腕屏幕播放出来。"左拉克"其实是飞船计算机组的统称，它不仅提供了一种多功能的通用机制，使个人用户能够随时访问飞船的各个功能模块并与之进行互动，同时也是一个极其精密复杂的通信系统，让每个用户可以互相交流。更惊人的是，上述只是左拉克的"副业"，它的主要职责其实是对"沙普龙号"飞船上的一切功能模块进行监测和操控。这就是为什么飞船指挥中心的仪表面板和终端控制台看起来那么简洁——大部分操作指令都是通过语音向左拉克下达的。

左拉克向每位地球人介绍完自己后，众人随即言归正传。斯托雷尔与伽星人总指挥加鲁夫进行了一次实质性的对话。从讨论结果看来，"沙普龙号"似乎确实是从另一个星系飞回来的。他们在很久以前前往那个星系，目的是执行某项很复杂的科学任务。然后发生了某种灾难，他们被迫紧急撤离，完全没有时间为远程航行做准备。雪上加霜的是，飞船本身还发生了故障。而具体是什么故障，伽星人并没有解释得太清楚。回程很漫长，而且困难重重，最终导致伽星人陷入了今天的困境——他们的苦处，之前已经向地球人叙述过了。最后，加鲁夫再次强调，全体伽星人的身体与精神状态堪忧，他们迫切需要找个地方把飞船停泊下来进行休整，恢复元气，并且全面评估当前的状况。

在整个会谈过程中，双方对话的现场解说被发送到地球人的运输机，而留在运输机上的机组人员通过伽星人的中继信道把这些内容全部传回"朱庇特五号"。香农一行人站在舰桥上，密切追踪着这次对话的实况转播。

加鲁夫还没说完，香农就已经联络木卫三主基地，向指挥官下达了指令，让他准备迎接整整一飞船身心俱疲的不速之客。

07

"有一位地球人叫我'滚蛋',然后就把通信装置关了。"左拉克说道,"按他说的去做,我就必须让'沙普龙号'飞走。可是我敢肯定这不是他的原意。他到底是什么意思呢?"

亨特笑着把脑袋搁在枕头上,仰望着天花板。他回到"朱庇特五号"已经几小时了,今天忙了一整天,现在终于可以回自己舱里放松。不过,他还是继续试验操作伽星人给他的通信设备。

"这是地球人的一种说法。"他回答道,"其真实含义与字面意思不一样。当人们对某个人说的东西不感兴趣的时候,他们就会说这句话。也许他是累了想睡觉吧。可是你跟地球人交流时千万别这么说,因为它表达了一种不耐烦的情绪,甚至有点算是在骂人。"

"我明白了,好的。有没有一个单词或者短语去描述这种含义与字面意思不一致的说法呢?"

亨特叹了一口气,疲倦地捏着鼻梁,心里对小学老师们油然生出一股敬意。

"我觉得可以叫作'修辞手法'吧。"

"修辞？'辞'是话语，不是一件物品，要怎么'修'呢？难道我理解错了？"

"不，不，你没有理解错，'修辞手法'其实也是一种说法。"

"也就是说，'修辞手法'本身就是一种修辞手法咯？"

"算是吧。左拉克，我也累了。你这些英语方面的问题能不能等我以后有精力的时候再问呢？我还有一些问题想问你呢。"

"不然的话，你就会叫我滚蛋，然后关机了，是吧？"

"是的。"

"好吧。你有什么问题？"

亨特撑起上身，肩膀靠着床头，双手拢在脑后。他思考了片刻，把思路整理好了，才说道："我想问问你们飞船逃离的那颗恒星。你说那个星系里面包括了几颗行星，是吧？"

"是的。"

"你们的飞船是从其中一颗行星那里出发的吗？"

"是的。"

"所有伽星人都在很久以前从慧神星迁徙到了那颗行星，对吧？"

"不对。只有三艘母舰带着各自的舰载飞船去了，另外还有三台像宇宙飞船一样能自己驱动前进的巨型机器。伽星人不是搬去定居，而是去那里测试一个科学设想。所有人都乘坐'沙普龙号'飞船回来了，但是许多人在途中去世了。"

"你们飞去那个星系的时候，是从哪里出发的？"

"慧神星。"

"其他伽星人在哪里呢？那些没有和你们一起去那个星系的伽星人。"

"他们自然是留在慧神星上了。在那颗恒星做的实验只需要少量的科技人员。"

"你们是在多久以前离开那颗恒星的？"亨特问道。他说出这句话时，声音有些许激动。

"大约两千五百万地球年以前。"左拉克告诉他。

亨特久久说不出话来。他躺在床上，心潮澎湃，思绪汹涌。信息量实在太大，他需要时间好好消化。就在几个小时前，他与一个外星种族面对面交流了。而"智人"这个物种还没出现时，这个外星种族就早已存在了！而且他们经历了无数个难以想象的世代和纪元，直到今天竟然依然充满生机。一想到这一点，亨特就觉得惊愕无措。

他当然知道两千五百万年不是伽星人的正常寿命，这应该是相对论的时间膨胀效应。可是要产生这种规模的效应，他们必须在一段难以置信的超长时间内维持现象级的高速度。可到底是什么驱使伽星人踏上这么漫长的旅程呢？同样奇怪的是，他们明知道这样做会永远失去自己的世界、自己的生活，还有自己熟悉的一切，可是他们依然甘心去承受，这又是为什么呢？其实，双方的时间尺度相差那么大，他们在远征目的地取得的科研成果对其所属的文明是不会产生任何影响的——那么他们这次探索又有什么意义呢？不过，加鲁夫好像说过他们中途出了什么意外……

亨特竭力整理思路，总算是勉强有点条理了，然后提出下一个问题："这颗恒星距离太阳有多远？"

"那一段距离，光要走九点三个地球年。"左拉克答道。

这事情显得越来越不可思议了。以能够产生那种时间膨胀效应的高速去飞行这段距离，应该在一眨眼工夫就飞完的……当然了，这里的"一眨眼工夫"是天文学的尺度。

"伽星人知道他们会在两千五百万年后才回来吗？"亨特决定打破砂锅问到底。

"当他们离开那颗恒星时，是知道的。可是从慧神星出发去那颗恒星时，他们并不知道。他们当时不可能会料到来回两程用的时间会不一样。"

"他们去那里用了多久?"

"从太阳到那颗恒星,用了十二点一年。"

"回程却用了两千五百万年?"

"是的。他们没办法不用高速飞行。这样做有什么后果,我相信你也很熟悉了——他们绕着太阳转了无数圈。"

于是,亨特提了一个显而易见的问题:"他们为什么不慢下来呢?"

"他们慢不下来。"

"为什么?"

左拉克似乎迟疑了一下。

"电子设备无法操作。那些'毁灭一切的点'不停地转圈,没办法停下来;时空连接被扭曲,无法复原。"

"我不明白你在说什么。"亨特说着,皱起了眉头。

"我没办法解释得更清楚了,除非你能回答我一些英语方面的问题。"

"那我们暂且放下这个问题吧。"亨特想起了埋在坑口基地下面的伽星人飞船。那艘飞船与"沙普龙号"是同时代的,它神秘的驱动系统一度引起轰动,使人们浮想联翩。虽然联合国太空军团的科学家和工程师们都不能百分之百确定,可是他们怀疑使这个驱动系统移动的并不是反作用力,而是让飞船不断地跌入一个又一个人造局部时空扭曲的区域。亨特觉得以这种原理运行的驱动系统能够使"沙普龙号"持续加速,从而获得左拉克提到的那种速度。其他科学家肯定会向左拉克提出类似的问题,所以亨特决定明天再跟他们讨论好了,现在没必要继续深入探讨这个话题。

"你还记得当年的情形吗?"亨特顺口问道,"两千五百万年前,你们飞船离开慧神星的时候?"

"两千五百万年是地球时间。"左拉克指出,"在'沙普龙号'飞船上面只是过了不到二十年。是的,我什么都记得。"

"你们当年离开的是一种怎样的世界?"

"我不完全明白你的意思,怎样才算是'一种'呢?"

"嗯,举个例子,你们在慧神星上面起飞的那个地方是怎样的?陆地是平的吗?附近有水吗?伽星人有在附近修建什么建筑物吗?你能不能给我描述一下那个画面?"

"我可以直接给你看图。"左拉克提议道,"请看显示屏。"

亨特来了兴致,连忙伸手去床头柜上拿起刚才搁在那儿的腕戴装置。他把那个装置翻过来放在掌中,显示屏立刻激活了。亨特一看到那个画面,就情不自禁地吹起了口哨。他正在俯视着"沙普龙号"——或者是一艘和"沙普龙号"一模一样的飞船。不过它并不是亨特几小时前在运输机上看到的那艘外壳伤痕累累的破旧飞船,而是一座洁净锃亮的巍峨巨塔。它的外壳是毫无瑕疵的银色镜面,整艘飞船傲然矗立、直指苍穹。飞船四周是一片开阔地带,上面布满了各种各样的古怪建筑——楼房、圆柱体、管状结构、半球、天线、曲面体……它们彼此相连,聚合成一幅延绵不断的人造风景画卷。这艘飞船两侧还伫立着另外两艘飞船,后者虽然没有旗舰那么巨大,却也算是很壮观了。

从画面来看,这是一座太空港。港口上空布满了形状各异、大小不一的飞行器,其中大部分都沿着清晰界定的线路前进,就像一只只严守纪律的工蚁在空中爬行。

太空港背后是一座向高处延伸、绵延天际线几英里的大城市。虽然亨特从来没有见过这样的城市,可他知道画面里的肯定是城市,不可能是别的什么。鳞次栉比的摩天大楼、层层叠叠的高台、凌空飞渡的桥梁、流线型的坡道……所有这一切整合起来,化作一个梦幻般的实体,以欢快的姿态挑战引力、直冲云霄。整座城市仿佛是一位技艺无比精湛的宇宙艺术家在一块闪闪发亮的巨型大理石上雕塑而成的艺术品；同时，还有一些组成部分如同象牙塔似的悬浮在空中，似乎并没有与城市主体连接在一起。如此壮丽的城市，其创造者的知识水平绝对超过了人类。这无非是又一个实例，证明伽星人的科技水平对于地球科学家来说是多么的望尘莫及。

"'沙普龙号'出发前就是这样的。"左拉克告诉亨特，"另外两艘同行的飞船也在这里。后面那个地方叫作'格罗莫斯'。他们建造一个地方让很多伽星人居住，这种地方叫什么？"

"叫城市。"亨特答道，同时又觉得这个单词远不足以描述这么壮观的事物，"伽星人热爱他们的城市吗？"

"什么意思？"

"他们喜欢他们的城市吗？他们很希望再次回到家乡吗？"

"非常热爱。伽星人热爱慧神星上的一切，也热爱他们的家乡。"左拉克似乎拥有一种很完善的、举一反三的能力，"当他们逃离那颗恒星时，就知道回家的路程要走很久，所以并没有指望一切都一成不变。可是他们没料到家乡竟然不存在了。他们很悲伤。"亨特亲眼见到过伽星人的状态，知道他们确实很难过。他正要问下一个问题，左拉克却先说道："我可不可以问一些跟英语无关的问题？"

"可以，没问题。"亨特答道，"你想知道什么？"

"伽星人很不开心。他们相信慧神星是地球人毁灭的。这是真的吗？如果是的话，地球人为什么要毁灭慧神星呢？"

"不！"亨特吓了一跳，本能地否认道，"不！那不是真的！慧神星是在五万年前被毁灭的，那时候地球上还没有地球人呢！我们是后来才出现的。"

"那么，慧神星是月球人毁灭的吗？"左拉克又问道。它显然已经跟"朱庇特五号"上的其他人讨论过这个问题了。

"是的。你对月球人了解多少？"

"在两千五百万年前，伽星人把许多种类的地球生物从地球运到慧神星。接下来不久，伽星人和慧神星的所有陆生动物都灭绝了，从地球过去的动物却都活下来了。和现代地球人长得一模一样的月球人，就是从这些地球动物里'长'出来的。我就知道这么多了，都是'朱庇特五号'上的科技人员告诉我的。"

这句话提醒了亨特——有件事情他一直没想起来，直到现在才意识到：就在几个小时前，左拉克似乎完全不知道伽星人引进了大量地球物种回他们的家乡星球。为了确认，他提了另一个问题："在你们出发去那颗恒星之前，伽星人从来没有试过把地球生物运到慧神星，对吧？"

"对。"

"你知道他们有这个打算吗？"

"没听他们说起过。"

"你觉得他们有理由这样做吗？"

"不觉得。"

"这样看来，不管是什么理由，都是后来才冒出来的。"

"什么意思？"

"他们引进地球生物的理由是在你们出发后才出现的。"

"我觉得这时候我应该回答说，'我也是这样认为的'。除此之外，我计算不出别的回答方式了。"

亨特感到越来越兴奋，因为他意识到：伽星人文明到底遭遇了什么变故，这个难题对地球人和这船伽星人来说，都是一个未解之谜，同时也是一个巨大的挑战。当然了，亨特告诉自己，只要将双方掌握的知识进行汇总和整合，就一定能够找到答案。左拉克提供了那么多信息，亨特觉得也是时候把月球人的故事原原本本地告诉它了。那个故事直接导致了近年来——甚至可能是有史以来——最惊人的发现，因为它颠覆了我们对太阳系结构的传统认知，也完全改写了人类的起源。

"没错,你刚才说得对。"亨特等了一会儿才说道,"在伽星人和其他慧神星陆生动物灭绝之后,月球人从被扔在那里自生自灭的地球生物当中长——我们会说是'进化'——出来。他们用了两千五百万年的时间去进化;到了五万年前,成为一个先进的种族。他们能够制造太空飞船和机械设备,还能建造城市。有没有人告诉过你后来发生了什么事情呢?"

"没有,不过我正想问。"

"慧神星真的有一颗月球吗?"

"你说的月球,是指环绕一颗行星转动的卫星吗?"

"对。"

"这样的话,有的。"

亨特点了点头,暗自得意。他和其他地球科学家在调查月球人项目时也曾推导出这个结论。

"还有,请告诉我,"保险起见,他继续问道,"在两千五百万年前,地球有一颗月球吗?"

"没有,地球当时没有卫星。"也许亨特多心了,可是他敢保证左拉克正在学习用声调变化来渲染感情色彩。因为在这句话里面,他听出了一丝惊奇的语气。

"今天地球有一颗月球。"亨特说道,"它拥有这颗月球已经五万年了。"

"就是月球人进化成高级种族的时候。"

"正是!"

"我明白了。这两者之间明显有关联。请解释。"

"当月球人摧毁慧神星时,那颗星球爆炸,四分五裂。最大的一块成了距离太阳最远的行星——冥王星。时至今日,它还在围绕太阳转动。其他小碎片位于火星与木星之间,也在围绕太阳转动。不过我猜你已经知道了，因为当伽星人发现太阳系跟原来不一样时，显得有些意外。"

"是的，我留意到了冥王星和小行星带。"左拉克确认道，"我知道太阳系发生了变化，也发现慧神星不在了，可是我不知道具体的变化过程是怎样的。"

"慧神星的月球向太阳飞去，而当时月球人的幸存者还在上面。月球来到地球附近时被俘获，成了地球的卫星，一直维持到今天。"

"幸存的月球人肯定想办法去了地球。"左拉克插话道，"接下来，他们的人数不断增加，终于从月球人变成了地球人。这就是为什么两者看起来一模一样。除此之外，我算不出别的可能性了。我说得对吗？"

"是的，你说得对，左拉克。"亨特无奈地摇了摇头，心中大为佩服。地球科学家们花了两年时间，彼此间进行了几十年来最激烈的争论，才把各种线索拼凑起来得出一个推论，可是这台机器在没有太多数据的情况下，竟然准确无误地算出了同一个推论。"也可以说，我们相信这是对的，只是还不能确凿地证明。"

"不好意思，'确凿'是什么意思？"

"就是'肯定'的意思。"

"我明白了。我推测月球人去地球时肯定是乘坐太空飞船的，他们肯定有携带机器、设备等各种东西。我建议地球人在地球表面寻找这些东西，要是能找到，就证明你们的想法是正确的。我的结论是你们还没尝试，或者已经尝试了却还没找到。"

亨特大吃一惊——要是两年前他们遇到左拉克，肯定在一周内就能解开整个谜团了！

"你有跟一个叫'丹切克'的地球人谈过吗？"亨特问道。

"没有。我没听过这个名字。为什么这样问呢？"

"他是一位科学家，他也是像你这样推理的。目前我们还没找到月球人遗物的痕迹,不过丹切克预言总有一天会找到的。"

"地球人以前一直不知道自己是从哪里来的吗?"左拉克问道。

"最近才知道的。之前一直以为我们只是在地球上进化的。"

"月球人的先祖是伽星人从地球带去慧神星的,所以同样的物种在地球上也有。到达地球的月球人幸存者是一个先进的种族,可是地球人一直到最近才知道他们的存在,可见地球人忘记了自己是从哪里来的。我的推测是,幸存的月球人数量很少,他们忘记了所有知识,又变得不先进了。五万年后,他们重新变得先进起来,但却已经忘记了月球人。当他们不断掌握新的知识,就在地球各处发现了以前各个物种留下来的遗迹。而且他们从中发现了许多与自己的相似之处,于是就推导出自己是在地球上进化的。可是最近地球人发现了月球人和伽星人,这才推导出真相。否则他们不能解释为什么月球人和地球人看起来一模一样。"

左拉克竟然已经把整件事情的来龙去脉都弄清楚了!虽然它一上来就掌握了亨特一帮人花了很长时间才发现的几点关键信息,可是它的逻辑分析能力实在让人叹为观止。

亨特还在赞叹不已时,左拉克又说道:"我还是不知道为什么月球人摧毁了慧神星。"

"他们不是故意的。"亨特解释道,"慧神星上爆发了战争。我们相信那颗星球的地壳很薄,而且不稳定。而月球人使用的武器威力巨大,打着打着就把整个星球给炸碎了。"

"不好意思,战争、地壳、武器,这些是什么意思?"

"啊?天哪……"亨特呻吟了一声。他停下来,从放在床头柜上的烟盒里抽出一根点燃了,"一颗星球的外层——就是靠近表面的地方——比较硬,温度比较低,这就是地壳。"

"就像皮肤?"

"对,不过比皮肤更脆,很容易就裂开变成一片一片了。"

"明白。"

"当许多人聚集起来打仗,这就叫战争。"

"打仗?"

"哎……就是两个人群之间的暴力活动,人们组织起来打打杀杀。"

"杀什么呢?"

"杀另一群人啊!"

"一群月球人有组织地杀害另一群月球人?"左拉克一字一句地慢慢说道,好像很紧张,唯恐亨特会误解他的话。亨特突然觉得左拉克似乎有点困惑,甚至不敢相信受它控制的收音设备,"他们是故意这样做的吗?"

对话突然转到这个方向上,亨特感到措手不及。他开始觉得浑身不自在,甚至有点尴尬,就像一个小孩儿干了坏事,巴不得赶快抛诸脑后,却被人揪住不停地盘问。

"是的。"他只能挤出这两个字。

"可他们为什么要做这种事呢?"左拉克的语气中又流露出了感情色彩——这一次是难以置信。

"他们打仗是因为……因为……"亨特搜肠刮肚地想着该怎么回答。看来这台机器对于这方面的事情一无所知,可是那几千年的历史是何其繁复,而且充满了苦难,怎能用只言片语来概括呢?"为了保护自己这群人……抵御别的群体……"

"别的群体也组织起来去杀他们吗?"

"呃,这事情挺复杂的……不过基本上,你也可以这样说。"

"这样的话,从逻辑上讲,我刚才那个问题依然成立——为什么别的群体要做这种事呢?"

"当一群人因为某些事情惹恼了另一群人,或者两群人都想要同一件东西,或者一群人想要另一群人的土地……有时候他们就会通

85

过打仗来决定。"亨特心中暗自承认,这个解释并不充分,可是他已经尽力了。接下来是片刻的沉默,看来这个问题太复杂,连左拉克也得抓破脑袋了。

"是不是所有月球人的脑子都有毛病?"左拉克终于问道。它显然是通过严密推理找到了一个原因——一个可能性最大的原因。

"我们相信他们是一个生性残暴的种族。"亨特答道,"可是在他们那个年代,月球人面临着灭绝的危机——就是全部死光的意思。在五万年前,慧神星整个星球快要被冰原覆盖,他们想去一个温暖的地方生活,我们猜是想去地球。可是月球人太多,资源太少,时间又太短。严峻的形势导致他们长期处于恐惧和愤怒的状态……于是他们就打仗了。"

"他们为了不死而互相杀害?他们为了不让慧神星冰封而把它毁灭?"

"毁灭慧神星……这并不是他们最初的打算。"亨特再次强调。

"那他们最初的打算是什么呢?"

"我估计他们本来想着打赢的那群人就可以去地球了。"

"为什么不能所有人都去呢?打仗需要消耗资源,而这些资源本来可以放在更有用的地方。全体月球人明明想要活下去,本来可以一起运用众人的知识去想对策;可是他们却用尽办法确保大家一起死。他们脑子有毛病。"左拉克用斩钉截铁的语气宣布道。

"这一切都不是他们刻意安排的,他们只是深受情绪的支配罢了。当人感受到强烈情绪时,他们往往会做出不太符合逻辑的事情。"

"人……地球人……?地球人也会感受到强烈的情绪,这意味着他们也会像月球人那样打仗吗?"

"有时候也会。"

"地球人也有战争吗?"

"地球上曾经爆发过许多战争,不过现在已经很久没打仗了。"

"地球人想杀了伽星人吗？"

"不！不……当然不想了！哪儿有理由……"亨特激动地否认道。

"当然不会有理由。"左拉克继续分析道，"月球人那样做也没有理由。你刚才说的那几点都不是理由，因为他们总是做违背常理的事——所以他们是不可理喻的。地球人的脑子肯定也从月球人那里遗传了同样的毛病。你们都病得不轻啊！"

丹切克曾经推理说，与地球其他动物相比，人类显现出异常强烈的进取精神和决心——这其实是一种基因突变。在伽星人衰落后，来自地球的类人猿从此流落在慧神星上，它们当中发生了基因突变，直接导致了月球人文明迅速出现，并以惊人的速度蓬勃发展。当月球人拥有了宇航技术时，地球上最先进的物种还处于原始的石器文化阶段。正如左拉克推测的，月球人这种可怕的特性确实遗传给了他们在地球的后代——但在这个过程中或多或少被稀释了一点。后来人类这个种族之所以能出现和崛起，这个特性绝对是一个极其重要的因素。不过，丹切克有时候怀疑这个特性其实只是某种独特的畸变产物罢了——难道真被丹切克说中了？

"慧神星上爆发过战争吗？"亨特问道，"就算在伽星人早期的历史上，各个群体部落之间都没打过仗吗？"

"没有，因为没有理由去打，他们从来没有那个念头。"

"那么具体到个人呢？他们从来不打架吗？从来不会诉诸暴力？"

"有时候某个伽星人也会尝试伤害另一个伽星人，可是这样做只有一个原因：他病了。很不幸的是，脑病确实存在；但万幸的是，在大部分情况下，医生们都能把患者治好。有时候某个患者病得太重，必须隔离治疗，不过这种案例很少。"

幸好，左拉克并没有打算对人类进行道德审判，可是亨特开始感到很不舒服，感觉自己就像一个面对着传教士的食人族成员。

紧接着，左拉克又火上浇油道："如果所有月球人都有病，连医生也病了，那么任何事情都有可能发生。这样一来，'他们炸毁自己的星球'也是在可预测的范围内了。如果地球人也有病，也能制造机器飞来木卫三，那么他们也有可能挑起战争，炸毁星球。我必须警告加鲁夫有这个可能性，他也许不会想久留的。这个星系充满了有病的地球人，其他地方会更安全些。"

"绝对不会有战争的。"亨特言之凿凿地对左拉克说道，"那些都是发生在很久以前的事情，地球人现在已经不同了。我们现在已经不打仗了，伽星人在这里很安全——他们是我们的朋友！"

"我明白。"听起来这机器并不相信，"为了计算你这个结论的真实性，我必须更全面地了解地球人以及他们的进化史。我能够提出更多问题吗？"

"改天再问吧。"亨特答道。此刻，他觉得身心俱疲。在进一步探讨这个话题之前，他必须深思熟虑一番，而且跟同僚们商量商量，"我看今天已经谈够了，我得睡一觉。"

"这么说来，我必须滚蛋咯？"

"对，恐怕你必须滚蛋了，老伙计。我们明天再聊。"

"好的，既然这样，那下午好。"

"你说错了，我准备睡觉，应该说晚安。"

"我知道，跟你开玩笑罢了。"

"那就下午好吧。"亨特微笑着按了一下手腕装置上的一个按钮，终止了连接。一台具有幽默感的计算机？他这回算是长见识了。他小心翼翼地把通信装置的各个部件放在储物柜顶上，排列得整整齐齐。然后他躺回床上，一边抽烟，一边回想刚才那一番惊世骇俗的对话。他们之前还对伽星人心存疑惧，现在看来，刚开始那些小心翼翼的举措是多么滑稽，既可悲又可笑。人家不但没有"战争"这个词，甚至对战争一点概念都没有。他觉得自己像是一头被大石压住、不见天日、一辈子活在污秽当中的低等动物，突然发现头顶的石头被掀开了……

他正想关灯，床边的墙壁面板突然传来一阵铃声。他心不在焉地伸手拨了一个开关，接收呼叫。原来这是一个通过音频信道发布的公告。

"我是总指挥香农，在这里向各位发布一则通知。本地时间23点40分，我们收到从地球发来的消息：联合国总部连夜召开紧急会议，就我们允许'沙普龙号'飞船降落木卫三主基地的决定进行讨论，并最终支持我们的决定。我们已经正式通知伽星人，并开始为迎接降落做准备。通知完毕，多谢各位。"

08

就这样,这段不可思议的旅程在两千五百万年后终于走到了尽头。

木卫三主基地任务控制塔的塔顶是一个透明的半球,里面很宽敞。亨特与其他人一起站在这个半球里,默默地看着"沙普龙号"巨大的船身缓缓地下沉,朝着太空军团在基地边缘外为伽星人准备好的一块空地飘去。最后,飞船直立着,依靠四根流线型的尾翼稳稳地停在冰面上,船身尾部距离冰面超过一百英尺。在它前方,立在空地另一侧的"织女星"飞船就像是一个个列队欢迎的小矮人。

在空地外围,一个车队早已等候多时。飞船一降落,车队立刻缓缓驶上前。领头的三辆车停在最近的一根尾翼前,其余车辆则在两侧排列,继续等候。许多身穿联合国太空军团统一配置航天服的人员从三辆车里走出来,面向着飞船排好队。有三个人站得比较靠前,距离大队有一小段距离——他们是主基地的指挥官劳伦斯·福斯特、他的副手,以及"朱庇特五号"派来现场监督的高级军官中的一位。亨特望向远方,只见四处皆是冰封的峭壁和破碎的悬崖——

它们自天地初开就遭受陨石的轰击，至今依然屹立不倒。微小的太阳低垂在天边，阳光在那些石壁上刻下一条条深不可测的黑影，散发着一种妖异的气氛，使木卫三表面的景象显得格外阴郁。

在众人的注视下，"沙普龙号"飞船的尾部脱离了船身主体，开始缓缓下降。几秒钟后，大家都看清楚了，分离出来的尾部其实还是跟船身相连的——把两者连接起来的是三根闪着明亮银光的管子。这三根管子紧紧围绕着飞船中轴，此刻正在逐步伸长，直到飞船尾部接触冰面，这才停下来。飞船尾部停稳后，四面有几道舱门滑开，从里面伸出几条坡道，一直连接到地面上。亨特在透明圆顶里看着这一幕，突然想起他们造访"沙普龙号"飞船时的情形。当时他们离开运输机后就进入一部电梯，沿着竖井去飞船的另一个区域。如果他没估计错的话，当时他们使用的那个竖井与飞船外壳之间的距离正好就是从这三根管子到飞船尾部外缘之间的长度。也就是说，竖井就在管子里，每一根管子就是一个升降机竖井。这就意味着，伽星人从飞船的一头去另一头时，用的是一个三电梯系统。而且这个系统在必要时能够延伸到地面上，整个飞船尾部能够一起降下来，作为一个临时的大堂。这种设计巧妙至极！他还想继续深究一下这艘飞船的妙处，可是圆顶里的观景人群突然一阵骚动，顿时打断了他的思路——伽星人出来了！

只见一群伽星人出现在一条坡道顶上——巨人穿上太空服就显得更加伟岸了。他们缓慢地往下走，朝着正在等候的地球人走去；地球人立刻敬礼致意。在接下来的几分钟里，双方把全套见面礼节又合演了一遍，就跟亨特上次目睹的一模一样。随后，观景圆顶内的扩音器传出福斯特的声音，他代表地球各国政府欢迎伽星人，又重申了两个种族之间友谊地久天长的愿望。他还提到这群太空旅行者所处的困境，并说虽然地球人自己的资源也有限，却愿意倾尽所能去帮助他们。

加鲁夫这次亲自带队率领伽星人走出飞船。他连接上圆顶观察台内部的通信线路，通过左拉克作答。加鲁夫所讲的内容与福斯特的话大同小异，可是说出来的方式却显得有点呆板和刻意，好像不太明白为什么这些话非要再说一遍不可。亨特感觉到加鲁夫并不熟悉这种礼仪，也不清楚这样做的目的是什么，却也尽力把仪式进行下去。不管怎么说，在场的人对他这种姿态都很领情。他还表达了伽星人的感激之情：虽然命运夺走了他们的亲人，却在他们回家时赐予新的亲人。最后，他总结说两个种族都能从对方身上学到很多东西。

接下来，在旁等候的汽车开到几条坡道前，准备把伽星人运到事前已经准备好的营房那里。每辆车的座椅和所有能拆卸的配件都拆了，可是也只能载几名伽星人，所以他们主要是先运送生病和体弱的——而这些老弱病残的数量就已经不少了。这时候，停泊区上点缀着许多身穿太空服的地球小矮人，于是剩下的伽星人就在这些小矮人的指引下，迈着蹒跚的步履，艰难地走向为他们准备好的营房。没多久，在半明半暗的荒芜夜空下，在亿万繁星的冷漠注视中，在飞船到基地之间的冰原上出现了一条断断续续的由人组成的长龙，里面尽是巨人们三五成群的落寞身影。

这时候，圆顶观察台里突然变得很安静。人们注视着外面这一幕，每个人的脸色都很凝重，仿佛戴上了无法穿透的面具，把心底不愿被人知晓的想法都隐藏起来。不论现场录像拍下了什么，也不论将来反复播放多少次，都不可能把人们在这一刻的感受重现出来。

过了一会儿，站在亨特身边的一位中士把脑袋稍稍转了一下。"嗨，真是的……"他低声说道，"瞧他们这家回的……"

"瞧他们回的这个家。"亨特答道。

主基地的住宿条件有限，容不下全部四百多位伽星人，所以他们大部分还是得留在"沙普龙号"飞船上。不过，现在他们好歹算是停在了牢固的地面——哪怕这里只是一个名叫"木卫三"的破冰球——而且他们现在总算有伴儿了，这一切无异于雪中送炭，给了伽星人莫大的慰藉。地球人带他们参观新住处的各种设施，都是各种各样能让他们的生活舒适一些的小设备。此外，地球人还告诉伽星人供给物资和食物都放在哪里，好让他们自己拿去尝试一下。同时，太空军团从某艘环木卫三飞行的货船上运来了一批类似的物资，加急送去"沙普龙号"飞船。接下来，地球人不再打扰刚到达主基地的客人们，让他们好好地休养生息。

伽星人确实需要好好休息一番了。在元气恢复后，他们正式宣布，终于有精力跟主人家恢复对话了。于是大家定了某天晚上开会，出席的包括双方高层和某些身份特殊的个人。会议在主基地的军官餐厅里举行，结束后还有一个正式的欢迎晚宴。亨特和丹切克都受邀出席了。

09

地球人把基地的温度调低了一点,好让伽星人多一分宾至如归的感觉。可是,当一群人挤在军官餐厅里待了一个多小时后,在烟雾缭绕的灯光下,双方都感觉温度很合适了。丹切克对着佩戴在毛衣外面的耳麦说完话,就重新坐回椅子上。伽星人代表团聚集在餐厅另一头,加鲁夫就坐在他们当中。

"我觉得,一位科学家提出来的问题,应该让另一位科学家来回答。对吧,教授?"加鲁夫转身低头看着另一位伽星人,"施洛欣,你能回答吗?"在场的地球人当中,没有伽星人那套设备的都佩戴着丹切克使用的那种耳机麦克风,所以也能听见左拉克的实时传译。这机器最近跟各种各样的地球人进行了大量对话,其翻译能力已经相当不错了。可是它还没能行之有效地区分出地道英语和美式口语,这个小缺陷会不时引发一些令人捧腹的结果。

施洛欣是这支伽星人远征队的首席科学家,之前已经向地球人引见过了。加鲁夫坐下来,给她让出空位。紧接着,施洛欣站起来说道:"首先,我必须祝贺地球的科学家们,你们把推导成功地真相出来了[1]。是的，正如丹切克教授刚才所说，我们伽星人对二氧化碳并没有很高的抗耐性。此外，他和他的团队还推导出我们离开时慧神星的状况——虽然从来没亲眼见过那个地方，可他们的描述是绝对准确的。"

说到这里，施洛欣停顿片刻，让听众们消化一下。然后她继续说道："平均来说，慧神星的岩石当中放射性和发热物质的浓度比地球高。与地球相比，慧神星内核更热，熔融态的程度更高，地壳也更薄，因此火山活动也更多。而且当时月球与慧神星之间的距离比现在的地月距离要短，所以月球对慧神星地壳产生的潮汐力也更强，这就使慧神星上的火山活动模式变得更复杂了。高强度的火山活动散发出更多的二氧化碳和水蒸气进入大气层，造成温室效应，使慧神星表面保持足够高的温度，使海洋保持液态，生命才能出现。当然，按照地球标准，慧神星的温度依然算是特别冷，不过已经比没有温室效应的情况暖和很多了。

"慧神星自成形以来就一直处于这种状态。可是在我们的文明达到顶峰的时候，一个地壳运动的新纪元也刚刚开始。大气中的二氧化碳含量开始出现显著增长，局势很快就明朗了：二氧化碳水平迟早会超出我们的承受范围。到那时，那个世界就不再适合我们居住了。我们能怎么办呢？"施洛欣把问题甩出来，目光在大厅众人脸上扫过，显然是在邀请地球人就这个话题展开讨论。

过了几秒钟，一位坐在后排的地球工程师回应道："这个嘛，你们掌握了很高的科技，我们都见识过一些例子了。所以我觉得你们应该能想出办法把二氧化碳含量重新降下来，这个问题应该不大吧？比如说全球性气候控制……诸如此类的方法。"

"冰雪聪明，值得表扬！"施洛欣说道，同时脑袋动了一下——

---

[1] 伽星人的口误。

这是伽星人在尝试着点头称许,"我们确实进行了全球气候控制,不过只是实施到一定程度而已,主要是限制慧神星冰盖的扩张。可是说到调整空气中的化学成分,我们对自己的能力就不太自信了。这个系统的平衡状态实在是太脆弱了,我们真的能保证一切因素都在掌控当中吗?"她直视着提问者,"当时确实有人提出了一个跟你思路相近的方案,可是数学模型显示这种做法的风险太高,很可能会彻底破坏温室效应,反而加速慧神星生物的灭亡。我们族人生性谨慎,不会随便冒险,所以政府把这个方案否决了。"

接下来,施洛欣保持沉默,给地球人时间想想别的可能性。丹切克知道他们尝试通过引进地球植物建立一种补偿机制,可是他没有提出来,因为他很清楚这艘飞船上的伽星人并不知道这个做法——也许伽星人是在加鲁夫远征队出发之后才想到这个方法的。丹切克团队对此进行了更深入的分析,也和左拉克讨论过。结果显示,如果当初他们引进地球生物的目的确实是减少二氧化碳的话,这个方案是不可能成功的——当时的伽星人科学家怎么会看不透呢?所以到目前为止,这件事情依然是一个未解的谜。

终于,施洛欣摊开双手,仿佛在向一群反应有点迟钝的小学生训话。"从逻辑上讲,这非常简单。"她说道,"如果任由二氧化碳水平升高,我们就会死,所以我们不能让它继续升高。可是如果阻止它升高,就会面临一个巨大的风险:我们有可能使整颗星球陷入冰封状态,因为二氧化碳通过温室效应使慧神星保持温暖。为什么需要温室效应来维持温度呢?因为我们离太阳很远。因此,假如我们距离太阳近一点,或者太阳变得更热一些,我们就根本不需要温室效应了。"

她眼前的一些面孔依然是一脸茫然,有些则露出难以置信的神情。"那就简单了!"亨特附近响起一个声音,"你们只需要把慧神星向太阳移近一点,或者给太阳加热。"这家伙分明是在插科打诨,可是施洛欣竟然学地球人那样，点了点头。

"没错！"她说道，"我们也得出了这两个结论。"此时，大厅各处都有人惊诧地倒吸一口凉气。"这两种方案我们都详细研究了，最终，一支天体物理学家团队说服了政府，加热太阳的方案更加可行，而且没有人能在他们的计算过程中挑出任何毛病。不过，我们的政府向来小心谨慎，毕竟我们选他们出来，并不是让他们花光全部家当去拿太阳瞎折腾的。所以政府想先找到一点证据，证明这个计划切实可行……亨特博士，你有问题吗？"她留意到亨特举起了手。

"可不可以详细讲一下那支团队是打算怎么加热太阳的？"亨特问道，"我们有些同事觉得这样的念头简直是不可思议，想想都头痛。"他的话音刚落，大厅四处响起一阵喃喃的低语，那是人们在纷纷表示赞同。

"当然可以。"施洛欣答道，"你们大部分人应该已经知道，在一个你们还不了解的技术领域里，伽星人已经取得了很大进展——我们能够人工制造和控制你们叫作'引力'的效应。天体物理学家团队提出的方案是把三台大型的高能发射器放置在环日轨道上，将扭曲时空的射线聚焦对准太阳的核心。你们可以把这种射线叫作'引力增强射线'，只是这个名称仅仅描述了这个过程产生的效果，而不能反映它自身的本质。根据他们的计算，这样做能够促使太阳自身引力的增加，从而导致这颗恒星发生一次轻微的坍缩。当太阳的辐射压与引力压重新达到平衡时，这次坍缩就会终止。在新的平衡状态下，太阳会辐射出更强的热量；如果所有参数选择正确的话，这部分增量正好可以弥补温室效应失效造成的热量流失。换句话说，我们就可以冒险去调整大气层当中的二氧化碳含量了。因为万一我们实验失败，让慧神星开始降温，就能通过调整太阳辐射，使慧神星恢复温暖。我这样回答够清楚了吗，亨特博士？"

"是的……非常清楚了，谢谢你。"此时，亨特心中其实有成千上万个问题,可是他决定留待日后再慢慢问左拉克。在这一刻,他甚至很难想象这种规模的工程到底是怎样的;可是施洛欣竟然说得轻描淡写,就像建一栋公寓大楼那么简单。

"正如我刚才提到的,"施洛欣继续说道,"我们的政府坚持先对这个方案进行试验,而我们的远征队正是为了这个目的组建的——我们去另外一颗与太阳类似的恒星做了一次全面的试验。"说到这里,她停顿了片刻,做了个亨特不熟悉的手势,"结果看来,我们政府的决策是正确的。那颗恒星变得不稳定,最后还成了新星,我们及时逃跑,差点就没命了。加鲁夫刚才已经告诉过你们,飞船推进系统出现故障,所以我们陷入了今天的困境——虽然我们从离开伊斯卡里星到现在只有不到二十年,可是在你们的时间尺度看来,那是发生在两千五百万年前的事了。所以,这就造成了今天的局面。"

大厅里立刻响起人们交头接耳的声音。施洛欣等了片刻,才继续往下说道:"这里挺拥挤的,换一次位置不容易。在我把主讲位置还给加鲁夫之前,谁还有什么问题吗?"

"最后一个问题。"说话的是主基地指挥官劳伦斯·福斯特,"我们当中有几位仁兄在想……你们的科技比我们先进很多,比如说你们能飞去别的星系。在你们研究星际飞行的过程中,肯定已经把我们这个太阳系彻底探索一遍了吧?在座有人确信,在过去某个时间里,曾经有伽星人去过地球。请问你对此有什么看法呢?"

不知为何,施洛欣看起来似乎向后缩了一下……不过亨特也不敢确定自己有没有看错。她没有立刻回答,而是转头跟加鲁夫嘀咕了几句,然后又重新抬起头来。

"没错……你说得对……"耳机里传出来的声音显得有点迟疑,左拉克仿佛把施洛欣语气中的犹豫也忠实表达出来了,"伽星人确实……来过地球。"

大厅里顿时一阵骚动。这么重要的事情,谁也不想错过。

"我猜，是在你们出发去伊斯卡里星之前吧？"福斯特说道。

"是的，当然了……比那时大约要早一百地球年。"她停顿了一下，又继续说道，"说起来，'沙普龙号'飞船有几位船员在参加伊斯卡里星远征计划之前就曾经到过地球，不过他们都没有出席本次会议。"

远在地球人出现之前，这个外星种族就已经到过地球了！在场的地球人当然想多了解一下自己的家园以前到底是怎样的。一时间，无数个问题在大厅各处一起涌出来。

"嘿，我们什么时候能跟那几位聊聊？"

"你们保存了什么照片吗？"

"有没有地图之类的东西？"

"我敢打赌南美那个高海拔的古城就是他们当年建造的！"

"你白痴啊？那座古城哪有那么古老！"

"你们那几次探访地球，就是为了把地球的动物带回慧神星吗？"

观众们突然变得群情激昂，施洛欣有点不知所措了。她挑了最后一个问题来回答，好像这样做就能把众人的注意力从前面的问题上引开——其实这个问题的答案早已是众所周知了。

"不，那时候我们还没有把地球动物运回慧神星，也没有人提起这个计划，这些事情肯定是在我们走了之后才发生的。我们和你们一样，都不知道他们为什么要这样做。"

"好吧。可是关于那个……"福斯特一下子停住了，因为左拉克的声音在他耳边响了起来。

"我是左拉克，我现在不是在给施洛欣翻译，而是向地球人说话。我相信目前伽星人不想就这个话题继续深入探讨下去了，现在转换话题应该是个明智的做法。不好意思，打扰了。"

顿时，大厅里一众地球人都皱起眉头，脸上露出疑惑的神色，可见他们都听到了这段话。与此同时，伽星人没有任何反应——要是他们也听见左拉克的话，绝对不会无动于衷的，所以他们显然没有接收到这段信息。幸好，这种尴尬的沉默只持续了一秒钟，福斯特就重新掌控局面，用简单的几句话帮助众人恢复了平静。

"这些事情，我们另找时间讨论吧。"他说道，"现在天色不早，晚餐时间快到了。在这次会议结束之前，我们必须就一些需要立刻执行的计划达成共识。在我看来，目前最大的问题是你们飞船的故障。你们打算怎么维修呢？我们能帮上忙吗？"

施洛欣跟同伴们商量了片刻后，坐了回去。终于退下了火线，她的姿态和神情顿时流露出一种如释重负的感觉。取代她的是"沙普龙号"飞船的总工程师罗格达·贾思兰。

"我们花了二十年去研究问题出在哪里，也知道应该怎么修理。"他告诉众人，"加鲁夫已经向各位简单描述过故障及其影响。我们飞船的驱动器是基于一个循环往复的黑洞系统，我们的问题是没办法让这个系统变慢。所以驱动器一直不停地运转，当时我们一点办法也没有。现在，我们有能力把它修好，可是有几个重要部件已经损坏，要重新制造几个替换品出来不是不可能，但却非常困难。我们现在真正需要做的是去看一下埋在坑口冰层底下的飞船。从你们发来的照片判断，这艘飞船的设计比'沙普龙号'先进。不过我相信我们能在那里找到所需的东西，因为两艘飞船驱动器的基本原理看来是相同的。所以我们需要做的第一件事情就是去坑口基地。"

"没问题。"福斯特说道，"我会安排的……噢，不好意思……"这时候，一位服务员出现在大厅门口，福斯特转头瞥了他一眼，目光里带着疑问，"明白了……谢谢，我们马上就来。"然后他又转回来看着贾思兰，"不好意思，可是晚宴已经准备好了。说回你刚才提出的要求，没问题，我们可以安排你们明天就过去，想要多早出发都行。具体细节我们可以晚点再商量。不过现在，我们先一起去用餐，怎么样？"

"好的。"贾思兰说道,"我会在我们队伍当中挑选几位工程师前去。不过现在正如你说的,我们先去用餐吧。"说完,他站着不动,身后的伽星人一起站起来,顿时把大厅那一端淹没了。

于是,地球人也纷纷站起来向后退,给伽星人多腾出点儿地方。这时候,加鲁夫补充道:"我们想看看坑口的飞船,其实还有另一个非常重要的原因。你们推测伽星人最后迁徙去了另一个星系,我们希望在那艘飞船上找到一些能支持你们这个假设的线索。如果这是真的话,也许我们能够发现一些资料,最终找到他们去的到底是哪一颗恒星。"

"不过,我觉得那颗恒星可以明天再找。"贾思兰在加鲁夫身边经过时说道,"现在更让我感兴趣的是地球的食物。你尝过一种叫'菠萝'的东西没有?太好吃了!慧神星上面没有这样的美味。"

亨特来到挤在大厅门口的人堆里,发现自己就站在加鲁夫身旁。他抬头看着巨人,"你真的会这样做吗,加鲁夫?你们遭受了那么多年的苦难,现在还打算去另一个星系吗?"

巨人低头看着他,仿佛心中正在掂量着这个问题的分量。

"也许吧。"他答道,"谁知道呢?"亨特听着左拉克的声音在耳边响起,突然感觉到它的语气变了——它现在已经停止了公共转译模式,而改成向每一个人单独翻译。"这么多年来,我们全靠一个梦想才能撑下去;到了现在,我们更加需要它了。所以让大家的梦想破灭是不对的。今天他们很疲累,一心想着休息,别的都顾不上;可是到了明天,他们又会重新开始做梦了。"

"既然如此,我们看看明天在坑口发现什么再说吧。"亨特说着,目光正好与站在身后的丹切克对上,"晚宴时你跟我们一起坐吗,克里斯?"

"我倒是十分乐意,可前提是你们能容忍我埋头大嚼、不说话。"教授答道,"因为我吃饭时绝不能把这玩意儿挂在脑袋上。"

"专心吃饭吧,教授。"加鲁夫赞同道,"吃完再聊也不迟。"

"想不到你能听见教授那句话。"亨特说道,"左拉克怎么知道我们这里是三个人在群聊呢?我觉得他一定知道,所以才会把教授那句话翻译出来传给你吧?"

"哈哈,左拉克特别擅长这些。它学习上手非常快,我们都为它感到骄傲。"

"确实是一台神奇的机器。"

"甚至比你想象的还要神奇。"加鲁夫表示赞同,"在伊斯卡里星全靠左拉克救了我们。就在我们逃走时,飞船被新星的边缘扫过,飞船内部的温度一下子变得太高,大部分人都热晕过去,不少人还因此丧生了。当时是左拉克控制飞船驶出了危险区。"

"我老是把机器叫作'玩意儿',看来这习惯得改了。"丹切嘟囔着说道,"要是它对这些事情敏感的话,我可不想伤害它的感情。"

"我倒不介意。"通信回路里传来一个不同的声音,"只要我还能把你的同胞叫作猴子就好了。"

这时候,亨特终于见识了伽星人大笑时的样子。

当众人都坐下来开始进餐时,亨特发现竟然连一点儿荤腥也没有,不禁有些诧异。很显然,这是伽星人干的好事儿。

10

亨特和丹切克原本是要在"朱庇特五号"飞船上度假的,不过现在假期正好也结束了,于是两人第二天就跟随一支由地球人和伽星人联合组成的队伍返回坑口基地。在整个旅途中,双方人员混杂在一起——有些伽星人挤进太空军团的中程运输机里,有些幸运的地球人则成了"沙普龙号"一艘子飞船的乘客。

在坑口基地,伽星人首先参观的是发射遇险信号的信标。当初正是这个信号带领他们穿越整个太阳系,来到木卫三——这感觉已经是很久以前的事情了。外星人解释说,他们的驱动器都会产生局部时空扭曲,导致飞船无法接收普通的电磁信号。因此,他们大部分远程通信都是通过调制引力脉冲进行的。而那个信标也是基于这样的工作原理。当时他们终于关闭了主驱动器,靠辅助驱动器飞进太阳系——使用辅助驱动器在行星之间游荡还可以,但是星系间穿梭就不行了——猛然发现慧神星没了,外围却多了一颗行星,可以想象当时他们有多么困惑。就在这时,他们检测到了那个遇险信号。正如太空军团一位军官对亨特说的:"想象一下两千五百万年后回到故土,却忽然听见当年金曲排行榜上的流行歌……他们肯定以为自己其实哪儿也没去,所有这些都是大梦一场。"

一行人沿着一条两旁是金属墙壁的地下走廊往前走,来到一个实验室区——从飞船里运上来的物品通常都是在这些实验室里做初步检测的。他们走进一间用矮墙间隔成一个个工作区的大实验室,每个工作区里都摆放着一组一组的机器设备、测试仪器、电箱以及工具箱。他们的头上是横七竖八的管线,密密麻麻地布满整个房顶,几乎把天花板都遮住了。

实验区主管克雷格·帕特森引领众人走进一个工作区间,指给大家看一张工作台。只见台面上摆着一个高一英尺、周长三英尺的矮胖金属圆筒,表面镶着复杂的支架、网络和凸起的边缘,而且都与圆筒浑然一体。这个仪器看起来相当沉重、结实,而且显然是从一台更为巨大的设备上拆下来的。此外还有几个端口和接线,看起来应该是输入和输出口,很可能和电有关。

"这东西把我们都难倒了。"帕特森说道,"目前为止,我们运了几个上来——都是一模一样的。下面还有成百上千个,按照一定间距埋在地板下,遍布整艘飞船,无论你走到哪儿都能碰到。知道这是什么吗?"

罗格达·贾思兰走上前,弯腰看了那个东西几眼。

"看样子像是一个改装过的G组件。"说话的是在门口附近的施洛欣,她就站在亨特身边。虽然左拉克身处七百英里之外的主基地,可是伽星人依然能通过它来跟地球人对话。贾思兰用一根手指摸索那台设备的外壳,检查上面几处依稀可辨的标记。最后他直起腰来,显然已经把需要看的都看完了。

"没错,正是你说的G组件。"他宣布道,"看起来比我见惯的那种增加了一些部件,不过基本设计还是一样的。"

"G组件是什么?"阿尔特·斯太尔摩问道。他是帕特森手下的一位工程师。

"是一个散播节点场的元件。"贾思兰告诉他。

"呃……"斯太尔摩应了一声,耸了耸肩,依然感觉莫名其妙。

施洛欣继续解释道:"它的工作原理和物理学的一个分支有关,不过恐怕你们人类还从来没有涉足过这个领域。在你们的太空飞船里,比如说'朱庇特五号'吧,你们让飞船内部很多组成部分能够转动,从而模拟出引力的效果,对吧?"亨特听到这里突然想起刚刚进入"沙普龙号"飞船时有一种难以言喻的沉重感——他顿时明白施洛欣这话是什么意思了。

"可是你们并没有模拟引力,"他猜测道,"而是制造引力!"

"没错!"施洛欣确认道,"这种设备是所有伽星人飞船的标配。"

在场的地球人闻言并没有感到惊讶,因为最近一段时间以来,他们一直在怀疑伽星人文明是否已经掌握了一些人类完全不懂的高科技。不过,人们对这个话题还是很感兴趣。

"我们其实也猜到了。"帕特森转头看着施洛欣,"这种设备是基于什么工作原理呢?我以前从来没听说过有这样的技术。"施洛欣没有立刻回答,而是停顿了片刻,似乎是在整理思路。

"我真不知道该从何说起。"最后她答道,"要给你一个有意义的解释,需要花很长时间……"

"看!这里有一个安装在传输管里的助推轴环!"一名伽星人插嘴道。他的目光越过分隔板,看着隔壁的工作区间,伸手指着一大块拆掉一半的伽星人器械。

"是的,我相信你说得对。"贾思兰顺着同伴的目光看过去,表示同意。

"助推轴环到底是什么呀?"斯太尔摩恳切地求教。

"还有传输管呢?"帕特森加了一句。他好像已经把几秒钟前提出来的那个问题给忘了。

"这种管道遍布我们的飞船,是用来把物体和人从一个地方运送到另一个地方的。"贾思兰答道,"你们肯定已经见过这些管道了,因为我在你们工程师画的飞船结构图上看见过。"

"我们也猜了个八九不离十。"亨特补充道,"可是我们并不知道它们的工作原理。莫非也是引力技术?"

"对。"贾思兰说道,"管道内的局部引力场提供驱动力;放在隔壁工作区的轴环是一种安装在管道内壁的放大器,既提高了场的强度,还能使其更加均匀。通常来说,是每隔……大约三十英尺装一个吧,具体间隔视管道半径而定。"

"你是说,人在这些东西中间飞来飞去?"帕特森的语气里充满了怀疑。

"当然了。我们'沙普龙号'飞船上也有这种设备呀。"贾思兰云淡风轻地答道,"你们当中有人坐过的主升降机就是在这种管道里运行的。因为那是一个大型管道,所以使用密闭舱来做载体。小型管道就没有升降机,人在里面做自由落体运动。"

"你们怎么防止人们撞在一起呢?"斯太尔摩问道,"难道是严格的单行线?"

"都是双向的。"贾思兰答道,"一条管道内通常自带分隔场,一半上行,一半下行,双向交通可以完全隔开,绝对不成问题。说起来,刚才提到的轴环在交通分隔方面也有贡献——轴环当中有一个部件,我们称之为'射束边沿分隔器'。"

"那你们怎么出去呢?"斯太尔摩被这个技术深深吸引住了,誓要打破砂锅问到底。

"当你到达预定位置时,就会通过局部驻波[1]来减速。"贾思兰解

---

[1] 频率相同、传输方向相反的两种波,在波形上,波节和波腹的位置始终不变,给人"驻立不动"的印象。

释道,"然后你进来的时候,也是用同样的方式……"

对话逐渐转变成冗长的讨论,细究伽星人太空飞船内部运输网络的操作原理和交通控制——原来不止飞船,伽星人的城市和大楼里面也使用这种网络。可是自始至终,关于这种管道具体工作原理的问题还是没有得到解答。

一行人又看了几件由飞船运上来的物品,然后就离开实验室区,前往行程的下一站。他们沿着另一条过道走进了基地行动控制大楼的地下层,再上了几段楼梯,来到地面第一层。从那里,他们顺着一条向上的坡道走进大楼隔壁的一个半球内部,也就是三号竖井的出口。然后他们穿过一段段迷宫似的走廊和过道,终于走进了三号竖井顶层气密锁的前厅。气密锁外面有一个运输舱,每次可以把六名乘客运到地底下的挖掘现场。运了三趟后,全体人员才在木卫三的冰壳深处重聚。

与亨特同舱的有贾思兰、另外两名伽星人、指挥官休·米尔斯,以及一位从"朱庇特五号"派来坑口基地做观察员的太空军团高级军官。一行人走出运输舱,来到三号竖井底层入口的前厅,穿过一条很短的过道,终于到达底层控制室。其他人早已经到了,却对刚到达的这批人视而不见,因为所有人的眼睛都盯着控制室远端一面巨大玻璃幕墙外的场景。

他们眼前是一个用热熔和劈砍等手段在坚冰里开凿出来的巨大洞穴。在上千盏强力弧光灯的照射下,冰面闪着五颜六色的亮光。洞穴另一端密密麻麻地立着无数根巨大的金属千斤顶和支撑洞顶的冰柱,就像一片黑白森林,把另一头的洞壁都遮住了。一个巨大的黑影从他们面前向远处延伸,把那片森林整整齐齐地切开一条长长的缺口——那正是伽星人的飞船。

飞船外壳是黑色的金属,轮廓本来很优雅,可是干净利落的线条却被很多个缺口破坏了。那是挖掘团队在外壳上面挖开的一个个洞,用来供人员进出飞船,以及把拆下来的外星设备运走。船身的某些部分被整块掀开、拆掉,露出一根根弯曲的龙骨向上直指洞顶,整艘船看起来就像一头在沙滩上搁浅的巨鲸。船身外面安装了一团团乱七八糟的网格,是由许多大梁和金属管道构成的。在某些位置,这些外挂饰物从地面一直延伸到洞顶,上面挂满了让人眼花缭乱的过道、梯子、平台、移动舷梯、钻塔和绞车,许多地方还缠绕着一团团麻花似的液压和气动装置的输送管、排气通风管和电线,大有让人看了后患上密集恐惧症的架势。

这幅全景图中还有很多正在辛勤劳作的工作人员,他们的身影遍布每个角落:有人站在飞船外壳高处的脚手架上;有人留在地面,在无数设备、器材和配件构成的迷宫里穿梭;粗凿而成的洞壁上也有人,正在临时搭建的狭窄通道中行走;还有很多人直接站在了飞船顶上。在船身某处,外壳被拆掉了一片,上面安装了一个龙门架,吊钩就在缺口边晃来晃去。在另一处缺口,氧乙炔火炬不时闪出火光,照亮了飞船内部暴露出来的隔间。在稍远处,一小群工程师围着一块便携式大型显示屏,对着上面的信息打手势,显然正在开会商量着什么。人们都在从容不迫、踏踏实实地干活,整个挖掘现场忙碌而又有条不紊。

伽星人注视着这一幕,地球人在一旁默默地等待着。

终于,贾思兰开口了:"这艘飞船很大……跟我们预想的一样,总体设计当然比我们那个年代的任何一种飞行器都先进了不止一个数量级。左拉克,你怎么看?"

"在距离你站的地方三百英尺处,他们切掉了很大一块,当中有一些突出的部分是环状的,我几乎敢肯定那些是微分共振应力扼流圈,功效是限制引力波束,使其聚焦在主驱动器上。"左拉克答道,"在你们正下方的地面上有一个大型设备组,就是前方和下方各站着一个地球人的那堆东西，看起来不太熟悉，应该是某种先进型号的尾部补偿电抗器。由此可见，这艘飞船是依靠标准应力波传播来推进的。如果我推算没错的话，飞船上应该还有一个前置补偿电抗器——主基地的地球人向我展示过一张简图，看起来就像是前置补偿电抗器。不过要确认的话，必须专门去机头内部看一下。此外，我还想找机会看看主能量转换区和它的布局。"

"嗯……看来情况不算太糟。"贾思兰心不在焉地喃喃低语道。

"为什么这么说，罗格？"亨特问贾思兰。巨人微微转身，举起一条手臂指着飞船。

"左拉克已经证实我的第一印象是正确的。"他答道，"虽然这艘飞船是在'沙普龙号'之后建造的，可是看来基本设计的改动并不大。"

"也就是说你们有机会利用这艘飞船的零件修复自己的飞船咯？"米尔斯在一旁插话道。

"但愿如此吧。"贾思兰表示赞同。

"我们需要近距离观察才能确认。"施洛欣谨慎地说道。亨特听了，转身面对着众人，张开双臂，两手一摊，"那我们就下去近距离观察吧。"他说道。

于是，一行人离开观景玻璃幕墙，在一个个设备架和终端组之间鱼贯穿行，走到控制室另一头，出了一道门，来到了下一层。等最后一位来客离开后，控制室的门关上了，坐在终端前的一位值班操作员略微转身，面向着另一位同事。

"看吧，埃迪，我早告诉你了，"他愉快地评论道，"他们不会吃人呀！"

埃迪坐在几英尺外，皱起眉头，一脸的疑虑。

"可能他们今天还不饿。"他嘟囔着说道。

就在玻璃幕墙外，这支由伽星人和地球人组成的团队走出气密锁，出现在洞穴里。他们踏在铺着金属网格的冰面上，在各种各样的工程设备迷阵中穿行，向飞船走去。

"这里挺暖和的。"施洛欣一边走一边对亨特说道，"可是墙壁并没有融化的迹象，为什么呢？"

"因为我们仔细设计过空气循环系统。"亨特告诉她，"暖空气被限制在人行走的区域，四周洞壁都有冷空气幕墙。冷气从地面往上吹，直达洞顶的抽气机，把暖空气与冰墙隔开。而且洞壁与洞顶无缝连接，确保冷空气幕墙以正确的模式流动。这个系统还是相当成功的。"

"厉害。"施洛欣喃喃道。

"从冰里释放出来的溶解气体有爆炸的危险，这个问题怎么解决的呢？"另一名伽星人说道，"你们也觉得有风险吧？"

"刚刚开始挖掘的时候，这确实是个难题。"亨特答道，"尤其是在融冰的阶段。那时候，每个人工作时都要全副武装，还往施工现场灌满氩气，都是为了解决你提出的问题。不过，现在通风系统改善了很多，再也没有爆炸的危险，所以我们可以穿得舒服自在一点儿了。冷空气幕墙也有很大帮助，能把爆炸性气体泄露的可能性降到几乎为零；就算有一点点跑出来，也被卷到洞顶抽气机那里了。现在洞里爆炸的概率甚至比基地被陨石击中的可能性还低。"

"好啦，我们到了。"米尔斯在队伍前面宣布道。他们站在一条宽阔的金属坡道前，这条坡道很平缓，从地面一直延伸到在飞船外壳上切出来的一个大洞那儿，然后消失在一团乱麻似的管线里。在上方，船身侧面的轮廓向外凸出，形成一个巨大的弧面。弧面在众人头顶掠过，再一直向上延伸，最后消失在洞顶。这番宏伟的景象顿时让他们觉得自己像是一群被困在花园碾草机底下的小老鼠。

"那我们进去吧。"亨特说道。

飞船是侧翻的,没有太多可供人行走的平面,所以工程队在里面改建了大量过道和小路,就像迷宫那么复杂。在接下来的两个小时里,一行人的足迹踏遍了这个迷宫,一分一厘也不放过。巨人们沿着缆线和管道搜索,看眼神就知道他们很清楚自己在找什么。他们不时停下来,用熟练的动作拆开某件感兴趣的东西,或者寻找某台设备和部件背后线路的源头。联合国太空军团的科学家们制作了这艘飞船的平面图,将人类对外星飞行器结构和设计的理解融汇在里面——伽星人把这些平面图仔仔细细看了个遍,每个细节都审视了一番。

随后,贾思兰与左拉克对观察结果进行分析,在长谈后宣布道:"我们对目前状况持乐观态度,有很大机会完全修复'沙普龙号'。不过,我们必须先对这艘飞船的某些部分进行更加详尽的研究,所以需要从基地抽调更多的工程技术人员。请问你们能不能让我们的一支工程师队伍在这里驻扎——大概两到三个星期呢?"最后一句话他是对着米尔斯说的。指挥官耸了耸肩,摊开双手。

"无论你们需要什么,我们都能提供。"他答道。

一小时后,参观团回到地面吃饭。与此同时,一艘太空军团运输机从主基地出发向北飞,机上载着更多伽星人,以及从"沙普龙号"飞船运出来的一些需要用到的工具和设备。

接下来,他们前往坑口基地的生物实验室区,欣赏丹切克的室内植物园。他们确认,教授栽培的这些植物看起来都很眼熟,当年遍布慧神星赤道地区,是相当有代表性的热带植物。在教授的坚持下,伽星人剪了一些枝条下来,准备带回"沙普龙号"飞船种植,作为对家乡的纪念。看起来他们都被教授的善意深深触动了。

随后,丹切克带领众人进入生物实验室的地窖,那里有一个巨大的储藏室,是从坚冰里开凿出来的。他们走进一个灯火通明的宽敞空间，只见四壁镶着储物架，上面摆满了杂七杂八的设备和物资。这里有一排排关起来的储物柜，全部统一涂成了绿色；地上摆放着一些机器，因为被防尘布盖着，看不出是什么；房间里面有好几个地方堆着一些未开封的包装箱，几乎一直摞到房顶。不过，立即吸引住众人眼球的，是一头距离门廊二十英尺的巨兽。

这头巨兽矗立在众人面前，四根树干似的大粗腿，肩高超过十八英尺。巨大的躯干在前端逐渐变小，最后形成一条粗壮的长脖子。脖子向前伸着，尽头处立着一颗面容沧桑、神情冷峻的小脑袋，顶上竖起两只短耳朵。两个巨大的鼻孔下是张开的嘴巴，有点儿像鹦鹉的喙，一双大眼睛直勾勾地盯着地面。眼部上方的皮肤层层叠叠，使眼睛更显突出。巨兽的皮肤是灰色的，看起来很粗糙，有皮革的质感。有些部位的表皮拧在一起，形成一道一道深深的皱纹，在巨兽的脖子根部和耳朵底下围成了一圈。

"这是我的最爱之一。"丹切克用轻松活泼的语气介绍道。他走在队伍最前头，用手轻轻拍着巨兽的前腿，喜爱的神情显露无遗。

"俾路支兽，现代犀牛在亚洲的始祖，存活于渐新世末期与中新世早期。这个物种的前爪已经没有了第四根脚趾，而是形成一种类似后爪的三脚趾结构——这个趋势在渐新世尤为显著。另外，正如各位看到的，虽然这个品种的俾路支兽还没有进化出真正意义上的犀角，可是它上颌的结构已经开始出现明显的强化。另一个有趣的地方是它的牙齿，它们——"说到这里，丹切克突然停住了，因为他刚好转过身来面向听众，却发现只有地球人跟着他走进这个房间，围在他描述的这头巨兽四周；而所有伽星人都聚集在门口，仰起头，一言不发地盯着那头巨大的俾路支兽。他们的眼睛瞪得溜圆，好像不敢相信眼前这一幕是真的。看样子他们倒没有因为遇到巨兽而畏缩，只是脸上的神情和紧张僵硬的站姿都流露出了心中的不安和疑虑。

"有什么问题吗？"丹切克莫名其妙地问道，却没有人回答，"我保证，这家伙不咬人。"然后他用尽可能温和的语气安慰道，"而且它不是活的！我们在这艘飞船上发现了许多大罐子，里面保存着许多动物的样本，而这头俾路支兽就是其中一员。它已经死了两千五百万年了。"

伽星人这才慢慢缓过劲儿来，不过看神情还是很郁闷。他们都没说话，开始小心翼翼地朝着站成一个半圆的地球人走去。他们着了魔似的凝视着这头巨兽，眼神里充满了敬畏，每一个细节都不肯放过。

"左拉克。"亨特对着咽喉处的麦克风低声说道。而其余地球人都在默默地看着伽星人，等待他们示意，然后才继续刚才的讨论。大家都不明白为什么贵宾们的反应会如此强烈。

"在，维克。"机器在他耳中答道。

"发生什么事情了？"

"伽星人从来没见过像俾路支兽这么巨大的动物。对他们来说，这是一个意料之外的全新体验。"

"你也觉得意外吗？"亨特问道。

"不觉得。我的档案里存有早期地球动物的资料，当中有些动物跟现在这个模型很像，所以我一眼就认出来了。这些资料是伽星人当年去地球探索时采集回来的。虽然那几次行动都发生在'沙普龙号'飞船离开慧神星之前，可是这次来坑口基地的伽星人都没去过地球。"

"不过他们多少会知道那几次探索行动都发现了什么吧？"亨特继续追问道，"研究报告肯定会公布的。"

"没错。"左拉克表示赞同，"可是像这种巨大的动物，你从报告上面读到是一回事，亲眼看到就完全是另一回事了，尤其是在你完全没有心理准备的情况下。假如我也是一个有机智慧生命体，也是在一个以生存本能为主导的有机进化系统当中进化而成，也拥有这个系统隐含的情绪条件反射，估计我也会震惊的。"

亨特还没回应，一位伽星人——施洛欣——终于开口了。

"这个……就是地球动物的一个样本啊。"她低声说道，语气中透露着迟疑，好像这几个字很难说得出口。

"简直是不可思议！"贾思兰长长地舒了一口气，眼睛始终盯着巨兽不放，"这东西真的曾经是活的吗？"

"那是什么？"另一位伽星人指着俾路支兽身后的一头野兽。那头野兽的体形比俾路支兽小，模样却远比前者凶悍。只见它举起一只爪子，双唇向后翻，露出两排恐怖的尖牙。其他伽星人顺着他的手指看过去，都倒吸了一口凉气。

"那是拟指犬。"丹切克耸了耸肩，答道，"这是一个很奇特的物种，身上同时具备了猫科动物和犬科动物的特征，现代的猫狗都是从它这里进化出来的。旁边那头是渐新马，是现代马的始祖。要是你仔细看的话，可以看出来……"他突然打住了，好像猛地冒出另一个念头，"可是你们为什么对这些动物感到陌生呢？你们肯定见过别的动物吧？慧神星上面也有动物吧？"

亨特全神贯注地观察着他们的反应。这个种族那么先进，一直以来的言谈举止都那么理性，可是此刻的反应看起来竟然很古怪。

最后，还是施洛欣开口回答："是的……确实有动物……"她开始扭头看自己两旁的同伴，好像在困境中寻求帮助，"可是它们不太一样……"就这么模模糊糊的一句，然后她就不再往下说了。可是丹切克看起来反而更加兴致勃勃了。

"不一样？"他重复道，"有意思……具体怎么不一样呢？比如说，慧神星上没有这么巨大的动物吗？"

施洛欣好像越来越紧张了。亨特突然想起以前他们谈起地球渐新世的时候，不知为什么，伽星人显得很不情愿说下去。而施洛欣现在也正是这样。亨特突然有一种危机感，而丹切克还热情高涨，丝毫感觉不到对方的情绪变化。亨特连忙转头背向众人，"左拉克，给我跟克里斯·丹切克开一条私密通信线路。"他低声说道。

"已接通。"一秒钟后，左拉克答道，语气当中几乎有一种如释重负的感觉。

"克里斯，"亨特低声说道，"我是维克。"他看到丹切克脸色突然一变，于是继续说道，"他们不想讨论这话题。也许还是介意我们和月球人之间的关系，也许有别的原因，我不知道——反正他们受到什么东西困扰了。快结束这个话题，我们马上出去吧。"

丹切克与亨特四目相对，很困惑地眨了眨眼。片刻之后，他点了点头，突然就改变了话题，"这样吧，我们等以后找个舒服点儿的地方再慢慢讨论好了。现在我们上楼好吗？上面的实验室里正在做一些实验，我猜各位会感兴趣。"

于是，人们陆续向门口走去。亨特与丹切克落在最后，彼此使了一个眼色，目光都充满了不解。

"到底是怎么回事呀？请问！"教授追问道。

"我也不知道。"亨特答道，"快走吧，要不我们就掉队了。"

距离坑口基地几亿英里之外，人类首次与智慧外星种族会面的消息迅速传开，整个世界都震动了。记录会面的两段录像在世界各地的电视屏幕上反复播放——包括他们在"沙普龙号"飞船上的第一次面对面交流，以及外星人到达木卫三主基地时的场景。整个星球陷入一片惊奇和激动的狂潮当中，其激烈程度甚至超过了当年发现查理和第一艘伽星人飞船的时候。有人为之赞叹不已，有人却如丧考妣，还有人趁机插科打诨——不过，所有的反应都是在意料之中的。

而在世界各国政府的高层当中，则是另一番景象了。联合国正在召开特别会议，美国派出的高级代表弗雷德里克·詹姆斯·麦克拉斯基靠在椅背上,目光扫过满座的圆形会议厅。来自欧洲联盟的英国代表查尔斯·温特斯已经滔滔不绝地讲了四十五分钟,此刻正在做最后总结:

"概括来说,我们认为,外星人首次降落地球的地点应该在英伦三岛内选取。在地球上,英语已经成为各国家、民族和种族在社会、商业、科学和政治等领域进行交流时的标准工具。它同时也成了一个象征,标志着一度将我们隔离分割的种种屏障已被彻底清除,也标志着我们在全球范围内建立了一个以和谐、信任与协作为基础的新秩序。因此,当外星人朋友与我们人类交换第一句话时,使用英语这门语言为载体,是最合适不过的。请允许我提醒各位一句,迄今为止,被伽星人机器吸收使用的人类语言只有一门——就是我们英伦三岛使用的英语!既然如此,各位,当第一位伽星人首次踏足地球时,应该让他在哪片土地上迈出第一步呢?还有比这门语言的发源地更适合的地方吗?"

温特斯说完,用恳求的目光环顾观众席,然后坐回座位里。四处响起一阵低语声和纸页翻动的沙沙声。麦克拉斯基在笔记本上匆匆写了几句,然后瞥了一眼之前写下的几点内容。

早些时候,地球各国政府非常罕见地达成了共识,发表了一份联合声明,正式宣布欢迎那些来自史前、无家可归的流浪者。只要他们愿意,完全可以来地球安家落户。欢迎声明发布后,联合国随即召开目前这场特别会议,讨论外星人降落地点,结果与会各方在摄像机前争得不可开交。

终于,麦克拉斯基听得不耐烦了,生气地把笔扔到笔记本上,用手指猛戳按键,请求发言灯马上就亮了。几分钟后,他的控制面板显示主席已经批准请求,于是麦克拉斯基凑到麦克风前,"伽星人还没说他们来不来地球呢,更别提什么安家落户了。我们浪费这么多时间讨论这事情,是否应该先问一下他们的意愿呢?"

此话一出，马上就激发了新一轮的争论——事实证明，只要一有机会，外交拖延症就必然会发作。最后，此项议程的结果是：暂缓处理，等待更多信息。

不过，各位代表还是就一件小事达成了共识：

他们担心太空军团宇宙飞船的船员、军官、科学家，以及在木卫三上的其他相关人员缺乏敏锐的外交触觉与技巧，现在为情势所迫，权且让他们担任地球的代表和大使，其实当中隐含着极大的风险。因此，与会代表制订了一整套指导方针，让太空军团全体人员务必认识到整个形势的严肃性，以及自己的责任有多么重大。此外，这份指引还敦促他们："……鉴于对方是性情未知、动机不明的陌生种族，为了避免冒犯，切勿发表冲动性言论，严禁采取轻率行动……"

这些信息被传送到木卫三，一字不漏地向太空军团的船员和科学家们宣读，大家听完都乐了。既然地球人觉得对方"性情未知、动机不明"，他们干脆把这段话也向伽星人宣读。

巨人们听了，都觉得很滑稽。

11

　　与主基地相比，坑口基地小巧而简朴，住宿条件和便利设施都相当有限。随着伽星人技术专家们住在这里对飞船进行进一步详细检验，两个种族之间的交往也变得更加自由自在，相互的了解也加深了许多。亨特更是抓紧这个与外星人近距离接触的好机会，更深入地了解他们的习性和脾气。

　　在伽星人与地球人的众多区别当中，最惊人的一点是他们对战争以及任何形式的暴力都完全没有概念。在坑口基地的这段日子，亨特逐渐发现伽星人有一个共同点——也许这个共同点正是他们对暴力免疫的原因吧——而且他还意识到，这个共同点也代表了伽星人与地球人在精神特质上的根本差异。他从来没有发现伽星人流露出攻击性，哪怕是一点点蛛丝马迹也没有。他们从来不为什么事情争吵，从来不会显示出不耐烦的迹象，完全没有引起摩擦的火暴脾气。然而，让亨特惊奇的并不是这一点——对于一个极度先进和文明的种族来说，这绝对是在期望值之内的。最让他震撼的是，人类通常会通过别的情绪让这些负面的本能以某种能为社会所接受的方式宣泄出来，可是伽星人竟然连这种情绪宣泄也没有。在人类的群体生活当中，成员彼此间存在着某种微妙的、友好的良性竞争关系，这不仅为社会规范所接受，不少人甚至以此为乐；而伽星人相互之间却完全不存在竞争关系。

此外，伽星人的字典里没有"丢脸"一说。如果某人被证实是错的，他会毫不犹豫地向事实低头；如果他被证实是对的，也不会扬扬自得。有些任务他明知自己做得更好，却能心安理得地看着别人做而不去指手画脚——换了是地球人，大部分都做不到。要是他发现自己不能胜任某项任务，更会毫不犹豫地开口求助。伽星人从来不傲慢自大，不自诩权威，不看不起别人；同时也不会卑躬屈膝、低三下四。他们从来不会威胁恐吓，也不会被别人威胁恐吓。无论是他们说的话、做的事，抑或是他们说话与做事的方式，都没有流露出一点点追求地位名声的意愿。很多心理学家认为，人类作为共同生活的物种，其生活模式要求个体必须压抑自己本能当中的攻击性；而人类的社会行为当中鸢飞戾天的那一部分正是一种替代机制，让被压抑的本能得到释放。如果这种说法正确的话，那么亨特从自己的观察中得出的结论只有一个：出于某种原因，这种最深层的本能——伽星人完全没有！

当然了，这并不是说伽星人是一伙没有感情的冷血动物。他们其实很友好，拥有深厚的情感——这一点从他们对慧神星被毁的反应就能看出来——有时候他们表达情感的方式，在一些作风老派的地球人眼里，甚至可能算是不合时宜。他们的幽默感一点也不差，只是非常复杂和微妙，这在左拉克的基本设计当中就体现得非常明显了。此外，施洛欣指出，他们天性谨小慎微——并不是胆怯——而是喜欢三思而后行。每做一件事情之前，他们都必须先想清楚自己希望取得怎样的结果，为什么要取得这种结果，怎样做才能达到目的，以及万一事与愿违的话下一步该做什么。对于普通的地球工程师来说，伊斯卡里星的灾难只是一次应该被淡忘的事故，大家应该尽快放下包袱，再试一次——希望下一次的运气好点儿吧。可是对于伽星人来说，这是一次不可原谅的错误；就算已经过了二十多年，他们依然对这个错误耿耿于怀。

亨特认为伽星人是一个有风骨的高贵种族。虽然他们言谈温和、举止优雅，不过私底下还是喜爱和人交往和亲近的。他们对陌生人没有流露出丝毫的不信任——而这种怀疑的心态在地球大部分地区都是很典型的。他们安静、含蓄、自信，而最重要的是，他们极度理性！有一天，在坑口基地的酒吧里，丹切克对亨特说道："就算整个宇宙都发疯了，把自己炸得粉身碎骨，我相信伽星人还是会坚持到最后，用碎片硬是一片一片地把整个宇宙重新拼回来。"

坑口基地的酒吧成了地球人与伽星人进行小规模社交聚会的主要场所。每天晚餐过后，地球人与伽星人就会陆陆续续地结伴前来，最后将酒吧挤得水泄不通。每一个水平面——包括地板上——都瘫坐着一个个放浪形骸的身影，四处摆满了半空的酒杯。人们天马行空地漫谈，每一个能想到的话题都不放过，经常一聊就聊到凌晨几点。毕竟这是坑口基地，对于那些不愿意独处的人来说，下班之后可供选择的活动实在匮乏。

伽星人爱上了苏格兰威士忌，而且是不掺水、不加冰的纯威士忌，还要用平底无脚的古典杯来喝。同时，他们从"沙普龙号"带来了一种蒸馏酒，算是礼尚往来。有几位地球人酒鬼试喝了，觉得这酒甜甜的、暖暖的，很好入口……可是后劲儿却特别惊人，而且是在喝下去两个小时后才发作。吃过苦头的地球人把这种酒称作"伽星人定时炸弹"。

一天晚上，在这样一个酒局当中，亨特决定开门见山地与对方讨论那个困扰了他们许久的问题。当时在场的有施洛欣、加鲁夫的二把手孟查尔，以及其他四位伽星人。地球人这一方除了亨特以外，还有丹切克、电子工程师文森特·卡里森和其余几人。

"有件事情困扰了我们很久。"亨特说道,这时候的他已经适应了伽星人开门见山的说话方式,"我们明知身边有人能够描述远古时期的地球,我们当然有各种各样的问题想问了。这一点,你们肯定是知道的。可是你们从来不想谈这些事情,为什么呢?"话音刚落,四周响起一阵喃喃的赞同声,然后酒吧里突然变得一片死寂。伽星人立刻显出浑身不自在的样子,彼此面面相觑,好像都希望别人先开口。

最终回答的是施洛欣:"我们对你们的世界所知甚少,而这又是一个敏感的话题。你们的文化和历史对我们来说是完全陌生的……"她做了一个伽星人版本的耸肩动作,"风俗、习惯、价值观、被认可的说话方式……我们不想无意中说错话冒犯了各位,所以就回避这个话题。"

这个答案好像没什么说服力。

"我们相信你们有更深层的原因。"亨特坦率地说道,"在座各位也许来自五湖四海,可我们的身份首先是科学家。寻求真相是我们的本分,我们不应该逃避真相。这是一个非正式场合,大家彼此间都已经很了解了,所以希望你们能够坦诚些。我们真的很好奇。"

酒吧里一下子充满了期待的气氛。施洛欣又看了孟查尔一眼,后者默默地表示了同意。于是,她慢慢把杯里剩下的酒喝完,顺便整理了一下思路。然后她抬起头看着酒吧众人,开始说道:

"好吧,也许正如你所说的,我们坦诚点儿更好。关于自然选择的发展模式,我们的世界和你们的世界有一个至关重要的差别:慧神星上没有肉食动物。"说到这里,她停了下来,等待地球人回应。可是听众们只是默默地坐在那里,显然没人想插话。施洛欣突然觉得安心了不少。虽然这帮小矮人有暴力倾向,而且很难预测,可是他们此刻并没有什么过激的反应——也许是伽星人自己多虑了。

"为什么会有这个差别呢？你们也许不相信，其实原因很简单：与地球相比，慧神星跟太阳的距离要远得多。"她继续解释道，"你们也知道了，如果没有温室效应的话，慧神星上根本就不可能发展出生命。不过即使在温室效应下，慧神星和地球相比也算是一颗很冷的星球。

"温室效应使慧神星的海洋保持液态。第一批生命出现在大洋的浅海区域。那里的状况不像温暖的地球那么有利于生命向更高级的形态发展，所以慧神星的进化过程相对来说比较慢。"

"可是那里的智慧生命出现得远比地球早。"有人插话道，"看来有点儿古怪哦。"

"因为慧神星距离太阳比较远，所以冷却也比地球快。"施洛欣答道，"这就意味着那里的生命提前起跑了。"

"好吧。"

于是她继续往下说道："在起步阶段，这两个世界的进化模式非常相似：首先出现的是蛋白质复合体，然后是能自我复制的分子；经过一系列演变，活细胞终于成形了。先是单细胞，然后是细胞群，接下来是拥有专属特性的多细胞有机体——这一切都是在海洋无脊椎动物基础上出现的各种变异形态。

"由于两颗星球的状况各不相同，因此两条进化线为了适应各自的环境，难免会在某个节点上分道扬镳，而这个节点就是海洋脊椎动物——也就是有骨头的鱼。这个阶段标志着慧神星的海洋生物达到了一个稳定状态；同时，它们又面临着一个地球生物不需要面对的根本问题。这个问题不解决，它们就不可能突破这个状态、继续向前发展。这个难题其实很简单：慧神星比地球冷。

"各位应该能看出来，慧神星鱼类也在进化，而改善过的身体机能和器官都需要耗费更多氧气。可是在低温环境中，生物体耗氧量本来就很高。生物体要向高级阶段进化，其循环系统必须能够将足够的氧气带给细胞，以及将废物和毒素从细胞里带走。而慧神星早期鱼类的循环系统还是相当原始，无法承受双重的工作量。"

说到这里，施洛欣又停下来，给众人提问题的机会。可是听众们都入了迷，没有一个人开口打断她的故事。

"遇上难题时，大自然通常会尝试不同的方法去解决。"她继续说道，"这次也不例外。而最成功的解决方案就是在原有系统基础上建立一个能够分担负载的双循环系统——也就是复制一套完全相同的、由血管和淋巴管组成的网络。于是，主循环系统专门主管血液循环和运送氧气，而副循环系统则负责清除毒素。"

"太妙了！"丹切克忍不住大声赞叹道。

"是的，教授，以你所熟知的知识来判断，这套系统确实很妙。"

"可是我有一个问题，不同的物质在进进出出的时候，怎样才能找到正确的系统呢？"

"通过渗透隔膜。你想我现在就详细描述一下吗？"

"不用了，呃……谢谢。"丹切克抬起一只手，"这个话题可以下次再讨论。请继续。"

"好的。这个双循环系统的基本架构在成形后，经过了足够的改进与固化，生物体又能够开始向更高级的形态进化了。接下来就发生了变异，在自然选择的作用下，慧神星海洋生命开始出现分化，并且细分成不同种类的物种。你们也能预计到，过了一段时间，一系列肉食性的物种出现了。"

"你刚才不是说慧神星上没有吃荤的吗？"有个声音问道。

"那是后来的事了。我现在谈的是早期的现象。"

"好吧。"

"好了，说到这里，肉食性的鱼类正式出现了。接下来的事情，各位应该也能料到，大自然立刻开始想办法保护那些受害者。这时候，处于较高级阶段的是那些拥有双循环系统的鱼。在偶然的机会下,它们体内形成了一种非常有效的防御机制:两个循环系统被彻底隔离,副循环系统当中的毒素积聚到了足以致命的浓度。换句话说,它们都变成了有毒的鱼。而因为两个循环系统各自独立,所以副循环系统的毒素不能进入血液,否则毒鱼就会被自己毒死了。"

卡里森皱起眉头在想事情。这时候,他的目光正好与施洛欣相对,连忙打了个手势,请她暂停一下。

"我看不出这个防御机制能怎么保护那些鱼。"他说道,"都已经被对方吃了,就算有毒又怎样?未免太迟了吧?"

"是的,如果你不幸遇上一条还没学会避开毒鱼的食肉鱼,那确实是太迟了。"施洛欣表示赞同,"可是别忘了,对于大自然来说,重要的是保存整个物种,而浪费一些个体根本不算什么。你想想,一个物种的存活或者灭绝,完全取决于是否有某个捕猎者物种把它们当作猎食对象。而在我描述的那种情况里,这个捕猎者物种是不可能出现的。如果新出现的变异物种倾向于吃毒鱼的话,它在本能的驱使下试吃毒鱼,很快就会自取灭亡,没有机会将'爱吃毒鱼'这个特性传给下一代。因此,这个特性不可能在后代中得到加强与固化。"

"补充一句。"联合国太空军团一位生物学家插话道,"在地球上,年幼的动物倾向于模仿父母的进食习惯。如果慧神星上也是这样的话,那么年幼的动物自然会学习父母,对那些毒鱼避之则吉。因为任何一个不懂得避开毒鱼的变异物种都活不久,根本就没机会生育下一代。"

"还有一个例子就是地球上的昆虫。"丹切克补充道,"有些种类的昆虫虽然本身没有毒,却懂得模仿黄蜂和蜜蜂的颜色,于是其他动物也对它们敬而远之——其中的原理也是一样的。"

"好吧,挺有道理的。"卡里森说完,请施洛欣继续。

"从此,慧神星的海洋动物分成了三大类:肉食类动物、具有非毒性防御系统的非肉食类动物，以及有毒的非肉食类动物。后者的防御系统是最高效的，而且它们本来就在进化链上处于更先进、更有利的位置，如今没有天敌的狙击，它们就更能自由自在地发展了。"

"不过这种毒性并不改变它们的抗寒性，对吧？"有人问道。

"对的，这些物种的副循环系统继续发挥它们本来的功效。正如我刚才所说，唯一的变化是毒素浓度增加以及两个循环系统完全隔离。"

"我明白了。"

"好的。现在看看两种非肉食类动物，它们要互相竞争找吃的——植物、某些原始无脊椎有机体，以及水生有机物等等。可是慧神星太冷，水里没有丰富的资源——跟地球就完全没法儿比。在竞争过程中，有毒的物种更高效，逐渐占据了绝对的主导地位，无毒的物种则慢慢衰落。后者是肉食类动物的食物来源，因此肉食动物的种类和数量也随之式微。正因为这个原因，这两种非肉食动物渐行渐远，最终分道扬镳。无毒动物向大洋深处迁徙，避免与有毒动物竞争；肉食类动物自然也跟着它们远去。它们逐渐进化成为深海动物，终于达到稳定的平衡状态。有毒的动物则独占较浅的沿岸海域，而后来的陆地生物正是在它们当中进化出来的。"

"你的意思是，后来进化出来的所有陆生动物都遗传了这种双循环系统？"丹切兴致盎然地说道，"而且它们都是有毒的？"

"正是！"施洛欣答道，"到了陆生动物的时代，这个特性已经固化，成了它们身体基本结构的一个重要组成部分——就如同你星球上脊椎动物的许多特性一样。双循环系统就这样一代代地遗传下去，没有变过……"

这时候，施洛欣停了下来，因为观众们开始交头接耳，露出惊奇的神色——人们开始领会到她这番话背后的含义了。终于，后排有人开口说出了大伙儿的心中所想：

"这就解释了你刚开始说的那一点：为什么后来慧神星上没有肉食动物。根据你的描述，就算不时有变异的肉食动物冒出来，它们也不可能长久立足。"

"没错。"施洛欣肯定道，"在肉食的方向上偶尔会出现一些变异的个体，可是正如你所说的，它们不可能存活下来。在慧神星上进化出来的动物全部都是素食的。它们的进化线路与地球动物不一样，因为慧神星自然环境当中包含了不同的选择因素。它们没有'打或逃'的本能，因为它们不用抵御外敌的攻击，也不需要逃避捕食者的追杀。它们不需要形成基于恐惧、愤怒和攻击性的行为模式，因为这些情绪对它们的生存来说没有任何价值，所以相应的行为模式就得不到选择与加强。既然不会被捕猎者追赶，自然就不需要跑得快，也不需要天然的保护色，更加不需要往天上飞了——是的，慧神星上没有鸟类，因为没有外因促使它们出现。"

"飞船里面的壁画！"亨特恍然大悟，转头看着丹切克，"它们不是儿童的动画形象，克里斯，那些都是真实的动物啊！"

"天哪，维克！"教授倒吸一口气，两只眼睛在镜片后面一眨一眨的，目光里尽是惊奇的神色——他不明白为什么自己没想到这一点，"你说得对……当然了，你说得一点儿也没错！太神奇了！我们一定要再仔细研究一下……"丹切克看起来还要说些什么，却一下子停住了，好像突然想起了什么。然后他皱起眉头不说话，只是揉着前额，等酒吧里的嘈杂人声平息下去。

"不好意思。"等一切恢复正常后，他才说道，"还有一件事情……要是完全没有捕猎者，那么谁来限制素食动物的数量呢？我看不出有什么自然机制能够保持生态平衡。"

"我正准备说这一点。"施洛欣答道，"答案就是：意外。对于慧神星的动物来说，大部分意外——哪怕是划破或者擦破了一点点皮肤——都是致命的，因为副循环系统的毒素就会通过伤口进入主循环系统。而自然选择更倾向于天然的保护机制——比如革质的坚韧表皮、厚重的长毛、覆盖体表的鳞甲等等。拥有这些天然保护机制的物种，就能存活下来并且开枝散叶。"说着，她抬起一只手，向众人展示又宽又长的指甲和指关节上的老茧，又把衣领稍稍扯开一点，露出肩膀顶部一片长条形的硬块。细看之下，那条硬块上面是一片片鳞甲，层层叠叠地镶在一起，相当精细。"直到今天，伽星人的身体还残存着先祖遗传下来的一些保护机制。"

这时候，亨特意识到为什么伽星人的脾气那么好了。根据施洛欣描述的伽星人起源，慧神星上智慧生命的出现，既不是因为需要制造武器，也不是因为要跟竞争对手和猎物斗智斗勇，而是为了预见可能的危险并避免身体受到伤害。学习和传播知识能帮助原始伽星人存活下去，这些行为可以说是弥足珍贵的。正因为轻率鲁莽都能致命，所以在自然选择的过程中，得到强化的都是像小心谨慎、深谋远虑这样的特性，以及对行动后果的分析和预见能力。

伽星人就是从这样的先祖进化而成的，难怪他们天性温良恭俭让，而且极具团队合作精神。他们既没有对手，也不会动武，所以对任何形式的暴力和竞争都完全没有概念。在人类的文明社会里，这类本能会通过一系列复杂的行为模式，以一种能为人所接受的"正常"方式象征性地表达出来——而伽星人连这类行为也没有。亨特不禁想：什么算是"正常"呢？施洛欣仿佛看穿了他的心思，从伽星人的角度给出了一个定义：

"各位可以想象一下，当文明终于出现后，早期的伽星人思想家开始观察和思考自己身处的世界。令他们惊叹的是，大自然以无穷的智慧在所有生物当中施行一套严格的秩序：土壤哺育植物，植物喂养动物。伽星人对此全盘接受，因为这就是宇宙的自然规律。"

"就像神的旨意，是吧？"吧台附近有人说道，"听起来有些宗教意味嘛。"

"你说得对。"施洛欣转头看着说话的人，表示赞同，"在我们文明的早期，宗教观念确实是很盛行的。在科学普及之前，人们把许多无法解释的神秘现象归功于一种无所不能的存在……就跟你们的上帝差不多。早期的学说认为这个最高智慧指引着我们，而主宰万物的自然规律正是这种智慧的终极表现形式。我估计你们的说法是'上帝的旨意'。"

"不过深海的世界是个例外。"亨特说道。

"哦，深海动物也能被纳入这个框架内。"施洛欣答道，"我们早期的宗教思想家们把那里看作一种惩罚。史前的海洋生命公然违背自然规律，因此被永远放逐到最深最黑暗的大洋底部，永无重见天日之时。"

丹切克凑到亨特身边低声说道："就像逐出伊甸园一样，有意思吧？"

"嗯，但不是为了苹果，而是因为一块肥美的肉排。"亨特喃喃地答道。

施洛欣停下来，把玻璃杯推到吧台对面，请酒保斟满。各位地球人都在默默思考她刚才说的话，酒吧里鸦雀无声。最后，她端起酒杯呷了一口，继续往下说道：

"就这样，各位也看到了，在早期伽星人心目中，大自然因为和谐，所以圆满；因为圆满，所以完美。后来，伽星人学会了各种科学知识，对自己所在的宇宙也有了更多了解。可是他们始终觉得，无论科学知识把他们带到多远的星辰，也无论他们在探索永恒的路上走多远，大自然依然是至高无上的，自然规律依然是放之四海而皆准的。他们又有什么理由去怀疑这个真理呢？他们甚至无法想象别的生存方式会是怎样的。"

说到这里，施洛欣又停顿了一下，目光再次在大厅里缓缓扫过，看着每一个人脸上的表情，仿佛在权衡着什么。

"既然你们叫我坦诚点……"她说道，又停了一下，"后来，我们终于实现了一个世世代代酝酿已久的梦想——冲向外太空，发现新世界。就这样，伽星人怀着田园诗般美好的信念，来到地球的丛林里，然后马上就被这个野蛮的世界震惊了。我们把地球称作'梦魇星球'。"

12

伽星人的工程师正式宣布：坑口基地下方的飞船拥有足够的备件让他们修复"沙普龙号"的驱动系统，整个工程能在三到四个星期内完成。在这个过程里，两个种族的科学家与工程师精诚合作，不停地在主基地和坑口之间来回奔波。于是，太空军团为这两个地方设置了不间断的运送服务。在整个行动中，技术方面的工作当然是依靠伽星人去指挥和实施，而地球人则负责运输、后勤和人员食宿。联合国太空军团的专家受邀登上"沙普龙号"飞船观摩维修工程的进展。伽星人给他们解开了一些错综复杂的谜团，地球专家们都听得如痴如醉。后来，一位常驻"朱庇特五号"的著名核技术专家谈起此次经历，说自己就像"一个没受过专业训练的水管工人在参观核聚变发电厂"。

与此同时，太空军团的一支专家队伍制订了一个速成课程，给左拉克讲述地球的计算机科学技术。结果，左拉克构建了一个编码转换和接口系统——其中绝大部分细节当然都是左拉克自学的——从而将伽星人的计算机系统直接连上了主基地的网络，还接入了"朱庇特五号"飞船的计算机组。这样一来，伽星人就能通过左拉克直接读取"朱庇特五号"的数据库。他们打开了这个知识宝藏，开始从中了解地球人的生活、历史、地理和科技等方方面面。伽星人对这些信息有一种难以满足的求知欲。

有一天，在位于得州加尔维斯顿的联合国太空军团行动司令部的任务控制中心，一个古怪的声音突然从扬声器里传出来，顿时在通信控制室引起了一阵恐慌——这是左拉克开的又一个玩笑。原来这机器自己写了一段向地球人民问好的信息，偷偷嵌入了从木星发往地球的激光信道当中。

地球方面的反应当然很热烈，人人都想更多地了解伽星人。于是，官方召开了一个向全球新闻网络直播的特别记者招待会，请伽星人代表团公开回答问题；提问的都是随"朱庇特五号"飞船前往木卫三的科学家与记者。这次招待会必将迎来大量现场观众，木卫三主基地没有足够大的会场，所以伽星人同意在"沙普龙号"飞船上召开。亨特与其他人一起从坑口基地出发，直接飞到"沙普龙号"出席会议。

第一批问题是关于"沙普龙号"飞船的设计概念和原理，尤其是它的推进系统。伽星人回答说，太空军团科学家们之前猜对了一部分，但是并不完善。没错，巨型超环体内部的微型黑洞组在闭合环路里面旋转，这种设计确实能够产生极高的引力势[1]变化率，从而导致强烈的小范围时空扭曲，可是这个现象本身并没有直接推动飞船前进，而是在超环体的中心区域产生了一个焦点。微量的普通物质持续不断地被引到焦点，然后就湮灭了。根据质能守恒定律，湮灭的质量变成了引力能——当然了，这个过程并不像经典理论中的"某个力作用在物体中心点"那么简单。伽星人把这个过程产生的效

---

1. 是指单位质量的物体由引力场场中某点 A 移到无穷远点时万有引力做的功。

应描述为就像"作用在飞船四周时空结构里的一个应力",而正是这种应力波在空间中不断地向前传播,才顺便把飞船也一起带走了。

随意使物质湮灭,这个念头让地球科学家目瞪口呆;而物质湮灭会导致非自然的引力改变,这个现象对地球科学家有极大的启示。然而最惊人的是,引力是宇宙中最普遍、最自然的现象之一,而伽星人的这些技术仅仅代表了驾驭这个现象的一种方法罢了。很显然,在自然界,引力就是这样产生的。各种形式的物质总是处于衰退的过程中,这个过程的终点正是虚无,只是变化的速度极慢,慢到无法测量而已。在任何一个时刻总有极微量的基本粒子会湮灭,而正是这种湮灭造成了质量的引力效应。每一次湮灭都会产生一个微观的、短暂的引力脉冲。而从微观角度看,每秒钟就有上千万个这种脉冲叠加在一起,因此造成一种错觉,仿佛形成了一个稳定的场。就这样,引力再也不是一种静态的、被动的、依附于质量存在的现象,也不再是一个形单影只的异类,它终于回到了大队伍当中。从此,它跟物理学所有的场现象一样,都是一个由某种东西的变化率决定的量——只是在这里,引力取决于质量的变化率。这个原理以及人工产生和控制质量变化过程的方法,构成了伽星人引力工程技术的基础。

在场的地球科学家听了这番叙述,都大吃一惊。亨特向伽星人提问,道出了同伴的心声:有些基本物理定律——比如说质能守恒定律和动量守恒定律等——怎样才不会跟"随心所欲地让粒子自动消失"这个现象产生冲突呢?学界视为珍宝的那些基本定律,原来并不"基本",甚至连定律也称不上。和早期的牛顿力学一样,那些定律只是一种近似的归纳;随着科技发展,更先进的测量技术问世,更精准的理论模型出现,旧的定律是可以被推翻的。正如物理学家们仔细对光波进行实验,展示了经典物理学的局限性,从而导致了狭义相对论的诞生。为了说明这一点,伽星人提到物质衰退速率到底有多慢——一克水需要衰退一百亿年才会完全消失。在地球科学界的现有知识框架内，无论科学家们设计出什么实验都不可能测量出这种变化。同时，亨特提到的定律的精确程度已经完全足够了，因为它们的误差对实际应用不会造成任何影响。同样的，在描述客观现实的时候，牛顿经典力学虽然不如相对论精准，可是已经能满足人们的日常需要了。从历史角度看，地球科技发展的模式与慧神星是一样的。因此，随着科学进步，地球人会采用类似的推理方法，发现类似的现象，于是不得不重新审视那些经典定律了。

接下来，双方谈到了宇宙的永恒性。亨特想知道，既然宇宙当中的物质都在衰退，那么宇宙本身怎能继续存在和演化呢？须知伽星人提到的物质衰退速率，用宇宙时间尺度来衡量其实一点儿也不慢，所以到现在，这个宇宙应该已经没剩下多少了。

宇宙总是永恒的，伽星人告诉亨特。在整个宇宙空间里，每时每刻都有粒子自动出现、自动湮灭。后者主要发生在物质内部——这是很自然的，因为物质内部有更多粒子可以湮灭。而万物逐步向更复杂的机制进化，这一过程其实是在无序当中创造秩序——从基本粒子开始到星际云、恒星、行星，再到有机化学物质、生命，以及智慧生命——这是一个周而复始的轮回，一个亘古不灭的舞台，虽然台上的演员不断更替，但节目却是永不落幕的。这一切变化背后是一股不可逆转的推力，总是推动有机体从低级往高级发展。实际上，这两种互相对立的趋势总是处在矛盾冲突当中，而宇宙正是这种矛盾的产物。其中一方以热力学第二定律为代表，总是朝着无序的方向发展；另一方则是进化原则，是局部地逆转前者，朝着有序的方向发展。在伽星人看来，"进化"这个概念并不仅仅局限在生物界，而是涵盖了万事万物；从一个原子核的形成，到设计一台超级计算机，只要是朝有序方向发展，就可以纳入进化的范畴。而在这个范畴内，生命的出现只不过是整个进程中的某一个里程碑而已。

伽星人把进化原则比喻成一条鱼在熵的大潮中逆流而上，其中的鱼和浪潮象征着伽星人宇宙当中的两股基本力量。进化的成功得益于自然选择，而自然选择的成功则是因为概率的特殊运作方式。因此，伽星人分析后得出的最终结论就是：宇宙其实只是一个概率的问题。

这样说来，基本粒子的生命周期就是：出现－存活一段时间－然后湮灭。在"沙普龙号"飞船出发的那个年代，在伽星人最尖端的科技领域里，科学家们面对的各种疑难都可以用一个问题总结出来：宇宙中的基本粒子从哪里来、又往哪里去呢？宇宙被看作一个几何平面，一个粒子穿过这个平面，为银河系的进化做出一点儿贡献，同时也在这段短暂的时间里被人们所观察到。可是，这个几何平面之外又是什么呢？它到底是嵌在一个怎样的超级宇宙当中的呢？如果说人们观察到的一切都只是关乎某个终极现实的、无关痛痒的苍白影子，那么这个终极现实又是怎样的呢？慧神星的研究人员已经开始探索这方面的内容，希望能解开其中的秘密。他们坚定地相信，这个问题的答案不仅是星际航行的关键，而且能引领他们探索一些以前想象不到的、与存在有关的领域。"沙普龙号"飞船上的科学家不禁揣测，他们的子孙后代在全部离开慧神星之前的几十年、几百年，甚至上千年里，到底取得了多少进展？整个文明凭空消失，会不会是因为他们发现了某个以前连做梦也想不到的新宇宙呢？

出席招待会的记者对慧神星文明的文化基础更感兴趣，他们的问题主要集中在个人之间和团体之间的日常商业运作是通过何种方法进行的。以货币价值为根基的自由竞争经济似乎与伽星人与世无争的性情不太兼容。于是，人们提出了这样一个问题：没有货币的话，伽星人用什么系统去衡量与控制个人与社会之间的契约关系呢？

伽星人确认说，他们的系统能正常运作，既不需要利益驱使，也不需要个体维持某种形式的财务偿还能力。在某些领域里，伽星人与地球人的心理和思维定式相差太远，顺畅的沟通几乎是不可能的——而这个话题就是其中之一。生活当中的许多事情，地球人觉得是天经地义的，可伽星人就是理解不了。比如说，为了确保每个人对社会的回馈至少和他的所得一样多，某种形式的控制手段是必须的——但伽星人就觉得不可思议。再比如说，人类社会可以制订某种特定的方法去衡量社会成员"正常"的投入产出比；伽星人则认为，每个人都有一个能让自己以最佳状态运转的投入产出比，而且选择最适合自己的那个数值是每个人都应该拥有的基本权利。某人因为财务压力或者别的什么原因过自己不喜欢的生活，对于伽星人来说是可笑的，也是对人的自由和尊严的践踏。除此之外，他们也无法理解为什么人类社会必须建立在上述的这些原则之上。

　　记者们于是又问道：没有社会契约，那是否有什么机制去防止每个人都变成只懂索取、不愿付出的蛀虫呢？要是人人都这样子，一个社会还怎么维持下去呢？可惜这又是一个伽星人不能理解的问题。他们指出，每个人都天生有一种需要贡献的本能；而生存的一个基本需求就是要满足这种本能。被别人需要的感觉很好，哪个人会刻意剥夺自己的这种需求呢？很明显，激励伽星人的并不是钱财和利益，而是这种本能。"自己对别人一点儿用处也没有"，这个念头想一下就让他们受不了。伽星人天生就是如此，他们最凄惨的境况莫过于依赖社会而无法回报。谁要是刻意追求这种生存状态的话，就会被看作社会中的异类，被人同情，还需要接受精神治疗——就像智障儿童那样。伽星人发现很多地球人竟然把这种生存状态当成一生追求的终极目标，这就进一步增强了他们的信念：智人从月球人那里遗传了一些可怕的缺陷。当然，他们也说了一番比较鼓舞人心的话：根据对过去几十年人类历史的了解，他们认为大自然已经在治疗这些缺陷了——虽然速度不快，进展却是有目共睹的。

　　会议结束后，亨特觉得自己口干舌燥，于是问左拉克附近有没有提供饮料的地方。左拉克让他从大会堂正门出去右转，顺着过道往前走一小段,就会来到一片开阔空间,那里有地方坐,还有饮料和点心。亨特让左拉克帮忙点了一杯"伽星人定时炸弹加可乐"——这是两种文化融合的最新产品,一问世就深受双方的欢迎——然后就丢下那帮电视节目制作人和技术人员不管,按照左拉克的指引,一直走到目的地,去饮料机取已经准备好的饮料。

亨特拿了酒,转过身来环视这片休闲区,想找一个合心意的位置,却无意中发现自己是在场唯一的地球人。大部分座位都是空的,只有为数不多的伽星人零散地坐着,有三五个聚在一起的,也有形单影只的。亨特看中了一张小桌子,四周围了一圈空椅子,于是他优哉游哉地走过去坐下来。在场的伽星人当中只有一两位向亨特轻轻点头致意,其他人都没有注意他——旁人看了还以为每天都有外星人独自在他们的飞船上走来走去呢。突然,亨特发现桌面上摆着一只烟灰缸,于是下意识地伸手到口袋里掏烟盒。然后他停下来,瞬时有些迷惑不解:伽星人不抽烟的呀。他又仔细一看,才发现这是联合国太空军团统一派发的用品。亨特环顾四周,只见大部分桌面上都放着太空军团的烟灰缸。伽星人依然是那么心思细密、考虑周详:今天开会,肯定会有很多地球人前来,于是他们预先把烟灰缸准备好了。亨特摇了摇头,不禁暗自叹服。然后他舒舒服服地坐在宽敞的沙发软垫上,陷入了沉思。

突然,左拉克在他耳边说话了——那是施洛欣专用的声音。原来,施洛欣就站在一旁,可是亨特完全没有留意到。"您是亨特博士,对吧?下午好。"

亨特吓了一跳,连忙抬头看,立刻认出了施洛欣。"下午好。"是两族人都爱用的标准问候语,亨特会心一笑,朝着一张空椅子做了个手势。于是施洛欣坐下来,把自己的饮料放在桌面上。

"看来我们俩是英雄所见略同啊。"她说道,"开会让人口渴。"

"说得很对。"

"嗯……你觉得这个会开得怎么样？"

"很好。我看他们都听得入了迷……我敢打赌，这次会议肯定会在我们家乡星球引起很多争论。"

施洛欣似乎迟疑了一下，然后才说道："你会不会觉得孟查尔太直接了一点？他这样公开批评你们的生活方式和价值观……比如说，他对月球人的评价……"

亨特一边思索着，一边抽着烟。

"不，并没有。既然你们伽星人的看法是这样，那么直截了当说出来才是最好的……依我看，那些话早就该有人说了，而且我想不出有谁比你们更适合说出这番话了。拜你们所赐，现在更多人会留意到这些话题，这其实很好！"

"那就好。"她说道，突然显得放松了许多，"我开始还有点儿担心呢。"

"我觉得没有人会介意的。"亨特说道，"至少科学家们一点儿也不担心这个问题。他们更害怕的是，物理学的基本定律正在眼前轰然崩塌呢。我猜你还不知道这在他们当中引起了多大的震动。我们必须从零开始重新检验一些最根本的定律；本以为只是在书后面添加几页，可是现在看来，可能需要把整本书都重写了。"

"我觉得也是。"施洛欣表示赞同，"可是至少你们不用像当年伽星人科学家那样走那么多弯路。"她看出亨特很感兴趣，"对啊，亨特博士，你们的认知过程，我们当年也经历过。跟你们科学界在二十世纪早期的剧变一样，相对论和量子力学的发现也彻底颠覆了我们所有的经典理论。后来，当我们刚才讨论的那些问题逐渐整合成为一个新的系统，我们的科学界才再次发生剧变。在第一次科学革命当中存活下来的那些理论本来已经被奉为金科玉律，可是现在竟然被证伪了——所有根深蒂固的观念必须全部改变。"

说到这里，施洛欣转头看着亨特，然后做了个手势表达自己的无力感。"如果我判断正确的话,就算我们没来,你们的科学技术也终究会发展到我们今天的高度,而且并不需要很久。而现在我们既然来了,自然会帮你们一把,这样你们就能够避开许多困难了。大概五十年吧,你们应该就能制造出像'沙普龙号'这样的飞船。"

"我可说不准……"亨特的声音听起来很遥远。乍听之下,她的话好像难以置信,可是亨特回想起人类的飞行史:在二十世纪二十年代的美洲殖民地,有多少居民会料到五十年后他们变成了一个个独立的州,各自拥有自己的喷气客机舰队呢?又有多少美国人会相信他们的飞行器只需要区区五十年就会从木质的双翼飞机变成"阿波罗"宇宙飞船呢?

"再接下来会怎么样?"他喃喃地说道,仿佛在自言自语,"科学界会再一次发生剧变吗?前方会不会有连你们也不知道的东西在等待着呢?"

"谁知道呢?"施洛欣答道,"当年离开慧神星的时候,我详细记录了当时科技发展到哪个阶段。在那之后,什么事情都可能发生。可是别搞错了,我们并不是全知全能的;就算在我们的知识框架内,我们也不是什么都知道。我们也有意料不到的事情——尤其是来了木卫三之后,你们地球人教会了我们很多本来不知道的东西。"

这句话大大出乎亨特的意料。

"什么意思?"亨特兴致盎然地问道,"具体是什么东西呢?"

施洛欣缓缓地呷了一口饮料,顺便整理了一下思路,"嗯,我们就拿吃肉做例子吧。相信你也知道,在慧神星上,我们完全不知道何为吃肉。当然了,深海里面还是有一些肉食动物,可是除了科学家感兴趣之外,一般民众都会选择性地遗忘。"

"没错,我知道的。"

"是啊,伽星人的生物学家当然也有仔细研究进化,努力把我们的起源和发展过程重现出来。虽然绝大部分普通人都认为有一种神旨般的自然规律主宰着一切——这一点我已经说过了——可是，很多科学家在观察我们这个世界时，都看出这个神圣的设计宏图当中其实存在着偶然性。世间万物为什么非这样不可呢？单纯从科学角度出发，他们看不出任何理由。因此，身为科学家，他们开始自问：如果进化过程中发生了不同的事情，这个世界会变成怎样呢？比如说，假设食肉的鱼类没有往深海迁徙，而是留在海岸附近水域呢？"

"你的意思是，假如有两栖和陆生的肉食动物进化出来？"亨特补充道。

"没错！有些科学家坚持认为，慧神星之所以会变成这样子，完全是偶然的，跟什么神圣法则一点关系也没有。于是，他们开始构建一些假想的生态系统模型，这些系统当中都包含了肉食动物……他们这样做，更像是一种智力训练吧，我是这样猜测的。"

"嗯……有意思。后来结果怎样？"

"他们大错特错了。"施洛欣答道，还打了个手势加强语气，"根据大部分模型的预测，整个进化过程会变慢甚至倒退，最后困在一个死胡同里，永无出头之日——就跟我们海洋里的状况一样。他们并没有设法将水生环境对生物造成的各种限制分离出来，却笼统地把结果归咎于海底的生存方式，说那种方式从根本上带有自我毁灭的天性。所以你能想象，当第一支伽星人探险队到达地球，发现当地竟然存在着一个包含了肉食动物的陆上生态系统，他们当时是多么诧异！那些动物不但高级，而且细分成各种不同类别，甚至还有会飞的小鸟！探险队员们都大为惊叹。对于这些东西，他们可是做梦也想不到啊！所以现在你应该能明白，你们带我们在坑口参观地球动物标本时，为什么我们当中许多人会惊得目瞪口呆了。因为我们只是听说过这些动物，却并没有亲眼看见过。"

亨特缓缓地点了点头——他终于开始理解了。这个种族的人从小到大见惯了丹切克所说的那种"卡通动物"，现在突然看到一头长着四根长牙、像坦克般巨大的四棱齿象，或者一头像剑齿虎那样长着獠牙的恐怖杀人机器，能不害怕吗？亨特忍不住想，在伽星人心目中，到底是怎样的斗兽场才能造就这么恐怖的角斗士呢？

"所以，他们后来匆匆忙忙改弦易辙了？"亨特说道。

"是的……地球提供了铁证，他们把所有理论都重新修正过，然后构建出了一个全新的模型。不过很可惜，他们再一次错了。"

亨特忍不住哈哈一笑。

"真的呀？这次又弄错什么了？"

"弄错了你们的文明程度和科技水平。"施洛欣告诉他，"在两千五百万年前，我们的科学家观察地球动物的生存模式，都坚信它们是不可能进化出一个先进物种的。他们的理由是，在那种环境下，智慧不可能以一种稳定的方式出现；就算出现了，只要一有能力，他们就必然会自我毁灭。任何形式的社交生活或者共有社会都不可能存在；而因为知识是通过交流与合作获得的，因此他们的科学技术也永远得不到发展。"

"可是我们证明了这些理论都是错误的，对吧？"

"对，简直是难以置信！"施洛欣显得很迷惑，"我们设计出来的所有模型都显示，你们地球中新世的物种要向智慧生命发展的话，必须变得更狡猾，使用暴力时必须采取更复杂、更精细的方式。所以在这种背景下，具有凝聚力的文明社会是不可能出现的。然而……我们这次回来，发现你们不但创造了一个高科技的文明社会，而且还在持续不断地向前加速发展。这看起来是绝无可能的，所以我们好不容易才相信你们确实来自太阳系的第三颗行星——那颗梦魇星球。"

施洛欣的赞誉使亨特觉得受宠若惊；可是同时，他也清楚地知道，伽星人的预言只差那么一点儿就实现了。

"可是你们几乎猜对了，是吧？"他严肃地说道，"别忘了月球人。虽然他们走得比你们预计的要远,不过最后依然是按照你们模型预言的方式毁灭了自己。只是刚好有为数不多的幸存者,我们人类才有今天的成就——而当时他们存活的概率不会超过百万分之一。"说着,他摇了摇头,狠狠地吐出一团烟雾,"我倒不会对你们的模型感到不爽。在我看来,你们的预言差点就成真了,在它面前,我们的感受实在是微不足道……那预言实在是太接近真相了。在后来的漫长岁月里,如果导致月球人覆灭的那些特质没有被稀释或者进行自我修正,我们肯定会重蹈覆辙,而你们的预言将会再一次实现。可是因为一点儿运气,我们终于跨过了那道坎。"

"这就是最不可思议的地方。"施洛欣马上顺着往下说道,"我们认为你们前进的道路上有一道不可逾越的障碍,可是这道障碍恰恰变成了你们最大的优势!"

"此话怎讲?"

"你们的决心,你们的进取精神,你们永不言败的斗志,所有这一切都铭刻在地球人本性的最深处。它们其实是先祖残留下来的特质,虽然经过了修改和精炼,已经适应了新环境,可是其源头却始终没变。也许你们不会从这个角度看,可是我们会,所以就被吓了一大跳。不过请你明白,这种现象,我们不止没见过,甚至连想都想不到。"

"丹切克表达过类似的看法。"亨特喃喃地说道。可是施洛欣依然在继续往下说,显然是没听见。

"考虑到我们的起源,你应该知道我们的本能是规避任何形式的危险……自然也就不会去主动招惹了。我们是一个天性谨慎的种族。可是地球人……他们攀爬高山,驾小船绕着一颗星球航行,从飞行器上跳下来取乐!人类各种形式的游戏和比赛都是对战斗的模拟;你们称之为'商业'的东西,其实是重演了人类在进化过程中挣扎求存的那部分内容,也体现了人类在战争中流露出来的对强权的渴望;

你们的政治是基于'以眼还眼,以牙还牙'的原则。"说到这里,她停顿了片刻,然后又继续往下说道,"这一切对于伽星人来说,都是闻所未闻的。当一个种族面临威胁时,竟然会奋起反抗,我们都觉得这种做法有点……难以置信。我们已经研究过你们星球的大部分历史,其中很多内容都让人惊恐万分。不过与此同时,我们有学者透过那些历史事件的表面,看到了一些更深层的、可以说是相当鼓舞人心的东西。一直以来,人类经历了无数可怕的劫难,可是每次你们都拼命抵抗,而且最终总能化险为夷——虽然听起来有点奇怪,但是我必须承认,你们确实有一些非常了不起的地方。"

"可是怎么会呢?"亨特问道,"考虑到我们两个种族的背景相差那么大,你们伽星人又怎会觉得我们人类也有某些独特的优势呢?我们能做到的,你们早就做到了……而且你们取得的成就比我们的多得多。"

"你们取得目前成就所花费的时间,这就是原因。"她答道。

"时间?"

"你们进步的速度太过惊人!难道地球人没有意识到这一点吗?嗯,估计你们也没有理由会意识到。"她看着亨特,那一瞬间好像迷失在了思绪里,"地球人学会控制蒸汽是在多久以前?接下来只用了不到七十年就已经能飞上你们的月球了。在发明晶体管的二十年后,你们的计算机就已经能够撑起人类的半壁江山……"

"跟慧神星相比,我们这样算厉害吗?"

"当然厉害了!简直就是奇迹啊!跟你们相比,我们的发展简直是异常缓慢。而且你们发展的速度变得越来越快!原因很简单,人类天生有一种神挡杀神的进取精神,你们正是凭借这种精神去向大自然发起进攻的。虽然你们现在已经不会互相砍杀,也不会把彼此的城市炸为平地,可是那种本能依然存在于你们身体里,你们的科学家、工程师……你们的商人、政客,无一例外。他们都争强好胜,而且愈斗愈勇。这正是我们两个种族的根本区别所在。伽星人是为了学习知识而学习知识，解决问题只是学习过程中的副产品。而地球人是主动去解决问题，并在过程中学会新的东西；然而对于地球人来说，在斗争和获胜的过程中取得快感才是最重要的。昨天我跟加鲁夫聊天时，他总结得非常精准。我问他，地球人言必称上帝，你觉得他们真的信那一套吗？你知道他怎么回答的吗？"

"他怎么说？"

"一旦他们把上帝制造出来，就会信了。"

亨特忍不住笑了。加鲁夫这句话虽然有点故弄玄虚，但又何尝不是对地球人的赞许呢？他正想回答，耳边突然有人说话——那是左拉克自己的声音。

"不好意思，亨特博士。"

"什么事？"

"有一位布鲁科夫中士想跟你说句话，你要接听吗？"

"不好意思，得接个电话。"他对施洛欣说道，"好了，接进来吧。"

"亨特博士？"这个声音很清晰，是太空军团的一位飞行员。

"在。"

"打搅了，不好意思。我们正在安排名单，把每个人都送回坑口基地。我会开一架运输机回去，半小时后出发，机上还有几个空位。另外，有一艘伽星人飞船会在一个小时后飞往坑口，有人打算乘他们的顺风机。你就在这一批返航的名单上，请问你想坐哪一班机？"

"坐伽星人飞船的都有谁？"

"我不认识他们，不过他们就站在我面前。我就在开记者招待会的大厅里。"

"给我看看好吗？"亨特问道。

说完，他激活手腕装置，看着布鲁科夫前额摄像头拍出来的画面。亨特一下子就认出了一堆熟人，都是坑口基地实验室的人员，文森特·卡里森也在……还有法兰克·托尔斯。

"谢谢你的邀请。"亨特说道，"不过我还是乘他们的飞船吧。"

"好的。噢……请等一下……"接下来是一阵模糊不清的背景音，然后布鲁科夫继续说道："有人问你'滚哪儿去了'？"

"告诉他，我滚到酒吧了。"

更多杂音传来。

"他想知道酒吧在哪儿。"

"好吧，你先面向那堵墙。"亨特答道，"沿着这面墙向左走……再走远一点儿……"他看着图像从屏幕的一端移到另一端，"站住别动，你面前的就是大厅正门。"

"明白。"

"从这里出去右转，一直向前走就是了，他们不会看不到的。饮料免费，让左拉克帮忙点就可以了。"

"好的，我知道了。他们说一会儿见。通话完毕。"

"频道已经关闭。"左拉克告诉他。

"不好意思。"亨特对施洛欣说道，"有人要来跟我们拼桌。"

"是地球人吗？"

"对，是几个贪杯的北方佬。我错了，不该把这个好地方告诉他们的。"

施洛欣大笑起来——亨特现在已经能辨认出伽星人的笑声了——然后脸上慢慢恢复了严肃的神情，"你给我的印象，是一个理性、冷静的地球人。有一些事情我们之前从来没有提起过，因为我们不知道会引起你们怎样的反应。可是在这里嘛……我觉得我们可以谈一谈。"

"请说。"亨特感觉到，他刚才跟飞行员通话的时候，施洛欣肯定趁机把她要说的这个话题又仔细想了一遍。他察觉到对方的神情和态度发生了一丝微妙的变化。她要传递出来的信息似乎是,这个话题并不需要绝对保密,接下来提到的信息该怎么使用,完全由亨特自己做主。施洛欣对地球人的了解远远比不上亨特,毕竟他们是他的同类。

"曾经有那么一次,伽星人刻意地使用了暴力——那是一个特殊的场合,我们有意杀害了许多生命。"

亨特默默地等着,不知道做出怎样的反应才算合适。

"你也知道,"施洛欣继续说道,"慧神星面临着二氧化碳含量增高的难题。有个可行的解决方案一下子就冒出来了——只需要迁去另一颗星球就可以了。当时,我们还没有像'沙普龙号'这样的飞船,还不能飞去别的星系,所以只能考虑太阳系里面的行星了。除了慧神星之外,能够维持生命的星球就只剩下一个了。"

亨特茫然地看着她,似乎并没有理解这段话背后的深意。

"地球。"他说着,轻轻地耸了耸肩。

"没错,就是地球——我们可以把整个文明转移到地球上。你也知道了,我们派过探险队去地球进行探索。他们搜集了许多与地球环境有关的详细信息,全部传回了慧神星。我们一看就知道,慧神星的难题,毕竟不是这样一个简单的方案就能解决的——在那个野蛮的世界里,伽星人根本就不可能生存下去。"

"于是你们就放弃了这个想法?"亨特问道。

"不……还没放弃。你得知道,在许多伽星人心目中,整个地球的生态圈,以及其中一个重要的组成部分——动物,都是反自然的,是对生命本身的扭曲。宇宙本来可以很完美,却蒙上了这样一个污点;要是没有了这个污点,宇宙才会变得更好……"这时候,亨特终于开始理解施洛欣这番话的含义了,顿时倒吸一口凉气,"有人提出一个建议:把那些感染这颗星球的病菌都清除干净,灭绝地球上的所有动物,用慧神星的生物取代它们。这个方案的支持者们宣称，这样做只不过是以其人之道还治其人之身罢了。"

亨特震惊了：之前说了那么多，原来伽星人也能想出这么丧心病狂的计策！施洛欣注视着亨特，仿佛看穿了他的心思。

"绝大部分伽星人都本能地、坚决地反对这个方案，绝对没有商量的余地。这种做法完全违背了我们的天性，而这个方案也激起了我们历史上最激烈的公众抗议活动。

"然而，我们自己的世界已经陷入了危机，即将变得不再适合居住。政府内部有些官员觉得自己有责任对每一个可能的解决方案进行调研。于是，他们偷偷地在地球上建立了一个小型殖民地，在局部范围内进行试验。"亨特正想提问，话到嘴边却被施洛欣举起一只手拦住了，"不要问我那个基地在地球上哪里，也不要问我他们做试验时使用了什么手段，那些细节我实在讲不出口。我们就这么说吧，试验结果是灾难性的。他们的所作所为导致某些地区的生态系统全盘崩溃；在你们所说的'渐新世'其间，许多地球物种灭绝了，其实也是他们做的好事。有些被殃及的地区，直到今天依然是沙漠。"

亨特不知道应该说些什么，所以他什么也没说。施洛欣告诉他的这件事之所以让他大吃一惊，既不是因为他们使用的手段，也不是因为他们造成的后果——毕竟这一切对于地球人来说是再熟悉不过了——而是因为这事情太超出他的想象了。不过亨特又意识到，对于他来说，这一番话向他揭露了一些真相，充其量只是把他吓一大跳；可是对于伽星人来说，这件事情简直造成了极大的精神创伤。

亨特并没有暴跳如雷，施洛欣似乎安心了一些，于是继续往下说道："当然了，这些试验对参与人员心理造成的创伤同样也是灾难性的。整件事情最后就这样不了了之，这一切都被束之高阁，成为我们历史上极其不光彩的一页。老实说，我们都恨不得把这件事忘掉。"

这时候，走廊远处传来了人声，中间还夹杂着阵阵欢笑。亨特抬起头，目光里充满了期待。施洛欣连忙伸手去碰他的手臂，让亨特把注意力暂且转回来。

"渐新世时代的地球和动物，这些话题总让我们羞愧难当。亨特博士，这就是我们不想提起的真正原因了。"她说道。

13

　　伽星人宣布,"沙普龙号"已经可以全面恢复运作了。他们打算把飞船开去太阳系最外围试飞一圈,全程大约需要一个星期。

　　伽星人出发当天,太空军团的许多科学家、工程师和官兵聚集在坑口基地的大餐厅,观看飞船起飞。画面信号从主基地传送过来,就显示在墙壁的大屏幕上。亨特、卡里森和托尔斯一起坐在大厅的远端,都喝着咖啡。当倒计时快到零的时候,人们说话的声音已经全部安静下来,大厅里充满了期待。

　　"联合国太空军团所有飞行器都已经回避,你们可以按原定计划升空了。"主基地控制员的声音从扩音器里传来。

　　"确认。"回答的声音很熟悉,正是左拉克,"升空前检测显示一切正常,我们立刻起飞。各位地球人,一周后再会吧。"

　　"好的,再见。"

　　这时候,飞船的尾部已经收回,停机舱入口也已经关闭,宏伟的船身一动不动地指向天空,使匍匐在地面上的乱七八糟的建筑物更显渺小。几秒钟后,飞船开始缓缓升起,不断向上滑行,顺畅地飞进了延绵不绝的星幕当中。镜头一直上移,追踪着"沙普龙号"飞船;渐渐地,最后一角冰峰也消失在画面的底部。突然,"沙普龙号"的飞行角度发生变化,船身的图像迅速收缩——可见它在这一刻的加速度是多么惊人。

"天哪!一下子就飞走了!"主基地控制员惊叹道,"'朱庇特五号',你们的雷达监测到没有?"

"简直像一道从地狱里射出来的闪电,而且还是上了润滑油的!"另一个声音答道,"飞船的信号变得断断续续,我们快监测不到了。他们肯定已经开了主驱动器,应力场开始扰乱回波,光学扫描仪上面的图像也已经变得不连贯……"然后他又说道,"没了,这回彻底消失了……就像从来也没有存在过似的。太神奇了!"

就这样,伽星人飞走了。在坑口基地的大餐厅里,观众们有的很错愕,有的轻轻地吹了几下口哨,打破了现场的一片寂静;紧接着,有人发出了惊叹声和低语声。渐渐的,零碎的对话越来越响,终于稳定下来,汇聚成一股连续不断的声浪。屏幕上又变回了主基地的画面——缺少了矗立在背景中的那艘巨大飞船,整个基地显得空荡荡的,颇有点儿残缺感。

"好了,我得走了。"亨特一边从座椅上站起来一边说道,"克里斯有事要跟我商量。我们一会儿见吧。"其他两人抬起头。

"好的,一会儿见。"

"再见,维克。"

亨特向大门走去,突然意识到眼前一位伽星人也没有,顿时也觉得坑口基地有点不太对劲儿。他心想:这次试飞,为什么需要全体伽星人都参加呢?这似乎有些古怪……可是身为地球人,这事也轮不到他去操心。然后亨特想起了左拉克——他也许需要一段时间才能适应没有左拉克的日子。在不知不觉中,他已经习惯了跟别人直接沟通,也习惯了随时随地咨询左拉克。这台机器已经成为一个集导师、顾问、引路人于一身的角色——一个无所不知、无处不在的伙伴。没有了左拉克，亨特突然觉得很孤寂，仿佛一下子与世隔绝了。伽星人本来可以在木卫三安装一些专用的中继设备，给地球人保留一条跟左拉克联络的信道。可问题是，"沙普龙号"在高速飞行时会导致时间变慢，使双方时钟不匹配，再加上彼此距离越来越远，所以是不可能进行有效通信的。亨特暗自叹息：接下来的这个星期会特别漫长。

亨特来到丹切克的实验室，发现他正在照料那些宝贝慧神星植物。那些植物已经蔓延到实验室的每一个角落，眼看就要开始向走廊发起进攻了。在伽星人到来之前，教授和亨特一起想出了一套关于"慧神星陆生动物对大气中的二氧化碳具有低抗耐性"的理论，而这次他想跟亨特讨论的正是这件事情。按照他们当初的想法，慧神星陆生动物的这种特性，与它们体内的化学基础代谢系统一样，都是从早期生活在海洋里的先祖遗传下来的。后来，丹切克通过左拉克与伽星人科学家就这个话题进行了深入讨论，终于知道之前的推测是错误的。

"实际上，当陆生动物最终出现在慧神星时，它们进化出了一个非常高效的系统去适应含有大量二氧化碳的空气。这个机制，事后看来，其实很明显，也很简单。"丹切克一边说，一边在大团大团的叶子里倒腾着。然后他停下来，脑袋稍稍转了转，给亨特时间消化消化。亨特坐在一张高脚凳上，一只手肘撑在身旁工作台的边缘，没有答话，只是耐心地等待着。

"它们的副循环系统适应了新环境，担负起吸收过量二氧化碳的任务。"丹切克告诉亨特，"那个系统本来就是专门处理毒素的，现在有这样一个现成的机制对付二氧化碳，是再理想不过了。"

亨特揉着下巴，心里仔细想着这个理论。

"这么看来……"过了一会儿，他说道，"我们之前说它们从先祖那里遗传了低抗耐性……都是胡说八道咯？"

"如假包换的胡说八道。"

"而且这种抗二氧化碳机制其实一直保留下来了，对吧？我的意思是，后来出现的物种身上都带有这种机制……它们都能适应陆上的环境了？"

"是的，完全正确！"

"可是我还有地方想不明白。"亨特皱着眉头，"如果你这个假设是正确的，那么伽星人应该也遗传了这种抵御机制。既然他们有这种机制，就不必担心二氧化碳过量了。可是他们自己亲口说过，他们也面临着二氧化碳的难题。这是怎么一回事呢？"

丹切克转身面对着亨特，把掌心往实验室大衣的前襟上抹了抹。他咧嘴一笑，两块镜片掩藏不住目光中的笑意。

"他们确实遗传了这种特性……也就是这种抵御机制；而同时，他们也面临着二氧化碳的难题。不过你要明白，这个难题并不是天然的，而是他们一手造成的，可以说是自作自受——不过这是发生在后来的事情了。"

"克里斯，你在让我猜谜吗？为什么不从头开始说起呢？"

"好吧。"丹切克一边说一边擦干刚才用过的小工具，然后一件件放回抽屉里，"正如我刚才所说的，当陆生动物出现在慧神星时，所有物种共有的副循环系统——也就是使它们变得有毒的那个系统——适应了新环境，能吸收过量的二氧化碳。因此，虽然慧神星大气中的二氧化碳含量高于地球，可是那里出现的各种形式的生命一样能够欣欣向荣地繁衍发展。通过进化，它们找到了一种绝妙的方法去适应身边的环境——而这，就是大自然的杰作了，对吧？从此以后，这种系统基本上就没怎么变过。几亿年后，当智慧生命——也就是原始伽星人——出现时，他们体内也有这种生理结构。怎么样，到这里还清楚吧？"

"他们有毒,而且已经适应了高二氧化碳的环境。"亨特答道。

"没错。"

"然后发生什么事情了?"

"接下来发生的事情肯定很有意思。伽星人这个种族出现后,经历了从原始文明向高级文明发展的所有阶段。这些过程,相信大家都耳熟能详了,无非就是制造工具、种植粮食作物、建造房屋等等。到了这个阶段,相信你也能想象到,他们从远古时期水生的先祖那里遗传下来的自我保护机制——也就是抵御肉食动物的那个系统——非但派不上用场,而且还开始帮倒忙了。一方面,陆地上根本就没有肉食动物,而且短期内也不可能出现;另一方面,日常生活中发生的意外会导致伤者被自己毒死,这就严重阻碍了他们的发展。"丹切克说着,突然朝着亨特竖起一根指头——只见第二个指节上缠着一圈创可贴,"昨天我不小心被小刀划伤了。"他说道,"假设我是远古时期的伽星人,可能连一小时也熬不过。"

"好的,明白了。"亨特表示赞同,"可是他们有什么对策呢?"

"在我刚才描述的那个时期——应该是伽星人文明的早期——人们发现在食物当中加入某些植物或者真菌,就能中和副循环系统里的毒性。是怎么发现的呢?应该是他们留意到有些动物明明受了致命伤却不会死去,于是开始仔细观察这些动物的习性。这小小的一点改变也许是他们这个物种向前迈出的最大一步了,再加上他们的智慧,这几乎能保证他们在慧神星的生物圈里处于绝对的支配地位。比如说,这个发现为早期的伽星人开拓了一个崭新的医学领域。随着他们体内自我毒杀的危机得到缓和,伽星人便可以进行外科手术了。后来,他们发明了一种简单的手术,使副循环系统永久失效,人们再也不用服药了。很快,这就成了每个伽星人一出生就做的标准手术。再后来,他们的科技水平就超过了我们。他们找到了导致副循环系统在胚胎内成形的那条基因,并将其彻底切除。就这样,伽星人在繁殖的过程中，把这项特性从自己体内清除了。我们今天见到的伽星人，体内都没有副循环系统；而且他们的上几代人也早就没了。这个解决方案妙吧？"

"简直是妙不可言！"亨特赞同道，"我一直没机会跟他们聊这方面的话题……希望接下来有机会吧。"

"啊，是的。"丹切克点了点头，"在基因工程这个领域，他们都特别精通。我们的伽星人好朋友……都是高手……"

亨特沉思了片刻，恍然大悟。他用力地打了一个响指。

"可是，"他说道，"这样一来，他们就把抗二氧化碳的能力也弄没了。"

"说得对，维克！慧神星上其他动物都保留着与生俱来的对二氧化碳的高抗耐性，唯独伽星人与众不同——他们牺牲了这个特性，换来了身体抗意外击打的能力。"

"可是我不明白他们怎么会这样做。"亨特说着，再次皱起了眉头，"我知道他们当然有能力这样做，我的意思是，他们怎么会没预见到后果呢？他们肯定需要保持二氧化碳抗耐性，否则以前就不会进化出副循环系统了。他们并不是蠢人，又怎么会不知道这一点呢？"

丹切克点了点头，仿佛早就知道亨特会有此一问。

"可能当时这种状况还不太明显吧。"他说道，"你要明白，慧神星和地球一样，其大气成分都是随时间变化而变动的。伽星人的研究表明，在陆生动物刚刚出现时，火山活动频率刚好到达一个顶峰，所以二氧化碳含量特别高。因此很自然的，早期的陆生物种都有较高的抗耐性。可是随着时间推移，二氧化碳水平持续下降，到了伽星人的年代，似乎已经稳定下来了。于是他们得出一个结论：自己的抗耐机制只是远古先祖残留下来的一个特性，而先祖所面临的那些状况，今天已经不复存在。同时，根据以往经验，他们就算没了这个系统也能活得好好的。虽然当时的境况距离警戒线并不远——

但按照我们人类的标准,二氧化碳的含量还是很高的——可是他们依然觉得自己完全能应付。于是,伽星人决定将烦恼一割了之。"

"哈!然后二氧化碳含量又开始升高了!"亨特猜测道,"很突然,而且是灾难性的,对吧?"

丹切克确认道:"从地质学的时间尺度看,算是吧。当时他们并没有面临即时的危险,可是根据测量和计算,要是二氧化碳含量仍然以这个速度持续增长的话,他们——或者他们的子孙后代——就麻烦大了。没有了祖传的抵御机制,他们是不可能活下去的;不过这个机制却被他们亲手毁掉了。其他动物完全可以适应,唯独伽星人的出路被自己堵死了。"

这时候,亨特终于全盘理解了伽星人面临的困境和窘况。他们好不容易买了一张单程票离开集中营,却发现自己被送进了毒气室。

"那么,他们有什么对策呢?"丹切克问道,接着就自己说出了答案,"第一,利用高科技手段把二氧化碳含量降下来。伽星人也想到了这个策略,可是他们建的模型显示,没法儿对整个过程进行严格控制,因此有很大风险导致整颗星球被冰封。伽星人天性谨慎,不到万不得已是不会用这种方法的。

"第二,他们可以像之前那样降低二氧化碳含量,同时想办法增加太阳的热度——这样一来,万一改造大气工程失败减弱了温室效应,也能通过增强太阳辐射来补偿。于是他们去伊斯卡里星进行实验,却出了差错。'沙普龙号'飞船逃跑之前发消息通知总部,所以慧神星的科学家们也知道此路不通。"

亨特完全没有开口插话的意思,所以丹切克继续往下说道:"第三,他们可以迁徙来地球。他们派了先遣队进行小规模尝试,结果也是以失败告终。"说到这里,丹切克耸起肩膀,张开双臂,摆出一个无计可施的姿势。亨特又稍等了片刻,不过丹切克已经不想说话了。

"那他们到底该怎么办？"亨特问道。

"我不知道。就连我们的伽星人朋友也不知道，因为慧神星方面采取的对策都是在他们离开之后才想出来的。他们甚至比我们更好奇——毕竟那是他们的家乡星球啊。"

"可是那些来自地球的动物……"亨特继续问道，"它们都是后来才运到慧神星的，莫非和伽星人的最终解决方案有关？"

"应该有关，可是具体有什么关系，我就不清楚了。那些伽星人也不知道。不过有一点我们能确定：他们的最终方案并不是利用类地生态圈吸收过量二氧化碳，因为那个方法是根本不可能奏效的。"

"那个方案就被无情地摒弃了，是吧？"

"被狠狠地抛弃了。"丹切克斩钉截铁地说道，"至于他们为什么把地球动物运到慧神星，以及这个举动跟二氧化碳的困局到底有没有关系，这至今依然是未解之谜……"说到这里，教授停顿了一下，目光越过镜片顶部，紧紧地盯着亨特，"可是，从我们刚才谈到的内容引申出去，又出现了另一个谜团——一个全新的谜团。"

"又一个谜？"亨特好奇地与丹切克对视着，"愿闻其详。"

"慧神星上的所有其他动物……"丹切克缓缓地答道，"你想想，既然它们体内的生理机能足以应付空气中的二氧化碳含量，那么导致它们全部灭绝的肯定不是气候变化。这样的话，到底是什么让它们灭绝的呢？"

14

在一片广袤的平原上,波浪形的冰层向四面八方延伸,融入了阴郁的长夜里。空中悬着一颗微型的太阳,看起来就像是亿万星辰当中比较明亮的一颗。太阳射出微弱的光,给茫茫荒野涂上了一层诡异而不祥的暮色。

一艘巨大的飞船昂然矗立,直指苍穹;飞船的顶部消失在朦胧的黑夜之中。船身侧面亮起了弧光灯,居高临下地射出一团明亮的圆锥形白光,在飞船旁边的冰面上刻下一个巨大的圆形。在光圈里,几百个身穿太空服的八尺巨人沿着圆周列队,里里外外站了四圈。他们一动不动地低头肃立,双手在身前轻轻相扣。圆圈内部划分为一系列同心圆,在每个圆环上都有许多个挖好的等距矩形冰坑,每个坑都指向圆心。这些冰坑旁边各放着一只九英尺长、四英尺宽的金属箱子。

一小队人缓缓走到圆心处,开始绕着最里面的圆环走动。每走到一个冰坑旁,他们就会停下来,默默地目送箱子沉入坑里,然后再往下一个走去。第二队人跟在他们身后,用一根即热式水龙头往坑里灌满水。几秒钟之内，热水就结成了坚冰。第一圈完成了，他们又往外走到第二个圆环那儿，重复着同样的步骤……直到最后，他们回到了光圈边缘。

众人凝视着他们在圆心竖起来的一座简朴的纪念碑，久久不愿离去。那是一座金色的方尖碑，每一面上都刻着字。碑顶有一盏长明灯，能够燃烧整整一百年。众人看着这一幕，心中回想起亲友们的音容笑貌——如今他们只能存在于记忆当中了。

告别的时刻终于来临。他们转过身，排着队缓缓地向飞船走去。飞船侧面的弧光灯熄灭之后，这里就只剩下方尖碑上那盏长明灯继续用微弱的亮光抵抗那茫茫黑夜。

当初他们许下了一个承诺。这个承诺伴随他们穿越无尽的空间和时间来到这里。如今，他们终于履行了这个诺言。

冥王星的冰层下埋藏着慧神星的土壤。

巨人们回到了家乡，让逝者长眠于此。

15

猛然间,"沙普龙号"飞船出现了,正如它突然地消失那样猝不及防。

"朱庇特五号"飞船的监控雷达探测到一个微弱的回波信号以极高速度从茫茫太空朝他们直扑过来,而且这一信号以惊人的负加速度一下子就慢了下来,并在瞬间强化。当光学扫描准备就绪的时候,"沙普龙号"就和上次一样,已经在绕着木卫三巡航了。不过,这一次的迎接气氛已跟初见时大不相同了。

通话内容都记录在"朱庇特五号"通信中心的航行日志上。可以看出来,双方都很热情、很友好。

  沙普龙号:下午好。
  朱庇特五号:嘿,旅途怎样?
  沙普龙号:很顺利。天气怎样?
  朱庇特五号:就那样呗。驱动器怎样?
  沙普龙号:好极了。有没有给我们预留房间?

朱庇特五号：还是上次住的那些。你们想降落吗？
　　沙普龙号：谢谢。我们能认路。

"沙普龙号"成功降落在木卫三主基地。五小时后，坑口基地的走廊里再一次响起了巨人们沉重的脚步声。

与丹切克的一席谈话激起了亨特的好奇心：生物体是通过什么机制去抵御毒素和杂质对自己身体的侵蚀的呢？在接下来的几天里，他接入"朱庇特五号"的数据库，细细钻研这方面的内容。施洛欣曾经提起过，现代地球生物的先祖——也就是早期的海洋生物——并没有长出一个副循环系统，因为它们并不需要。地球环境比较温暖，生物躯体对氧气的需求量相对较小，不需要负载分担机制。正是这种双循环系统机制使慧神星后来出现的动物能适应高二氧化碳含量的环境；然而，从地球引进的动物并没有这种机制，但它们却毫不困难地适应了新环境——亨特很好奇它们是怎么做到的。

可是他的研究并没有得出什么惊人的结论。这两个世界各自进化出独特的物种，而这两类物种的基础化学系统也各不相同。以前挖掘人员从月球人基地的废墟里找到一些来自慧神星的罐头鱼，丹切克研究这些鱼之后得出一个结论：慧神星生物体内的化学系统比我们更精密、更脆弱，遗传了这种系统的陆生动物天生就对包括二氧化碳在内的某些毒素特别敏感；在大气环境渐趋极端的时候，它们需要一条额外的防线去提高自己的抗耐性——这就是为什么最早期的陆生动物会进化出一套副循环系统。而地球动物的化学系统比较粗糙、灵活，就算没有额外的帮助，也能适应大尺度的环境变化。现在看来，丹切克的结论是正确的。

一天下午，亨特坐在坑口基地某个计算机终端室的显示屏前，想在这个问题上找一些新的突破，不过依然以失败而告终。他找不到别人聊天，就打开接入伽星人计算机网络的信道，跟左拉克讨论这个问题。亨特说话时，机器认真地倾听，没有发表意见打断他的叙述。最后，左拉克只评论了一句："我没有什么可补充的，维克，你基本上已经概括得很完整了。"

"你完全想不出我有什么遗漏的地方吗？"亨特追问道。一位科学家向一台机器问这样的问题，乍看之下是有些荒唐。可是亨特很了解左拉克，知道它有一种不可思议的拾遗补阙的本领，还能在貌似天衣无缝的论证过程中挑出哪怕是最微不足道的一点儿小错误。

"没有了。种种证据都显示你的结论是正确的：慧神星的动物需要副循环系统去适应环境，而地球动物不需要。这是一个能观察到的客观事实，而不是推理，所以我没什么可补充的。"

"嗯，看来是没有了。"亨特叹了一口气，只能接受现实。他拨了一个开关，关掉显示屏，点了一根烟，然后瘫坐在椅子里。"估计这问题其实也没那么重要吧。"过了一会儿，他心不在焉地说道，"我只是很好奇，地球动物和慧神星动物在生物化学方面的差异有没有造成什么重要的后果……现在看来，并没有。"

"你到底希望发现什么呢？"左拉克问道。

亨特不假思索地耸了耸肩，"呃……我也说不清，大概是能帮助我们解答一些问题的线索吧……比如说，慧神星的陆生动物后来怎样了？到底是什么使它们灭绝，却又对地球动物没有影响呢？我们现在知道肯定不是二氧化碳含量……诸如此类的问题吧。"

"其实你是想发现一些不同寻常的东西。"左拉克说道。

"嗯……也许吧。"

左拉克沉默了好几秒钟。亨特有一种难以言喻的感觉，好像这机器正在反复思量这个问题。终于，左拉克以一种实事求是的语气说道：

"也许你问错了问题。"

亨特过了好一会儿才想通这句话背后的含义。他一下子坐直了，把烟从嘴里猛地抽出来。

"什么意思？"他问道，"我的问题怎么错了？"

"你问慧神星和地球的生命为什么不一样。而迄今为止，你能证明的答案只有一个：'因为它们就是不一样。'这个结论无疑是正确的，却没有给你提供任何新的信息。这就像是在问：'为什么盐能够溶于水而沙子不能呢？'然后得出一个答案：'因为盐是水溶性的，而沙子不是。'这就是典型的正确的废话，而你一直在做的正是这种无用功。"

"你的意思是，我困在循环论证的谬误里了，对吧？"这句话一讲出口，亨特就知道自己说中了。

"你这个论题比较复杂，可是如果仔细分析其中的逻辑——你确实说对了。"左拉克确认了亨特的想法。

亨特点了点头，往烟灰缸弹了一下香烟。

"既然是这样，那我应该问什么问题呢？"

"你先别想着慧神星的生命和地球的生命，先专注考虑地球的生命吧。"左拉克答道，"现在先问自己，为什么人类与地球其他物种之间有那么大的差异？"

"这个问题的答案，我们都知道了吧？"亨特说道，"容量更大的脑部、对生拇指、更好的视力，所有这些特性都有助于激发好奇心和学习的欲望，而它们都聚集在同一个物种身上……难道这个话题还有什么新的观点吗？"

"我当然知道人类和其他动物之间的差异在哪里。"左拉克说道，"我的问题是，为什么他们会有这么大的差异？"

亨特一边仔细思量这个问题，一边用指关节揉着下巴。过了一会儿，他说道："你觉得这重要吗？"

"很重要。"

"好吧,我相信你。那么请问,为什么人类和其他物种之间的差异那么大呢?"

"我不知道。"

"太好了!"亨特叹了一口气,长长地喷出一团烟雾,"那你说的这些能比我刚才提到的答案高明到哪儿去呢?"

"确实不见得比你的答案高明。"左拉克同意他的说法,"不过这个问题也需要回答,对吧?你想找一些不同寻常的东西,这就是一个很好的切入点。你们人类身上确实有一些很不同寻常的地方。"

"噢?此话怎讲?"

"因为按理说人类根本就不应该存在,你们不可能进化成今天这样子。可是你们确实存在,把不可能变成了可能——我觉得这就很不同寻常了。"

亨特迷惑地摇了摇头:这台机器又在讲谜语了。

"我不明白,为什么人类本来就不应该存在呢?"

"我尝试过用互动矩阵函数去计算地球高级脊椎动物神经系统的神经元触发电位,其中有些反馈系数在很大程度上取决于某些微量化学介质的浓度与分布状态。而在所有物种当中,只有人类大脑皮层的某些关键区域能够产生连贯且稳定的反应模式。"

亨特沉默了片刻。

"左拉克,你在说什么呀?"

"你觉得我的话不知所云?"

"客气地说——是的!"

"好吧。"左拉克停了下来,似乎在整理思绪,"荷兰乌特勒支大学的考夫曼和兰德尔最近的研究成果,你熟悉吗?所有资料都储存在'朱庇特五号'的数据库里。"

"是的,最近我确实接触过他们的文章。"亨特答道,"请你帮我回忆一下呢。"

"考夫曼和兰德尔深入研究了地球脊椎动物如何抵御进入体内的毒素和有害微生物。"左拉克说道,"具体细节当然是因物种而异,可是总的来说,根本机制还是一致的。因此,我们可以假定这个机制是从各个物种共同的先祖那里遗传下来,并经过了一定程度的修改。"

"啊,是的!我想起来了。"亨特说道,"它们都有一种天生的自免疫过程,对吧?"

亨特说的是乌特勒支大学科学家的新发现:地球动物会在体内自动产生少量毒素与有害物质的混合物,这些有毒物质进入血液里,剂量刚刚足够刺激生物体产生抗体。这种"抗体生产计划"被永久地嵌入地球动物体内的化学系统里,每当外来侵略的规模达到危险程度时,抗体的产量就会以惊人的倍数增加。

"对。"左拉克答道,"这解释了为什么地球的动物不像人类那样深受有害环境、被污染饮食等外界因素的影响。"

"因为人类跟其他动物不一样,我们的身体不是这样运作的……对吧?"

"对。"

"这样一来,我们又绕回了你提出的那个问题。"

"对。"

亨特皱起眉头盯着空白的显示屏,开始冥思苦想。他努力追随左拉克的思路,却怎么也想不明白它到底想把自己引到哪里去。

"我还是想不通这个问题能得出什么结论。"亨特终于说道,"人跟动物不一样,是因为他们就是跟动物不一样……这不还是一句废话嘛。"

"不见得。"左拉克回答,"关键在于,人类变得跟其他动物不一样,这种事情本来是不可能发生的——这才是有意思的地方啊!"

"怎么说？你这句话我不大明白。"

"请让我先给你看看我最近解开的一些方程。"左拉克提议道。

"好的。"

"你输入一个信道激活指令，我就可以通过太空军团的通信网络把这些资料发送到大屏幕上。"

亨特配合地在面前的键盘上输入了一串指令。片刻之后，大屏幕上蹦出了一大片万花筒似的细碎色块。这些碎片随后立刻整合成一大堆密密麻麻的数学等式。亨特目不转睛地盯着这个画面，过了一会儿，摇起头来。

"这些方程式是什么意思呢？"他问道。

左拉克当然很乐意解释了："这些等式以量化的方式描述了地球脊椎动物中枢神经系统的某些普遍特性。具体来说，它们定义了当血液里出现不同浓度和不同组合的多种化学物质时，基础神经系统的反应模式。那些红色的系数是可修改变量，在研究某个特定物种时，这些变量可以设为恒定；不过在这里，那些绿色的才是主要因子。"

"那又怎样？"

"这些数据说明，地球动物用来保护自己不受外界化学物质毒害的方法其实有重大缺陷：自免疫过程中释放进血液的物质会影响神经系统机能。更重要的是，它们会阻碍脑部高级机能的发展。"

这一刻，亨特突然意识到左拉克打算说什么了。可是他还没来得及开口，机器就已经继续往下说了：

"尤其是智慧——智慧本来是不可能出现的。更大、更复杂的脑部需要更丰沛的血液供应；更丰沛的血液供应会把更多有害物质带入并且浓缩在脑细胞里；而被污染的脑细胞彼此间不能进行有效的协调，不足以显示出更高级的活动模式——也就是智慧。换言之，在地球脊椎动物的进化线路上，智慧生物是不应该出现的。这张图表的所有数据都表明,地球上所有生命都已经走进了一个死胡同。"

亨特一眼不眨地盯着凝固在屏幕上的那些数字,心里想着这一切都意味着什么呢?脊椎动物的先祖在几亿年前进化出来的身体结构能够满足个体在短期内的需要,对物种的长远发展却无甚神益。可是人类在进化过程中抛弃了自免疫系统,导致他们更容易受到外界环境的伤害,同时也打通了前进的道路,使他们进化出高级智慧,最终弥补了自免疫系统缺失造成的损害。

而最有趣的问题当然是:人类是在什么时候、用什么方法做到这一点的?乌特勒支大学的研究者认为,这一切发生在两千五百万年前到五万年前的那段时间里,也就是人类先祖被掳去慧神星的时期。两千五百万年前,许多普通的地球物种被运到慧神星;后来,只有一个物种回来了——而他们早已变得卓尔不群。这群智人以月球人的身份重返家园,地球这个生死竞技场终于迎来了这两个世界里最凶猛、最残忍的一群斗士。当地球同时期的类人猿还在蒙昧混沌的自我意识觉醒的边缘探索时,人类就已经在慧神星牢牢占据了统治地位。在摧毁了那个世界之后,他们重返地球,夺回自己的发源地,并在这个过程中毫不留情地把他们的远亲赶尽杀绝。

关于这一点,丹切克曾经推测过,隔绝在慧神星上的人类先祖在进化过程中发生了一次剧烈的基因突变。最新发现的这些数据虽然指明了这次基因突变发生在哪个方面,却没有解释它为什么会发生。可是,基因突变本来就是随机的偶然事件,而这一次好像也不例外,科学家并没有特别的理由去继续深究其中的原因。

至于伽星人,他们进化成智慧生命是一个铁板钉钉的事实,这个事实也能用现有的那一套进化理论来解释。在慧神星陆地动物的生理结构当中,输送血液和运送毒素的系统是各自独立的。当体积更大的脑部开始出现时,生物体进化的方向显然是让脑部在汲取更多血液的同时不会吸收更多毒素——它们只需要增加血液输送网络的密度，而毒素网络不变，这就可以了。因此，伽星人这个智慧种族的出现是慧神星进化过程自然而然的产物，是很符合逻辑的。然而，地球进化过程的产物一点儿也不自然，还违反逻辑——感觉人类像是作弊了。

"这个，"亨特终于说道，"你的想法确实很有意思，但你是出于什么原因一口咬定这事情不可能发生呢？基因突变本来就是随机事件，所以人类先祖的改变也可以是基因突变，只是刚好发生在慧神星上。那条进化线发展下去就出现了月球人，然后成了今天的人类。这种解释直接明了，有什么不妥吗？"

"我早料到你会这样说。"左拉克评论道，他的语气里竟然带着一种沾沾自喜的感觉，"这是很自然的第一反应。"

"那又怎样？我说错了吗？"

"当然错了。按照你的说法，慧神星上的灵长目动物在进化过程的早期发生了一次基因突变，导致自免疫系统失效。"

"是的。"亨特表示同意。

"问题就出在这里。"左拉克提醒他，"你要知道，我对'朱庇特五号'飞船上面存储的一些数据进行了广泛深入的分析计算，这些数据描述了隐含在脊椎动物染色体当中的基因编码。我发现在所有物种的胚胎里，控制自免疫系统发育的那段基因编码同时也包含了另一个基因片段——这个片段赋予了个体吸收过量二氧化碳的能力。换句话说，如果你关闭了自免疫系统，就不能适应高二氧化碳含量的环境……"

"而慧神星的二氧化碳含量却越来越高！"亨特一眼看出了重点，连忙指出来。

"没错！如果某个物种在进化过程中真的出现你刚才提到的那种突变，那么这个物种根本就不可能在慧神星存活下去。因此，月球人的先祖肯定不会通过这种方式发生突变。如果他们真的这样突变，就会灭绝了。这样一来，不管是后来的月球人还是今天的地球人，都不复存在了。"

"可是我们活得好端端的。"这句话本来没必要说，不过亨特还是说了，心里带着一丝满足感。

"我知道，可是你们根本就不应该存在。这，就是我提出来的问题了。"左拉克总结道。

亨特掐灭烟头，再次陷入沉思，"我突然想起丹切克老在说的那种特别有意思的酶。坑口基地下面的飞船里保存了很多地球渐新世的动物，他发现这些动物体内都有一种酶，对吧？而且查理体内也有这种酶的某个变种。你觉得这种酶跟我们讨论的问题有关系吗？也许在慧神星的环境当中，某些物质与生物体之间发生了某种复杂的反应，在这个过程中产生了这种特别的酶。这就能解释为什么今天地球的动物体内都没有这种酶了，因为它们的先祖从来没到过慧神星。或许这也能解释为什么地球人体内也没有——因为他们回来地球太久，离开了原来那个环境，失去了原有的外界刺激，所以这种酶也渐渐消失了。我这个解释如何？"

"纯粹是推测，无法证实。"左拉克郑重地说道，"当前与这种酶有关的数据不足。而且，无法解释另外一个问题。"

"噢？什么问题呢？"亨特问道。

"那些放射性衰变产物。为什么在渐新世动物体内发现的酶当中包含了放射性同位素，而查理体内就没有呢？"

"我不知道。"亨特承认道，"这确实说不过去。不过我又不是生物学家，这件事我另外找克里斯讨论好了。"然后他立刻转换话题，"左拉克，关于你计算的那些等式……"

"如何？"

"你为什么要去计算呢？我想知道的是……你做事就是这么主动……这么自发的吗？"

"不，是施洛欣和其他伽星人科学家吩咐的。"

"你知道他们为什么叫你这样做吗？"

"只是一个例行操作罢了。他们正在做一些研究，这些计算刚好与那些研究有关。"

"哪方面的研究？"亨特追问道。

"就是我们刚才讨论的事情。我几分钟前提出来的那个问题并不是我的原创，而是他们的想法，他们对这个话题特别感兴趣。所有数据都显示人类不应该存在；就算人类出现了，伽星人建立的模型都显示人类会自我毁灭——而人类竟然一直存活到今天。所以他们很好奇到底是为什么。"

亨特突然觉得很激动：伽星人竟然大张旗鼓地研究人类，而且他们通过推理演绎的方法取得了很大的进展，把联合国太空军团的科学家远远地抛在了身后。同时，他也很诧异：这些都可以算是敏感信息了，可为什么他随便一问，左拉克就和盘托出了呢？

"我很奇怪你竟然能够自由讨论这方面的内容，一点儿限制也没有。"亨特说道。

"为什么奇怪呢？"

亨特一下子被问懵了。

"呃……我也说不清……"他答道，"也许因为在地球上，这么重要的信息，只有获得授权的人才能接触到，绝对不是随便哪个人都能问出来的。我猜……我假定伽星人也一样。"

"地球人神经过敏，不代表伽星人就也得鬼鬼祟祟不可哦。"左拉克毫不客气地说道。

亨特咧嘴一笑，缓缓地摇起了头。

"呛得好，这是我自找的。"他叹道。

16

伽星人的首要任务——修复"沙普龙号"飞船——已经胜利完成了,下一阶段的重点又回到了坑口基地。在这里,他们开始高强度地工作,朝着第二个目标努力——弄懂坠毁飞船上面的计算机系统。有一个问题始终没有答案:其余伽星人都迁徙去另一个星系了吗?如果是的话,他们去了哪个星系呢?坑口飞船很可能是在这些问题的答案都揭晓之后才建造的——它甚至有可能直接参与了这次移民行动。因此,在坑口飞船的数据处理机组内,在那些复杂分子电路和数据储存设备里,很可能隐藏着破解这些谜团的信息。

然而,伽星人发现第二个任务远没有第一个任务那么直截了当。虽然坑口飞船比"沙普龙号"设计更新、更先进,不过两艘飞船主驱动器的工作原理是一样的。尽管前者的部件经过了改良和优化,可是它们的基本功能跟后者大同小异。主驱动器其实是成熟技术的一个典范——在建造这两艘飞船的两个年代之间,驱动器的技术并没有发生翻天覆地的变化——因此,他们能够借助坑口飞船修复"沙普龙号"。

而计算机系统就完全是另一回事了。经过整整一周的详尽调查和仔细分析,伽星人科学家承认他们基本上没什么进展。问题在于,他们尝试去了解新系统的各个组成部分,却发现其中大部分连见也没见过。那些处理器是由固体水晶块组成的,每个水晶块内部包含了数以百万计的分子电路单元。这些单元既是独立个体,同时也在三个维度上彼此互连,其复杂程度完全超出了想象。只有受过相关教育和培训、了解这些设备设计原理和特性的人才有可能破解封存在里面的编码。

有些大型处理器的设计理念,就算在伽星人看来,也绝对是革命性的。它们通过一种糅合了电子学和引力学的技术设计而成,兼具两个领域的特性。在这些处理器内部,电子数据储存单元彼此间的物理连接通过改变引力结合链路进行调节。硬件的结构本身可通过编程进行配置,能在纳秒级的时间间隔内切换状态,从而生成一个双功能阵列——这个阵列中的每个单元都能在某个瞬间作为数据储存设备,而在下一个瞬间又变成数据处理设备。因此,数据处理能够在这些设备内部各处同时进行——这绝对是最尖端的并行处理技术。一位太空军团的工程师被深深吸引,同时也被这种技术惊呆了。他感叹这是"一种融合在软件里的硬件,是一颗比人脑快十亿倍的大脑"。

而且,整艘飞船的每个子系统——通信、导航、运算、推进控制、飞行控制等等——都包含着类似的互联处理节点网络,而所有这些节点网络都被整合进一张令人匪夷所思的、覆盖了整艘飞船的巨型网络里。

要是没有详细的设计图纸和技术数据,是无法破解这个网络的。可是,破解所需的所有文件和信息恰恰就被封锁在这个系统里。所以,现在的情形就如同开罐头器被封存在了罐头里。

在"沙普龙号"飞船的进度通报例会上,伽星人的首席计算机专家宣布放弃。但一位与会者提到人家地球人就不会这么轻易言败，于是计算机专家想了想，对这个评估表示赞同，然后决定回坑口基地继续尝试一番。又过了一个星期，他再次回到飞船。这一次，他的情绪很激动，还斩钉截铁地说，谁再拿地球人说事儿的话，就请他们自己去试好了。接着他宣布正式放弃。

于是，这个项目就不了了之了。

伽星人眼看在木卫三已经无法取得更多进展了，于是终于宣布了一个拖延已久的决定：他们接受世界各国政府发出的邀请，要前往地球了。当然，这并不意味着他们决定在地球安家落户。虽然伽星人明知道不可能在方圆许多光年之内找到别的落脚点，可是他们当中很多人对"梦魇星球"依然心存疑虑。不过，伽星人都是很理性的，而在目前的状况下，最理性的做法当然是先亲身去那里看一下，而不是想当然地盖棺定论。只有当他们收集了更多具体信息后，才能以之为基础做出长远的打算。

按照原定计划，有一部分参加朱庇特任务的联合国太空军团人员正好到了轮换的时候，会跟随有空位的来往航班返回地球。而当伽星人提出让回家的地球人搭顺风船，大家都踊跃报名，差点争得头破血流。

碰巧的是，亨特刚与顶头上司——联合国太空军团导航通信部执行总裁格雷戈·柯德维尔——通了话，确定自己在木卫三的任务已经完成，需要返回休斯敦接受别的任务。航通部本来已经给他做好了回程安排，可是亨特轻而易举地把自己的名字从太空军团的返航计划中删除，然后加入到了"沙普龙号"飞船的乘客名单里。

丹切克此行的主要目的是研究坑口飞船上的地球渐新世动物。他先说服了伽星人的副总指挥孟查尔，说"沙普龙号"飞船有足够空间容纳他要研究的生物样品；然后又说服了西木生物研究所的主管，说在地球更有利于他开展研究工作，因为所有需要的设施都可以随叫随到。结果，丹切克如愿以偿：他也要回地球了。

时辰已到，亨特收拾好行李，最后看了看自己的小房间——这个他长久以来称之为家的地方。然后，他走进那条被无数人踩踏过的走廊，最后一次走过那段熟悉的路，来到生活区半球，加入准备出发的大部队。在那里，他们给留下来的朋友们敬了最后一杯酒，彼此依依惜别。大家纷纷承诺要保持联络，将来必定山水有相逢。随后，他们成群结队地走进坑口基地行动控制大楼。基地指挥官带着一些副官守候在气密锁前厅，向众人正式告别。气密锁外面是一条连接管道，另一头接着一台大型履带冰车的内舱。这辆冰车会把他们运到发射坪，登上一艘运输飞船。

亨特透过冰车的一个舷窗看着坑口基地，心中百感交集。只见外面萦绕着经年不散的氨气和甲烷迷雾，基地的建筑和设施在迷雾里若隐若现，像一团团来去飘忽的阴影。游子返乡的感觉固然很好，可是亨特早已习惯了这个紧密团结的太空军团小集体，难免会怀念这里生活的方方面面。这是一个没有陌生人的地方，充满了"一方有难，八方支援"的同袍情谊；这里的人们为了共同的目标奋斗，都能找到一种归属感……所有这一切，都使亨特对人类在木卫三的险恶荒野当中，硬挖出来的这个微不足道的庇护所心存一丝亲切感。然而他也知道，虽然此刻心中的感觉如此强烈，可是当他回到地球，每日都会与面目模糊的芸芸众生擦肩而过，又分道扬镳，继续在各自的生活道路上营营役役，追寻不同的目标，实现不同的价值……此刻的感觉会迅速淡化，最终被完全遗忘。人类有一种心理需求，希望自己属于某一个可清楚界定的文化群落。因此在地球上，人们按照习俗构建出各种社会壁垒，划分出各种界线，正是要满足这种对身份认同的心理需求。可是木卫三的殖民地并不需要人为地构建某些界线来把自己与其他人类划分开，因为大自然已经用数亿英里的虚无空间把这里变成了与世隔绝的孤岛。

亨特暗自想道,这也许就是为什么有人扎营珠峰南坡,有人扬帆畅游七海,有人在年复一年的聚会中分享校园生活或者军旅生涯的怀旧记忆。他们共同经历过的挑战和艰辛在彼此间铸造了最坚固的情谊,这种联系不是人在社会交往中形成的保护壳所能匹敌的。这些经历帮助他们了解自己和他人性格中的某些特质,也在他们心中唤醒了一些永不磨灭的感觉。亨特知道,他将会像水手和登山家那样,不时地回味在木卫三的经历。

不过,丹切克就没这么多愁善感了。

"就算他们在土星发现七头怪我也不管。"在登上运输飞船的时候,教授说道,"这次回家我就再也不走了。我再也不想活在这些恶心机器的包围当中!"

"我敢担保,你一回家就会患上广场恐惧症。"亨特一本正经地告诉丹切克。

在主基地,他们又参加了一场告别仪式。然后大伙儿穿上太空服,坐车来到"沙普龙号"飞船尾部的沉降式入口区。他们不能乘坐伽星人的运输机直接飞上"沙普龙号"的外接停泊区,因为位于主基地建筑物顶上的伸缩式连接管道,可以直连联合国太空军团的飞行器和车辆,但与伽星人子飞船的气密锁并不匹配。伽星人的船员站在坡道最下端迎接,带领他们上坡,走进飞船尾部,最后用大型电梯载着他们上升到飞船的主区域。

三小时后,乘客与货物全部都上了飞船,最后一次起飞前检测也顺利完成了。于是,基地指挥官率领几名卫兵来到登机坡道下面,与加鲁夫率领的一小队伽星人正式道别。随后,地球人上车返回基地,伽星人则全部登机,飞船尾部重新上升,恢复到飞行位置。

这时候,左拉克宣布飞船马上就要起飞了。亨特独自坐在自己的舱内，通过墙壁显示屏最后一次凝视主基地。他完全感觉不到飞船在动，只是看见基地开始缩小，大地不断下沉，一切景物变成扁平。紧接着，木卫三的冰原从屏幕边缘向中心飘去；随着飞船不断上升，木卫三表面的细节迅速变模糊，最终融入一片白茫茫的雾海里。很快，就连主基地的那一点亮光也消失在背景当中。随着木卫三的背面进入画面，一片黑色的弧形开始在屏幕里逐渐上升。渐渐地，黑色弧形的顶部出现了明亮的曲面——那是木卫三被太阳照射的那一面——背后是一片闪烁的繁星。这个长条形的明亮曲面虽然停留在屏幕中心，却在不断地变窄。终于，曲面的两端从屏幕两侧滑进画面，变成了一个悬在天际的灿烂金钩。在亨特的注视中，这个金钩还在持续缩小。

最后，金钩与繁星逐渐淡化，散作了弥漫的光斑，彼此融合在一起；而屏幕也终于蜕变成一大片淹没了一切细节的彩色浓雾。亨特突然意识到，飞船的主驱动器已经全面运行，所以把来自宇宙各处的所有信号——至少是所有电磁信号——都屏蔽掉了。他很好奇伽星人是依靠什么来导航的呢？一定要记得问左拉克。

不过，这个问题就等下次吧。此刻，亨特只想放松一下，然后为别的事情做好心理准备。与来时乘"朱庇特五号"不一样，他返回地球的旅程只需要几天工夫而已。

17

终于，伽星人来到了地球。

在这之前，世界各国政府一直在争论一个问题：要是外星人接受邀请访问地球，应该在哪里迎接他们呢？眼看各国始终无法达成共识，欧洲合众国成员投票决定单方面开始筹备——算是有备无患。他们选中的地方在瑞士境内，是日内瓦湖畔的一片开阔地带。这里风景秀丽，气候温和，应该很适合伽星人的体质。再加上瑞士在历史上一直有中立的传统，这个地方简直是再合适不过了。

他们在日内瓦和洛桑的中点附近，沿着湖畔圈出一片方圆一英里的地区，在里面建起了一座村庄。村子里是专门为伽星人设计的木屋：加高的天花板，加大的门廊，加固的床架，窗户也染上了浅色。村庄里有提供大锅饭的公共食堂，有休闲室，还有连接全球网络的终端设备，各种新闻、娱乐、数据服务应有尽有。此外，他们又在村里修筑了一个加大号的游泳池，还专门划出了一片供伽星人玩耍的娱乐区。在有限的时间里，人们尽量把能想到的、使生活变得更舒适的设施都搭建起来了。他们还用钢筋混凝土修建了一个巨大的停机坪，供"沙普龙号"停泊，许多车辆和子飞船也都能停在这里。另外，村子里还有会议场所和社交设施，以及供地球人访问代表团居住的地方。

后来，木星方面终于传来消息，说外星人准备在几个星期后出发访问地球。而更惊人的是，整个旅程只需要几天！这样一来，关于伽星人居住点的争端就迎刃而解了。当"沙普龙号"飞船从宇宙深处突然冒出来、开始环绕地球轨道航行时，一架架亚轨道飞行器从世界各地络绎不绝地飞抵日内瓦，送来各国高官和政府首脑，匆匆赶来参加联合国临时筹办的官方欢迎仪式。伽星人居住点现在被称作"小伽村"，漫天飞舞的垂直起降喷气机在小伽村和日内瓦国际机场之间来回穿梭，把各国政要运送到目的地。地面交通也严重堵塞，洛桑和日内瓦之间的高速公路成了大型停车场，而私人空陆两用车更是被全面禁行。不过在小伽村靠近内陆的那个方向，有大片大片的绿色山坡，人们可以在上面俯瞰小伽村。于是有人开始上山坡扎营，占据有利地形，搭起帐篷炉灶，铺好睡袋毯子，非要把这场大戏看个真切不可！刚开始的时候，只有零星的色彩散落在绿色的山坡上。随着时间流逝，那些彩色的亮点变得越来越稠密。瑞士警力变得严重不足，因此邻近的法国、德国与意大利派警察队伍前来支援。警方设置了一条连续不断的警戒线，在越来越密集的人群与小伽村的外墙之间划出一圈两百米宽的无人区。警察们连续工作，都很疲劳，可是每个人都兴高采烈。湖面上也聚集了各式各样的大船、小艇、游轮、舢板，警方出动大量巡逻快艇来回巡弋，确保水上的观众遵守秩序。附近城镇的商贩们嗅到了商机，连忙装货上车，朝着人群聚集的地方蜂拥而至。眨眼间，公路两旁出现了一个简易集市。贩卖的货品种类繁多，从快餐到羊毛衣，再到登山靴和高倍望远镜，无所不有。许多商贩在这一天之内发了笔小财。

而就算是在几千英里的高空上，"沙普龙号"飞船也躲不开地球人的热情。五花八门的太空军团飞行器把"沙普龙号"围了一圈，就像一支由乌合之众组成的护卫队，陪伴着"沙普龙号"绕地球飞行，每一个半小时就能转完一圈。这些飞行器当中有许多载着记者和摄影团队，通过世界新闻网络向无数痴迷的观众做现场直播。媒体一方面与左拉克互通信息，一方面与跟随"沙普龙号"飞船回来的地球人联络，把来自外星人飞船的"内部消息"传回地球，让观众们狠狠地激动了一把；同时，他们还不时插播来自日内瓦湖畔的最新进展。直播期间，评论员们不厌其烦地描述那艘飞船突然出现在木卫三上空时的情形以及接下来发生了什么，他们的起源地是在哪里，伽星人为什么要长途跋涉去伊斯卡里星，远征队在那里有什么遭遇……他们把能想到的内容都说出来，就是为了填满好戏上映之前的那段空闲垃圾时间。地球上有起码一半的工厂和办公室都停工或者关闭了，等这件大事结束之后才会重开——反正很多员工都躲在别处看电视，就算回了办公室也抱着公司的显示屏不放。纽约一家公司的老板在大街上对美国全国广播公司的采访队说道："克努特大帝[1]在十个世纪前就已经证明了一个事实：潮水一旦决定涌去哪里，谁也阻挡不了。所以，我才不会浪费一笔钱去把这个结论重新验证一次呢！我把员工都赶回家里，让他们尽情发泄好了。估计今后会增加一个公众假期了。"当被问到他打算干什么的时候，老板很惊奇地答道："我？那还用问？当然是回家看外星人降落啦！"

在"沙普龙号"飞船里，伽星人和地球人混杂在一起，聚集在指挥中心——当初亨特等人在哥顿·斯托雷尔的率领下首次探访"沙普龙号"，就被带到了这里。许多艘蛋形飞船已经从母舰出发，进入

---

1. 克努特（995—1035），诺曼人征服时代的风云人物，当时西北欧真正的霸主，他使丹麦国势达到鼎盛，史称"克努特大帝"。

地球大气层，分散到世界各地探路，把当地的俯瞰图发回来。地球人给他们讲解了其中比较重要的地方。伽星人难以置信地盯着纽约、东京、伦敦等人口稠密的大都市，又目瞪口呆地看着壮观的阿拉伯大沙漠和亚马孙丛林——这些地形都是慧神星上没有的。当他们透过长焦镜头，看着非洲大草原上的狮群追捕斑马时，很多人都惊得哑口无言。

此刻，地球表面就像一块块马赛克图案，从大屏幕的一端飘到另一端。对于亨特来说，在顽石、坚冰和黑暗的太空里待久了，此刻重新看见翠绿的大陆、蔚蓝的海洋、沐浴在阳光里的平原……这些景象是那么熟悉，又是那么震撼。这时候，他察觉到伽星人的情绪也在逐渐改变。早些时候，他们当中有些人还心存疑虑；可是现在，随着时间推移，那些负面情绪都被一种几乎能让人着魔的激情一扫而光了。他们都兴奋得坐立不安，迫不及待地想亲眼看看这个不可思议的世界。

一艘蛋形飞船盘旋在日内瓦湖上方三英里的空中，把拍下来的景象传回"沙普龙号"。只见越来越多的人聚集在小伽村附近的山坡和草地上。伽星人发现自己成了全世界注目的焦点，还激起了那么多人的热情，不禁有些惊喜，还有些诧异。亨特努力向他们解释，"外星飞船到访"这种事情不是经常发生的，更何况这是一艘来自两千五百万年前的飞船呢！可是，伽星人依然理解不了，这件事情为什么会在这么大范围内引发那么强烈的情绪宣泄呢？孟查尔曾怀疑他们在木卫三遇到的这帮地球人并非具有代表性的样本，而是"位于坐标系当中最稳定、最理性的那一端"。到后来，亨特决定不再多做解释，就由他们去吧，反正孟查尔自己很快就会找到答案的。

在众人的谈话当中，突然出现了瞬间的安静。每个人都盯着大屏幕，听着一位伽星人低声向左拉克下达指令，让它把飞蛋开低一点儿，镜头拉近一点儿。于是，画面逐渐放大，对准了一片绿草如茵的小山坡。只见那里已经聚满了老老少少、形形色色的人：有的在煮饭，有的在饮酒，有的在玩耍，还有的就坐在那儿什么也不干……看这场景，就好像正在举行什么比赛，或者音乐节、航展，或是所有这些活动加在一起似的。

"他们这样暴露在外面，都安全吗？"过了一会儿，一位伽星人满腹狐疑地问道。

"安全？"亨特一脸的疑惑，"什么意思？"

"我是奇怪他们都没有配枪。我以为人人都随身带枪呢。"

"枪？为什么要配枪？"亨特更加糊涂了。

"提防肉食动物啊。"伽星人说道，听语气好像这事情再明显不过了，"要是有肉食动物来袭击他们怎么办？"

丹切克解释说，地球上现存的动物能对人类构成威胁的并不多；危险的种类都居住在距离瑞士几千英里外的禁区里。

"噢，我还以为他们建一圈围墙是为了提防猛兽呢。"那位伽星人回应道。

亨特哈哈一笑。"那不是为了防猛兽，"他说道，"而是防人。"

"你的意思是，那些人会袭击我们？"这句话的语气中突然流露出一丝警惕。

"当然不是了。围墙是保护你们的隐私，把那些讨人厌的不速之客都拦在外面。我们的政府猜你们也不想让一群群观光游客整天在你们住的地方游荡，有碍出入嘛。"

"难道政府不能制订一条法律禁止他们进来吗？"问话的是站在大厅另一头的施洛欣，"这样岂不是简单很多？"

亨特又笑了笑——他的情绪那么欢快，也许是因为故园在望了吧。"你们见过的地球人毕竟不多。"他说道，"他们才不管呢。地球人不是你们想象的那么……有纪律性。"

看得出来，这句话让施洛欣颇为吃惊。"真的吗？"她说道，"我一直以为正相反呢。我的意思是……我在'朱庇特五号'的资料库中看过一些旧的新闻资料片段,跟以前地球上的战争有关。我看到成千上万名地球人穿着统一的服装,排着队整齐划一地往前走、往后走;有人喊命令,他们就马上执行。还有打仗……他们接到命令,要上战场杀戮其他地球人,他们都遵从命令。难道这还不算有纪律性吗?"

"对……也算。"亨特浑身不自在,却只能承认。他心里暗暗希望对方别再追问下去了。幸好,施洛欣就此打住了。

无奈刚才担心肉食动物的那位仁兄还是不依不饶。

"你的意思是,如果他们接到命令,要做一些明显不合理的事情,还是会毫不犹豫地执行吗?"他问道,"可是如果接到命令要做一些很合理而且也符合礼节的事情,他们反而不去做?"

"呃……差不多吧。"亨特心虚地说道,"反正经常会这样。"

另一位伽星人船员本来盯着一台终端,这时候稍稍转过身来。

"他们都是疯的。"他斩钉截铁地说道,"我早就说了,这里是银河系最大的疯人院……"

"他们也是我们的主人家!"加鲁夫厉声呵斥道,"他们救了我们的命,还把自己的家园分给我们居住。我绝不允许有人用这种态度去说地球人!"

"对不起,长官。"船员嘟囔着,转头回去看着终端显示器。

"请你原谅我们的失礼,亨特博士。"加鲁夫说道。

"没关系的。"亨特耸了耸肩,答道,"他这话很精准,我也没法儿说得更好……你知道,忠言逆耳利于行,全靠这些批评我们才能够保持心智健全呢。"他说出后面这句话时,也没有什么特别目的,却使外星伙伴们更糊涂了。好几位伽星人听了,还互相交换起了眼色。

就在这时候,左拉克突然打破了尴尬的气氛。

"收到日内瓦地面控制塔的呼叫,我是否应该再次转给亨特博士呢?"

在之前的几次对话里,亨特一直坐在通信终端前充当中间人的角色。这时候,他又一次走上前,端坐在巨大的伽星人座椅上,指示左拉克把他连上线。于是,屏幕上又出现了日内瓦控制员那张熟悉的脸。

"再次向你问好,亨特博士。一切顺利吗?"

"嗯,我们还在等。"亨特对他说道,"有什么进展吗?"

"澳大利亚总理与陪同人员已经到达日内瓦,他们会在一小时内抵达小伽村。我现在已经获得授权,允许你们在六十分钟后降落。有问题吗?"

"我们可以在一小时后降落。"亨特对着大厅里翘首以盼的众人宣布道,然后看着加鲁夫,"请问你是否批准?"

"当然。"加鲁夫答道。

于是,亨特转身看着屏幕。"好的。"他通知控制员,"我们将在六十分钟后降落。"

这条消息在几分钟内就传遍了整个世界,地球人的狂热顿时上升到一个新的高度。

18

亨特站在"沙普龙号"飞船其中一个中心升降机里，怔怔地盯着两扇宽阔的空白电梯门。升降机外，飞船的机身内壳高速掠过，好像怎么也到不了尽头。在他的身后，从木卫三回来的联合国太空军团成员肩并肩地挤在一起。随着回家的时刻越来越近，每个人都陷入了沉思。在这一刻，"沙普龙号"的船尾朝下，已经进入了降落的最后阶段。一些伽星人也在升降机里，要去船尾与伽星人队伍会合。他们选了一批人组成地球登陆先遣队，其中大部分队员已经在船尾整装待发了。

大门旁边的显示面板上本来不停地闪出一些变幻的符号，可是突然间，这些符号都固定在面板上，不再变化了。电梯门随即向两边滑开，于是众人鱼贯而出，走进一个从船身的圆周外墙一直延伸到飞船中心圆柱的巨大环形空间里。外墙上等距排列着六个大型气密舱的入口，入口之间的甲板上密密麻麻地站满了伽星人——奇怪的是，他们大部分都默不作声。亨特一眼就看到了加鲁夫，只见他在一堆伽星人的簇拥下，站在一个气密舱的旁边。施洛欣和孟查尔则站在他左右两侧，贾思兰也在附近。在升降机出口的上方，一块大屏幕高高挂在中心圆柱上，俯瞰着甲板上的人们。加鲁夫与在场的其他伽星人一样，都仰头看着这块大屏幕。亨特从密密麻麻的伽星人群中挤过去，一直走到加鲁夫那里。他站在加鲁夫身边，然后也转头看着大屏幕。

屏幕显示的是湖畔地区的俯瞰图。画面被分割成面积大致相同的两半，一半是郁郁葱葱的山坡，另一半则是倒映在湖面上的蓝天。画面的颜色很鲜艳，只是有些地方被一团团白色遮盖着——那是散落在空中的浮云。浮云在地面上投下一块块醒目的黑斑，更加映衬出阳光的明媚和灿烂。随着飞船缓缓下降，地表的细节越来越清晰，地上的景物开始朝着屏幕边缘扩散。

朵朵云团逐渐变大，从涂鸦似的扁平斑块变成翻腾汹涌的白色浪涛，仿佛一座座浮在如画美景上空的孤岛……随着视野越来越窄，图像越来越大，随后所有的白云都在屏幕上消失了。

现在，他们能看见地面上星星点点的房屋——有些孤零零地散落在山岭之间，有些则聚集在依稀可辨的蜿蜒公路两旁。在屏幕正中心，也就是"沙普龙号"飞船中轴正下方的湖岸线上，有一小块白色的区域——正是在小伽村内用混凝土铺成的降落区。与此同时，村里一排排整齐的木屋也逐渐变得清晰。村庄边沿有一条狭窄的绿带，使村庄的地界显得更加突出——这正是围墙外面的无人禁区。无人区外围的颜色明显变浅了，那是成千上万张上扬的人脸产生的叠加效果。

亨特留意到加鲁夫正在向着咽喉上的麦克风低声说话，又不时停下来，好像是在听对方回复。他估计加鲁夫正在听指挥中心的空勤人员汇报最新进展，所以决定不去打扰，而是用手腕装置激活自己的信道，"左拉克，现在情况如何？"

"海拔九千六百英尺，以每秒两百英尺的速度下降，正在减速。"

那个熟悉的声音答道,"我们已经锁定了进场雷达,一切顺利,都在掌控之中。"

"看来欢迎仪式很隆重嘛。"亨特评论道。

"你得看看探测器传回来的照片。方圆几英里的山坡上都挤满了人,湖面上停着成百上千艘小船,都挤在四百米内的湖滨区域。小伽村上空以及着陆区附近的空域都已清空。可是,在这片禁飞区外面一圈的空中竟然挤满了陆空两用车。估计你们星球一半的人都来了。"

"伽星人还好吧?"亨特问道。

"估计有点儿震惊。"

这时候,施洛欣留意到亨特也来了,于是走过来站在他身旁。

"简直不可思议!"她抬手向上指着大屏幕,说道,"至于吗?我们真的这么重要吗?"

"外星人从天而降,这种事情毕竟不是经常发生的。"亨特愉快地告诉她,"所以他们尽情享受这一刻。"说到这里,他脑海里突然冒出另一个念头。停顿了片刻后,亨特继续说道:"有件事挺有趣的,你知道吗?千百年来,地球上总有人宣称自己见过不明飞行物、飞碟之类的东西,而且整天都在争论外星人到底存不存在。所以,当这一切真正发生的时候,按理说他们不应该感到意外了吧。哈哈,可是你看看外面……直到今天,他们才算是真正了解真相了啊。"

"降落倒数二十秒。"左拉克突然宣布,亨特顿觉一阵激动的情绪如涟漪般在四周的伽星人群中席卷开来。

这时候,大屏幕上只剩下小伽村里面一座座整齐排列的木屋,以及一大片白色的混凝土降落区。飞船的着陆点位于降落区靠近湖面的那一片空地上;在降落区靠近陆地的那一半——也就是着陆点与木屋区之间的空地上——出现了很多个点阵,都排列成规则的几何形状。很快,这些点阵当中的每一个点都化作了一个人形。

"十秒。"左拉克继续倒数。现场本来充斥着人们窃窃私语的背景杂音,但这一刻都突然安静下来,只剩下飞船外面传来的遥远的气流声,以及驱动器运行时能量的暗涌声。

"飞船触地。我们已经成功降落地球,等待下一步指示。"

"部署地表通道。"加鲁夫下令,"按照惯常程序关闭飞行系统,准备提交工程师检测报告。"

虽然感觉不到任何动态,可是亨特知道,三根升降机管道正在脱离飞船主体,往下伸展;而他们所在的整个飞船尾部区域也正在向地面移动。与此同时,悬在众人上方的大屏幕出现了飞船邻近区域三百六十度全方位的拍摄画面。

在飞船尾翼与后方一排排木屋之间的那片空地上,好几百人组成一个个方阵,排列成一个巨大的弧形。每个人都站得笔直,好像在参加阅兵仪式。每个方阵前都站着一名旗手,举着一个国家的国旗;国旗前面站着该国的元首及其幕僚,都是西装革履,庄严肃立,等待着伽星人现身。亨特找到了美国的星条旗、英国的联合王国米字旗、几个欧洲联邦国家的徽章,还有很多别的国家的旗帜。此外,亨特还在阵列的后方和两侧隐约瞥见一片鲜艳的色彩和闪耀的光芒——那是仪仗队的制服和铜管乐器在反射阳光。他努力想象自己是外面那些人当中的一员——从来没有与外星人面对面地接触,刚才亲眼看着外星飞船从天而降,现在仰头看着这座银色的金属巨塔——此刻,他们的感受如何?情绪又是怎样的?这一刻在人类历史上是空前绝后的,因为"人类与外星人第一次接触"这种事情只会发生一次。

这时候,左拉克的声音再次响起:

"尾舱门闭合,飞船内外气压达到平衡,外舱门打开,地表连接坡道铺设完毕。随时可以出去了。"

于是,所有人都转头看着加鲁夫,亨特感觉到他们眼神里都充满了期待。伽星人首领的目光在人群中缓缓扫过；当他看到那群聚集在电梯门旁边的地球人时，目光稍微停留了片刻。最后，他看着亨特。

"我们会按照事先安排好的顺序往外走。不过，我们毕竟只是初来的客人，而在场有许多人是重返故乡。我觉得应该由他们带路，引领我们踏入他们的世界。"

一众伽星人不需要更多提示，加鲁夫话音刚落，他们就自动分开，形成一条长长的通道，从电梯旁的地球人那里一直到加鲁夫和亨特站的地方。几秒钟后，地球人开始缓缓地向前走，领头的正是丹切克。当他们走到气密锁旁跟亨特会合时，站在那里的伽星人也纷纷让开，腾出位置让他们站在内舱门前。

"准备好了吧，克里斯？"两人面对面时，亨特问道，"再过几秒钟，你就可以回家咯。"

"我其实并不想这么高调地还乡。"教授回答说，"现在弄得我好像摩西带领族人逃出生天似的。不过既来之则安之，我们这就开始吧。"

亨特转身与丹切克并肩而立，一起面对着内舱门。然后，他看了加鲁夫一眼，点了点头。

"左拉克，打开五号气密锁的内舱门。"加鲁夫下令道。

螺纹金属板悄无声息地滑出了亨特的视野。他向前迈步，跨进了气密舱，又继续朝着外舱门走去。此刻他的内心越来越激动，隐约察觉丹切克在自己身边并肩前进，而太空军团其他人员则跟在身后。舱门外有一条宽阔的浅坡，坡道尽头就是降落区的混凝土地面。两人走出来，在坡道顶端站定，只见"沙普龙号"几根巨型尾翼向他们头顶和身后延伸，与船身相接；尾翼内侧形成一段段巨大的曲面，使他们仿佛置身于一个大教堂的宏伟拱顶之下。坡道和飞船附近的地面都笼罩在船身和尾翼的阴影里；而在飞船的黑影之外，灿烂的阳光让四周的一切都更加缤纷明艳了——他们正居高临下地俯瞰小伽村的绿色小丘，紫白相间的远山，蔚蓝的天幕，密布在山坡上五颜六色的人群，涂成粉色、绿色、红色、蓝色和橙色的木屋，以及地球代表团每个人胸前的雪白前襟，和他们脚下的白色混凝土。

紧接着，欢呼声开始传过来了。声浪似乎源自远处的山顶，在滚滚前行的过程中越来越响亮，越来越强劲；传到他们面前时，已经变成了滔天巨浪，全面冲击着他们的所有感官。亨特放眼远眺，在视线所及之处，每一座山丘突然动了起来，好像都活了。数以万计的人全部站了起来，高声呼喊，把积累了多日的期待和紧张情绪尽情发泄出来。他们一边喊一边挥着双臂、帽子、衬衫、外套……反正手上有什么就挥舞什么。声浪背后是一阵阵断续起伏的音乐声，仿佛在挣扎着想要冲出人声的包围，让来宾听见——那是军乐团在演奏。

地球人在距离坡道几英尺的地方停住了脚步。他们的各个感官受到全方位、多角度的冲击，一下子都蒙了。

但很快，他们又动了起来，沿着坡道往下走，终于踏上了地球的土地，站在"沙普龙号"飞船巨塔般的尾翼下方。然后他们继续向前，走进了明媚的阳光里。有一小群地球人代表就站在方阵前面等候着，亨特等人径直朝着那群人走去。他们如痴如醉地走着，还不时四处张望，把周围的景象都收入眼底：山坡上的人群，身后的湖泊……他们还回头仰望那艘一柱擎天的巨大飞船。此刻，它一动不动，显得无比沉静。几个人举起手臂向周围山坡上的观众致意。人群见状更加激动了，呼喊的音量顿时翻倍。很快，亨特与同伴们都挥起手来。

走近以后，亨特认出了前方的几个人：联合国秘书长塞缪尔·K.威尔比，他身旁是来自华盛顿的联合国太空军团总裁欧文·福伦索，还有太空军团军方的总司令布拉德利·卡明斯将军。威尔比伸出手，满脸笑容地迎接他。

"相信你就是亨特博士了。"他说道,"欢迎回家。我知道你还带了许多朋友回来。"然后他的目光一转,"啊,你是丹切克教授吧,欢迎回家。"

丹切克刚刚跟几位高官握手完毕,四周呼喊的声浪猛然飙升,达到了前所未有的高度。众人一齐回头看着飞船。

原来是伽星人出来了。

只见加鲁夫带领第一队伽星人出现在坡道顶上,然后站在那里,转头四顾,显得有些不知所措。

"左拉克。"亨特说道,"他们看起来有点迷茫呀,快叫他们下来认识一些新朋友。"

"他们会下来的,"机器在他耳边答道,"只是需要一点时间适应。别忘了,他们有二十年没呼吸过自然的空气了,这是他们这么多年来第一次走出室外。"

绕着飞船尾部一圈还有许多条坡道。这时候,其他的气密锁舱门纷纷打开,更多伽星人出现在坡道顶部。加鲁夫精心设计的出门顺序早就被他们抛诸脑后。有些巨人还在舱门那里团团转,有些已经开始沿着坡道往下走,还有些则站在原处,怔怔地看着外面。

"他们有点无所适从了。"亨特对威尔比说道,"我们应该主动上前安慰他们。"威尔比点了点头,示意属下跟上。于是,一些联合国工作人员带领大部分从木卫三回归的地球人向世界各国代表团的方向走去;而亨特、丹切克与另外几位则带着威尔比等人往回走到坡道那里。

"左拉克,帮我接通加鲁夫。"亨特一边走一边低声说道。

"已经接通。"

"我是维克多·亨特。怎么样,感觉还行吧?"

"我们的人有点晕头转向了。"那个熟悉的声音答道,"老实说,我也差不多。我也知道在密闭空间待久了，突然走到开放地带的感觉会很震撼，却想不到会这么夸张。看到那么多人……那些喊声……我都不知道该说什么好了。"

"我们有一群人正在朝你的坡道走来，我就在当中。"亨特告诉他，"快点打起精神走下来吧，这里有几位仁兄你非要打招呼不可啊。"

他们快走到坡道底端时，亨特仰头一看，只见加鲁夫、施洛欣、孟查尔、贾思兰率领其余几人正朝着他们走来。在他们的左边和右边，一些伽星人已经通过其他坡道走到了地面，也往威尔比一行人站的地方聚集过来。

终于，加鲁夫从坡道上走了下来，其他人紧跟其后。他走到秘书长跟前，停住脚步，低头俯视着对方。然后两人缓慢而庄重地握了握手。

在左拉克的帮助下，亨特充当翻译，介绍双方认识。

"这位是联合国太空军团的主要领导之一，太空军团的行动都是由他掌管的。"来到欧文·福伦索面前时，亨特告诉加鲁夫，"要是没有这些行动，我们根本就不会去木卫三，你们也不会找到我们。"

接下来，两群人同时转身离开坡道，混杂在一起往前走。在他们身后，更多的八尺巨人沿着各条坡道鱼贯而下，从后面赶上最前面的那群人。他们走进阳光里，稍停了片刻，观察着在前面列队等候的世界各国代表团。就在这时，远处的山坡突然安静下来。

然后，加鲁夫缓缓抬起右臂，做了一个敬礼的手势；其余的伽星人也依葫芦画瓢，跟着举手敬礼。他们默默地站着，一动不动，几百条手臂高高举起，向全体地球人传达了一条全宇宙通用的信息：问候和友谊。

顿时，欢呼声轰然响起，再次从山坡上席卷而下。如果说之前的声浪是一股洪水，那么这一次的响声简直是海啸引起的翻涌巨浪。

欢呼声在山谷之间回荡，仿佛瑞士的群山也加入了人们的行列，一起欢迎远方的来客。

威尔比转头面向亨特，凑到他耳边低语起来。

"看来你的这些朋友很受欢迎嘛。"他说道。

"我也预料人们会很激动。"亨特告诉他，"却无论如何也想不到会这么夸张。我们应该继续吗？"

"好，我们走吧。"

亨特转身看着加鲁夫，继续与他对话。

"来吧，加鲁夫。"他说道，"是时候去拜会一些重要人物了。他们当中有些人是跨越了千山万水来见你们的。"

在伽星人和地球人双方领导团队的共同带领下，全体伽星人缓缓朝着望眼欲穿的地球各国首脑走去。

19

在接下来的一个小时里,伽星人的领导团队逐个拜会地球各国代表团,彼此进行短暂的交流,无非都是一些互相祝福的官话。每支代表团与伽星人谈话之后都会分散到"沙普龙号"飞船四周,与其他地球人和伽星人相互交流。渐渐地,聚集在混凝土降落区的人群越来越庞大。回想他们初次登陆木卫三主基地时,伽星人犹豫不决地踏上被寒冰覆盖的地面,那个场面与现在这个盛大的欢迎仪式自然是有天壤之别了。

"我还是不太明白,"他们走向马来西亚代表团时,贾思兰对亨特说道,"到目前为止,你总是说,我们拜会的每一个人都是来自某一个政府。可是我想知道,真正的政府在哪里呢?"

"真正的政府?"亨特不明白他的意思,于是问道,"什么真正的政府?"

贾思兰挥舞双手,做了一个叹息的姿势,"就是管理这颗星球的政府呀。这里面哪个才是呢?"

"这些人都不是。"亨特告诉他。

"我就料到是这样。那么他们到底在哪儿呢？"

"我们没有这样的政府。"亨特说道，"这颗星球不是被某个政府管治的，而是所有政府都参与其中。"

"我本来应该猜到的。"贾思兰答道。在翻译过来时，左拉克还加了一声略显疲惫的叹息，学得惟妙惟肖。

在当天剩余的时间里，那一套繁文缛节还在继续，现场充满了嘉年华般的喜庆气氛。加鲁夫与属下又花了些时间跟每个国家的代表团分别聊了一下，正式建立外交关系，并且制订了一份前往该国进行正式访问的时间表。亨特与其他从木卫三回来的地球人也是忙得不可开交。由于他们与伽星人很熟络，因此所有人都找他们帮忙介绍，在双方谈话时担任中间人的角色。在欧洲联邦政府的倡议下，各方当场决定，立刻在小伽村内设立一个由各国代表参与的、永久性的联络局，该机构的运作将会在联合国的监管下进行。到了晚上，双方已经能够有条不紊地商量和协调各项交流事宜了。

当天晚上，小伽村内举行了盛大的欢迎晚宴——菜肴当然都是素食，酒水享用不尽。在晚宴和各种正式发言结束后，两个种族的人们混杂在一起聊天。亨特端着酒杯站在大厅一端，与三位伽星人闲谈。这三人是"沙普龙号"飞船的高级船员瓦里欧和克莱罗姆，另外还有一位女性行政人员斯翠尔希雅。瓦里欧说今天遇到了一些让他很困惑的事儿。

"我记得他的名字好像是伊夫曼努尔·克罗尔。"瓦里欧告诉他们，"维克，他属于你住的那个国家的代表团——美国。他说是从华盛顿来的……好像是国务院什么的。他自称是'红色印度人'，我后来越想越糊涂。"

亨特随意地靠在身后的桌子上，呷了一口苏格兰威士忌。

"为什么糊涂呢？有什么问题吗？"他问道。

"因为后来我们跟印度政府的发言人聊过,他说印度离美国十万八千里呢。"瓦里欧解释道,"既然如此,克罗尔怎么可能是印度人呢?"

"印度的是印度人,美国的是印第安人,只是拼写一样罢了。"亨特答道。他不想在这个话题上纠缠下去,只怕会越解释越糊涂。无奈克莱罗姆却不肯罢休,"我认识一个西印度群岛的人,可是他说自己来自东方。"

"有一个东印度……"斯翠尔希雅也开口说道。

"我知道,不过那更靠近西方。"克莱罗姆回答。

亨特在心里默默地叹了口气,一边把手伸进口袋里掏烟盒,一边整理了一下思路。可是,他还来不及解释,克莱罗姆又继续往下说道:

"他说自己是'红色印度人',我就想也许他其实是俄罗斯人?有人告诉我,他们是红色的。"

"不,他们是粉色的。"斯翠尔希雅斩钉截铁地说道,脑袋往某个方向摆了摆。只见一个身穿黑色西装的彪形大汉正背对着他们,跟另一堆地球人和伽星人说话。"就是那位——要是我没记错的话。你们可以自己去看看。"

"哦,是这位仁兄,我跟他聊过。"克莱罗姆确认道,"他是白俄罗斯人——他自己说的。可是他看起来也不怎么白。"

于是,三名外星人同时看着亨特,目光里流露出恳求的神色,都在等他说几句睿智的话来解惑。

"你们就别纠结这个了——这些都是历史遗留下来的一些细枝末节。现在,全世界各民族都已经融合在一起,这些都不重要了。"亨特就这样敷衍地把他们打发了。

凌晨时分,漫山遍野的阴影中依然闪烁着点点灯光。四周万籁俱寂，只有小伽村里不时响起拖曳的脚步声和砰然的碰撞声——那是酒足饭饱的伽星人正摇摇晃晃地往自己的木屋走去。他们在木屋之间的窄巷里蹒跚而行，巨大的身躯不时在木墙上撞来撞去。

次日上午，来自世界各地的贵客们陆续撤离小伽村。他们会给伽星人一周时间好好放松和休息，不受外界打扰。在这一周里，仅有少量地球人——主要是科学家——前来拜访，双方只会进行一些很轻松随意的讨论；此外，还会做几个新闻专访，以满足广大民众的好奇心。因此，大部分时间都不会有人来访，伽星人终于得以休养生息，好好享受一下脚踏实地的感觉。

很多伽星人只是在草地上舒展筋骨，在如画的美景中沐浴着似火的骄阳——对于他们来说，瑞士的天气就如同慧神星的赤道地区那般热烈。有些人沿着村庄边界散步，一走就是好几个小时，中途还不时停下来深深呼吸一下新鲜空气，确保自己不是在做梦。他们会伫立原地，凝视着眼前的湖光山色和远处阿尔卑斯山的雪峰，脸上露出喜悦的神情。还有人对木屋里的计算机终端特别感兴趣，如饥似渴地搜索各种信息，了解地球的方方面面——无论是人种，还是历史、地理……只要能找得到，他们都想知道。为了实现这个目标，左拉克接入了地球的互联网，使两个文明能够进行大规模的信息交换。

不过，最有趣的是看伽星人小孩儿的反应。这些小孩儿都是在从伊斯卡里星系返航的漫长旅途中出生在"沙普龙号"飞船上的。他们从来没有亲眼看见过蓝天白云和大地山川，从来没有呼吸过自然的空气，也从来没有想过能在不穿戴任何保护装备的情况下离开飞船。对于他们来说，"自然环境"就等同于那一片没有生命的广袤星际空间。

刚开始的时候，很多小孩儿根本不敢离开飞船。他们从小就被灌输这样做有多么危险，所以都无条件地接受了这条金科玉律，以至于现在怕得不敢出去。终于，有几个比较信任大人、同时也颇有冒险精神的孩子小心翼翼地挪到了坡道顶端的舱门前，探头往外张望，顿时便愣住了——他们完全不敢相信眼前的一切。全赖长辈们和左拉克的教导，他们对行星的世界有一点模糊的概念。按照他们的理解，那是一个比"沙普龙号"飞船大的地方。你可以生活在上面，而不是"里面"。然而，星球上面具体是怎样的，他们从来也没有搞清楚过。到达木卫三后，孩子们想，这显然就是一颗星球了。

可是，眼前这个世界又完全不一样！成百上千人站在飞船外面，每个人都只是穿着普通的衣服，这怎么可能呢？怎么能够呼吸呢？他们为什么没有因为外部气压降低而炸开呢？宇宙空间应该是无处不在的，唯独在这里就不存在吗？那么，它又去哪儿了呢？这个宇宙为什么突然被划分成两个部分：一半是"上"，另一半是"下"——这两个概念只有在飞船里面才有意义吧？为什么"下"都是绿色的呢？这么巨大的东西，到底是谁创造的呢？为什么他们要把它做成这么古怪的形状呢？还一直往远处延伸，一直到眼睛都看不见的尽头。为什么"上"是蓝色的呢？为什么看不见星星呢？眼前的亮光都是从哪里来的呢？

最终，在大人们的连哄带逼之下，他们冒险走下坡道，来到了地面上——结果，并没有可怕的事情发生在他们身上。孩子们很快就安下心来，开始探索这个精彩的新世界。坡道底端的混凝土地面、停机坪外面的草地、屋子的木墙——每一件新事物都有其吸引人的独特之处。而最惊人的是飞船另一侧那个一直向远方延伸、似乎无穷无尽的大湖——他们不知道原来宇宙中竟然存在着那么多的水！

自由的感觉很好，他们开始四处奔跑、嬉闹玩耍，沉浸在前所未有的狂喜当中。而最使他们快乐的，是瑞士警察叔叔开快艇载他们兜风！他们先是沿着日内瓦湖岸疾速前进，然后掉头向湖心驶去，最后又再绕回小伽村岸边。其实，伽星人还没正式接受邀请在地球安家落户，这纯粹是成年人的心理障碍使然；可是，孩子们已经彻底爱上地球，再也不想离开了。

伽星人降落两天后，亨特来到小伽村居民区的餐厅享用咖啡。突然，他手腕上的伽星人通信装置发出一下低沉的嗡嗡声——这是有人打来了电话。他按下一个键，激活了手腕装置，左拉克的声音立刻响起："联络局的协调办公室想跟你通话。要接听吗？"

"好的。"

"是亨特博士吗？"这个声音很年轻，也很甜美。

"是我。"他确认道。

"这里是协调办。不好意思打搅了。请你过来一下好吗？我们有事儿需要你帮忙。"

"不行……除非你答应嫁给我。"也许是因为久别之后回到故乡，亨特格外有兴致开玩笑。

"什么？"对方的音量一下子提高了，语气里充满了惊讶和迷惑，"我不……那是……我是说真……"

"你凭什么认为我在说笑呢？"

"你这疯子。快过来吧，好不好？……过来商量公事啦。"亨特心想，这位姑娘能够在短时间内恢复常态，确实专业。

"请问姑娘是……？"他轻松愉快地问道。

"我告诉过你了，我是协调办的。"

"我不是问这个——而是问你的尊姓大名。"

"我叫伊芳……你为什么要问？"

"哈哈，我们立个君子协定吧。我在回美国前想在日内瓦游玩一下，需要一位导游；而你又需要我帮忙，我俩正好互相帮助，有兴趣吗？"

"可那不是一回事儿！"女孩虽然反驳，语气中却流露出一丝笑意,"我是在为联合国工作,而你是在给自己谋私利。你到底来不来?"

"那就一言为定啦?"

"呃……也许……再说吧,现在先说我们遇到的问题。"

"什么问题?"

"你的伽星人好伙伴们,有几位想出去转一下。我们有人觉得你最好陪同他们一起去。"

亨特叹了一口气,暗自摇了摇头。"好吧。"他到底还是答应了,"告诉他们,我马上过来。"

"好的。"她答道,然后突然压低声音,神秘地补充道,"我休星期天、星期一和星期二。"然后咔嗒一声,电话挂断了。亨特咧嘴一笑,把咖啡一饮而尽,然后站起来准备离开,但脑子里突然冒出一个念头。

"左拉克。"他低声道。

"维克,什么事?"

"你有接入本地的全球通信网络吧?"

"是的,所以我才能帮你接通电话。"

"我知道……我想问的是,她是用一台标准的双向视频终端来联络我的,是吧?"

"是的。"

"有视频信号吗?"

"有。"

亨特揉着下巴,犹豫了片刻。

"你刚好把视频信号录下来了,对吧?"

"对。"左拉克告诉亨特,"想看回放吗?"

机器不等亨特回答,就从刚才的通话当中截取了一段在手腕显示屏上播放出来。亨特点了点头,默默地吹了一下口哨,表示赞赏:

伊芳果然是一位金发碧眼的美女。只见她身穿浅灰色的联合国工作人员制服和一件白衬衫，衣着搭配干净简洁，更加衬托出她秀丽的容颜。

"你把我们接通后的所有通话都录下来了吗？"亨特悠闲地向门口走去，边走边问道。

"不，不是每段都录。"

"那你为什么会录刚才那一段呢？"

"因为我料到你之后会要。"左拉克告诉亨特。

"我不喜欢有人偷听我的谈话。"亨特说道，"这一次就算是警告。"

左拉克没理会他的话。"我还记下了她的分机号。"它说道，"你竟然没开口问。"

"那你知道她结婚了吗？"

"这我怎么知道？"

"这个嘛……你老兄不是神通广大吗？比如说通过地球网络连上联合国职员数据库，破解一两个密码，就可以取得个人资料了嘛。"

"我当然做得到，可是我不会这样做。"左拉克说道，"君子有所为，有所不为。计算机也一样。我只能帮你到这儿了，剩下的就靠你自己了。"

亨特关闭通话频道，摇了摇头，然后走出咖啡厅，向联络局所在的区域走去。

几分钟后，他走进位于一楼的协调办，只见加鲁夫率领几位伽星人正等在那里，身边还有几位联合国的官员。

"地球人民那么热情地欢迎我们，我们想当面答谢他们的好意，"加鲁夫说道，"所以需要到村子外跟他们面对面地聊一聊。"

"行吗？"在场有一位满头银发、气度庄严的老者，看起来是所有联合国官员当中官阶最高的。所以亨特直接问他。

"当然没问题了，他们是贵客，又不是囚犯。我们只是觉得如果有一个他们认识的人陪同，那就再好不过了。"

"我可以啊。"亨特点头道，"咱们走吧。"他转身走向门口，同时往办公室里面瞥了一眼，只见伊芳正坐在一台视像终端前忙碌着。亨特调皮地朝她眨了眨眼，女孩脸色一红，马上低头看键盘。然后她又抬起头，也朝他眨了一下眼，脸上还闪过一丝微笑，这才重新投入工作当中。

在大楼外，更多伽星人加入了他们的行列。驻小伽村的瑞士警察队伍也前来护驾，领头的是一位看起来忧心忡忡的警察队长。他们沿着一条小径走上大路，然后左转，从两排木屋中间穿过，一直走向村庄围墙间的一扇大铁门前。只见在村庄外隔离区的另一端，一座座青翠的山坡上坐满了人。当亨特等人走出木屋区、踏上一条通往大门的缓坡碎石路时，山坡上的围观群众顿时一阵骚动。人们纷纷跳起来，伸长脖子朝着围墙的方向张望。伽星人在大门前面站定后，瑞士警察解了门锁，将大门打开。外围的人们注视着这一幕，愈加兴奋了。

亨特走在最前头，加鲁夫和警察队长一左一右紧跟其后，三人率领队伍走出了村门。前方鼎沸的人声越来越响亮，终于汇聚成一阵阵欢呼声。人们纷纷跑下山坡，挤到警戒线前，一边挥手一边叫嚷。同时，伽星人队伍继续沿着马路穿过无人区，向围观群众走去。

随着警戒线被卫兵打开，伽星人队伍终于来到了隔离区外。聚集在那里的人群突然意识到自己正在仰视着一群来自另一个世界的异类，而且这些外星人的脸孔近看还真有点可怕……虽然外围的喧闹声一点也没有减弱，可是直接面对伽星人的内圈人群却突然安静下来。他们甚至开始向后退却，似乎想保持一定距离，以示尊敬。加鲁夫停住脚步，目光缓缓地在围成一个半圆的人们脸上扫过。每当他的目光接触到一名地球人时，对方总会把视线移开。一方面，亨特理解同胞们的心情难免会忐忑；而另一方面，面对着巨人们主动示好，他又害怕这种好意得不到回应。

"我是维克多·亨特。"他高声对着人群说道，"我从木星回到地球，就是与这些好朋友结伴同行的。这位是加鲁夫，他是伽星人飞船的总指挥。这次是他和同伴们主动提议，亲自出来与各位见面。我们应该给他们一种宾至如归的感觉，可以吗？"

不过，人们依然显得畏首畏尾。也有些人跃跃欲试，想打个手势表示友好；可是每个人都不愿意先迈出第一步，都在等别人先行动。这时候，一个站在前排的男孩儿挣脱了母亲的手，向前走了几步，来到加鲁夫庞大的身躯前。这个小孩儿大约十二岁，满脑袋凌乱的金发，还长了一脸雀斑，穿着一条当地特色的皮制短裤和一双结实的登山靴。小孩儿的妈妈本能地往前迈步，却被身边一个男人伸手拦住了。

"我才不管他们想什么呢，加鲁夫先生。"男孩儿一本正经地大声说道，"我要跟你握手。"说完，他信心满满地抬起手臂往斜上方举着。巨人弯下腰，五官扭曲着现出一个微笑。然后他握住男孩儿的小手，轻轻摇了摇，动作里流露出满满的暖意。在这一瞬间，人群中的紧张气氛烟消云散，大伙儿开始欢欣鼓舞地拥上前来。

亨特环顾四周，顿觉眼前这一幕已经在不知不觉中发生了改变。人群当中，一位中年大姊让伽星人搂住自己的肩膀，脸上笑开了花。她老公正在给两人拍照留念；在另一处，一位伽星人接下了别人递来的咖啡。他身后的同伴则低头看着一条跟随主人来凑热闹的牧羊犬，目光里带着一丝疑虑。那条狗摇着尾巴拼命往巨人腿上蹭，巨人试探着拍了它几下，终于蹲下来，放心地揉着狗身上的毛。牧羊犬投桃报李，伸出舌头在巨人窄长的下巴尖上一阵乱舔。

亨特点了一根烟，悠然地从人群当中穿过，走到瑞士警察队长身旁。队长从口袋里掏出一块手帕，一个劲儿地擦拭眉头的汗珠。

"怎么样，海因里希，没搞砸吧？"亨特说道，"早跟你说不会有事的。"

"也许吧，亨特博士。"海因里希答道，语气依然闷闷不乐，"可不管怎么说，我们都得快点儿——你们美国管这叫什么来着？——对了，溜之大吉。只有这样，我才能放下心来。"

亨特在小伽村的联络局又多待了几天，帮助他们完善机构设置，也顺便彻底放松休养一下——怎么说，也该轮到他了吧。他借口要去日内瓦办事——其实根本就不是公事——还把伊芳也拉上，乘着一架在小伽村与日内瓦之间往来的垂直升降喷气式班机，去城里放浪形骸一番。三天后，两人乘汽车回来。那辆汽车在小伽村围墙外的一条高速主干线上放下他们，然后就继续往东去了。两人下车时脚步有些踉跄，衣衫也有点凌乱，但脸上却笑开了花。

那时候，"沙普龙号"飞船已经降落整整一个星期了，联络局已然全面运转起来，一切尽在掌握。一批批伽星人开始离开小伽村，去世界各地访问和出席各种会议。有几批人已经走了好几天，一些新闻媒体也开始报道他们在各个地方的行踪了。

对于地球人来说，八尺巨人小分队在高度戒备的警队护送下出现在眼前，这样的场景虽然不算司空见惯，却也没什么值得大惊小怪的了。同样的一幕在纽约时代广场、莫斯科红场、伦敦特拉法加广场和巴黎爱丽舍宫轮番上演。伽星人在波士顿出席音乐会，欣赏贝多芬的作品；他们还去了伦敦，怀着敬畏的心情参观人类历史上最古老的动物园。无论是布宜诺斯艾利斯，还是堪培拉、开普敦、华盛顿，接待方都为他们举行了盛大的欢迎仪式。当然，他们也没忘了去梵蒂冈拜会教皇。在纽约，人们将伽星人誉为民主社会的楷模；到了瑞典，他们又成了自由主义的代表……无论伽星人走到哪里，都受到当地人的夹道欢迎。

从世界各地的报道看，伽星人被人类彻底震惊了。他们每到一个地方，总会发现人类有着各种各样的生活方式，可是无论哪种生活都充满了活力和色彩。伽星人说，地球上的每个人总是那么匆忙，感觉要把一辈子的生活在一天之内过完。他们好像害怕一生的时间不够用，没办法完成自己要做的事情似的。从工程学和建筑学的角度看，慧神星的城市比地球城市规模更大，可是地球大都市无论昼夜都更加多姿多彩，也充满了活力和对生命的热爱，这一点是前者无法比拟的。没错，单纯看科技的现状，慧神星确实比地球先进；可是论科技的发展速度，伽星人就显得微不足道了。人类文明正处于一个突飞猛进的技术爆炸期，永不安于现状的人类开始向外扩张，争相离开这颗精彩的星球，前往外太空探索，全世界都呈现出一种喧嚣繁忙的盛世景象。

在柏林举行的一个学术研讨会上，一位伽星人对听众们说道："按照伽星人的宇宙起源论，世界始终处于一个稳定的平衡态，物质就是在这种平衡态中按部就班地诞生，完成自己的历史使命，然后波澜不惊地湮灭。这种缓慢、平和的进化状态与我们的性情和历史都很吻合。而那种灾难性、断续式的宇宙大爆炸理论，也只有人类才能想出来。我相信，只要你们有机会仔细研究我们理论，就肯定会放弃那套大爆炸的想法。不过，我在这里必须再强调一次，我认为你们人类提出大爆炸理论，是非常符合你们的性格特征的。当一名地球人在脑海里想象着大爆炸模型当中那个剧烈膨胀的场景时，他看到的其实并不是宇宙，而是他自己。"

亨特回到地球十天后，太空军团终于找上门来。他们先说希望他很享受这段不用工作的清闲日子；然后话锋一转，表示休斯敦有位很了解他的仁兄已经表态，让他可以考虑回去上班了。

更关键的是，太空军团通过联络局安排了伽星人科学家代表团前往休斯敦的航通部总部访问——主要目的是深入研究月球人。出于某种原因，伽星人多次表达了对地球人类直系先祖的浓厚兴趣。而月球人研究项目是由休斯敦全权掌控，大部分研究工作都是在那里展开的，所以当然应该把伽星人送到那儿去。太空军团提议说，反正亨特也要回休斯敦，那就让他做这次行程的策划，同时也给伽星人代表团做向导，确保他们安全到达得克萨斯州。而丹切克正好也要回西木生物研究所上班，于是决定跟他们一块儿走。

就这样，在回到地球的两个星期后，亨特发现自己又置身于一个熟悉的场景：坐在波音1017客机的机舱内，在北大西洋上方五十英里的高空上向西飞行。

20

"当初派你去木卫三，只是希望你多挖掘一点巨人的信息，却没想到你竟带了一船的外星人回来。"格雷戈·柯德维尔坐在书案另一头，一边咬着雪茄一边看着亨特，脸上一副似笑非笑的表情。亨特瘫坐在对面的座椅上，咧嘴一笑，又呷了一口威士忌。终于回到了航通部总部这个熟悉的环境，感觉真好。柯德维尔的办公室依旧是那么豪华，这里不但有巨幅壁画和整整一面墙的显示屏，还能透过全景大窗居高临下地观赏休斯敦的高楼大厦——一切都没有改变。

"格雷戈，你这回算是小投入高产出，值了！"亨特答道，"没什么可抱怨的，对吧？"

"哈哈！当然没有，我哪儿会抱怨！从目前的形势来看，你已经顺利完成了任务。只是……只是不管我分派什么工作给你，到最后好像总是……总是会有点失控，而我的收获却又总是比预期的更多。"说到这里，柯德维尔把雪茄从齿间取出来，点了点头，"不过正如我刚才所说，我开心还来不及呢，哪儿会抱怨。"

接下来，这位航通部的执行总裁仔细端详着亨特，过了好一会儿才说道："怎么样……第一次离开地球，感觉还好吧？"

"噢，也算是……一种体验吧。"亨特下意识地答道，然后抬头看着对方，才发现那两道剑眉之下，眼眸里闪烁着狡黠的光芒……亨特突然意识到，他的这个问题可不是随便问问。须知柯德维尔这家伙无论说什么或者做什么，都是有目的的。

"智者说要'知己知彼'。"柯德维尔轻声说道，"对吧？"说完，他耸了耸肩，看似漫不经心的样子，眼睛里却依然闪烁着诡谲的目光。

亨特的眉头皱紧了片刻，眼睛开始慢慢睁大——柯德维尔的话里暗藏玄机，他开始听出其中的深意了！两秒钟之后，亨特终于大彻大悟。在月球人研究的早期，也就是亨特刚从英国搬来休斯敦的时候，他和丹切克之间的关系相当紧张。两人把精力都耗费在无谓的明争暗斗当中，所以项目进展缓慢，谜团一直解不开。可是后来，他们一同置身于月球的荒野，又被困在地球与木星之间的茫茫太空里，两人竟然忘记了彼此的纷争。从那时候起，两位科学家开始精诚合作。在两人的天赋面前，所有疑难都迎刃而解，月球人的谜团也终于水落石出。在这一瞬间，亨特突然看清了：他们的成功并不是偶然的。他盯着柯德维尔，心里对此人生出一种由衷的敬意。虽然亨特还是有些不爽，却也缓缓地点了点头，表示赞赏。

"格雷戈，"他装出一副怨愤的语气说道，"原来你就是幕后黑手！你这家伙，把我们两人玩儿得团团转。"

"我有吗？"柯德维尔的语气中流露出一丝恰如其分的无辜感。

"克里斯和我，我们俩从离开地球之后，才开始把对方当人看，才学会齐心协力。而正因如此，我们才能合作解开月球人之谜。你早就料到这个结果了……"亨特伸出一根手指对准了柯德维尔，"这才是你把我们俩赶出地球的原因。"

柯德维尔听了，咬了咬牙，鼓起强有力的腮帮子，抿着嘴唇忍住笑意，现出一副心满意足的神情。"这么说来，你这回算是小投入高产出，值了！"他照搬亨特的原话，"没什么可抱怨的，对吧？"

"敬你这滑头一杯。"亨特一边称赞一边举起了酒杯，"我们这是双赢，生意本来就该如此，对吧？好了，言归正传吧，请你说说下一步的打算——我想看看你葫芦里究竟卖的什么药。"

于是，柯德维尔坐直了，手肘撑在桌面上，长长地吐出一团蓝色的烟雾，"你从欧洲带回来的这帮外星人，还是整天在做他们的保姆吗？"

"他们已经到了西木研究所，有人正在给他们引见。"亨特告诉柯德维尔，"伽星人对月球人很感兴趣，尤其想看看查理。那里有克里斯田·丹切克主持大局，所以我就能清闲一段时间了。"

"很好。我需要你开始想一想如何对伽星人的科学技术做一个初步的总结。"柯德维尔说道，"他们那台名叫'左拉克'的机器到底是何方神圣；他们在世界各地开会、讨论……我们接收的信息量太多，根本处理不过来。等人们那股兴奋劲儿过去之后，我们会有大量工作要做。当年你负责协调查理研究工作的时候，创建了一个很高效的信息网络，与世界各地最顶尖的科研机构保持着顺畅的沟通。而现在，我需要你再次激活这些渠道，对新的信息进行分类和评估，尤其是对联合国太空军团有用的那些知识——比如说伽星人的引力技术。你想想，这些巨人掌握那么多我们不了解的东西，我们日后很可能需要对很多已成型的理论进行大规模修正。既然如此，为什么不现在就开始准备呢？"

"你的意思是，我这支特勤组还要继续运作一段时间咯？"亨特猜测道。L特勤组是他在月球人项目的研究过程中组建的一支团队。他在木卫三期间，这支团队在他的副手指挥下继续运作，主要工作是把那些还没解决的细节都理顺。

"没错。"柯德维尔点头道，"特勤组的工作方式最适合这个新项目了。对了，你回来之后跟他们打过招呼吗？"

亨特摇了摇头，"我今早才回到休斯敦，马上就来见你了。"

"那就快去找他们吧。"柯德维尔说道，"你刚回来，大概还要找许多人叙旧吧？那这样，这周剩下的几天你就好好安顿下来，然后下周一，开始筹备我们刚才说的那些工作，如何？"

"好的。我会先去跟团队见面，简单讲讲下一步的工作安排，估计他们会喜欢这个新项目的。要是他们马上开始进入状态的话，说不定星期一上班时就已经把一半的流程都构思出来了。"说到这里，他抬头盯着柯德维尔，"你出钱请我，就是想让我这样干的，是吧？"

"我出钱请你，是想让你来发挥聪明才智。"柯德维尔咕哝道，"我这叫放权。要是你懂放权，那就是真聪明……所以尽管放吧。"

在当天的剩余时间里，亨特和他的团队待在一起，重新熟悉一下环境，讨论了工作中的具体细节——其实他在木卫三时，几乎每天都和团队成员商讨项目的大致进展——还把柯德维尔的指示概述了一番。接下来，他被手下揪住，想溜也溜不掉了。他们追问亨特伽星人科技的事情，逼他把了解到的所有信息都和盘托出，仿佛要把他榨干为止。亨特连午饭也吃不安稳，最后不胜其烦，只能答应安排一两名伽星人科学家来给大家开一场深入丰富的讲座……就这样，一直忙到晚上九点他才终于离开办公室回到家里。亨特心想，这样也好，大家热情这么高涨，至少不用担心他们缺乏动力了。

第二天上午，亨特特意回避了特勤组的工作区，甚至连自己的办公室也不敢回，而是去拜访了语言学团队的负责人、老朋友唐·麦德森。当初，老唐的团队与全球几家大学和研究所合作，利用查理随身携带的文件以及后来在第谷环形山附近的月球人基地发掘出来的微缩点阵图书馆，破译了月球人的语言，在解开月球人之谜的过程中扮演了重要角色。没有这些翻译，他们根本就不可能证实月球人和伽星人来自同一颗星球。

亨特站在麦德森办公室门外,轻轻敲了两下,也不等回答就径直走了进去。老唐的办公桌上依然是堆积如山的文件——要是没有这一景的话,他的办公室就不完整了——老唐正坐在桌子后面研读其中一张表单。他抬起头看是谁,一下子愣住了,脸上露出难以置信的神情。紧接着,他咧开大嘴,乐得五官都变形了。

"维克!你……"他从座椅上半站起来,紧紧地握住亨特伸过来的手,"见到你太让人高兴了!我知道你回地球了,可是没人告诉我你已经回到美国了……"他指着办公桌旁的一把安乐椅,"快坐,快坐!你哪天回来的?"

"昨天上午。"亨特一边答一边舒舒服服地坐下来,"我先去拜见了格雷戈,然后就在特勤组那里困了一整天都走不开。格雷戈要我们开始准备写一份伽星人科技概述,我们团队的人对这个项目特别感兴趣,一直揪着我问个不停,后来在大洋酒店的吧台待到很晚都脱不了身。"

"伽星人?"麦德森咧嘴一笑,"我还以为你带了一个回来呢。"

"岂止一个,我带了一群伽星人回来!他们正在西木研究所跟克里斯·丹切克谈笑风生呢。"

"哈哈,我知道。他们晚点儿还会过来跟我们谈笑风生呢。这里每个人都翘首以盼,早就迫不及待了。"麦德森往后靠在椅背上,十指缠绕在一起,目不转睛地打量着亨特。过了几秒钟,他终于说道:"嗯,我都不知道从何说起,维克。你离开了这么久……我有太多的问题……估计问一整天也问不完。可是那么多人反反复复地问一些同样的问题,估计你都厌烦了吧?"

"怎么会呢?"亨特答道,"要不我们午餐的时候再讨论吧,或者可以叫上别的人一起,那我就只需要向大伙儿说一遍就行了。否则老是一对一的话,可能真就会厌烦了。"

"好主意。"麦德森赞同道,"我们就等午餐时再讨论这个话题吧。现在你先猜一下,我们目前在做什么项目?"

"谁在做什么项目?"

"我们……我们团队,语言学团队啊。"

"猜不出来。你们在搞什么呢?"

麦德森坐直了,深深吸了一口气,直视着亨特的眼睛,用低沉的喉音说出一连串毫无意义的音节。然后他又往后靠在椅背上,一脸自豪的笑容,似乎在向亨特发出挑战。

"你到底在说些什么呀?"亨特问道,完全不敢相信自己的耳朵。

"哈!就连你也不懂?"

"我为什么应该懂呢?"

麦德森沾沾自喜地回答:"兄弟,那就是伽星语啊!"

"伽星语?"

"伽星语!"

亨特一脸震惊地看着他,"天哪!你怎么学会的?"

麦德森没有作答,只是幸灾乐祸地看着亨特惊讶的样子。过了好一会儿,他终于伸手指了指放在办公桌边上的一台终端显示器。

"我们有一条与左拉克联络的专用信道。"他说道,"你也能想象,自从左拉克接入地球互联网以来,世界各地发来的连线申请是络绎不绝啊。不过我们是联合国太空军团的人,当然有最高优先级。那台机器确实了不得!"

亨特当然也深感佩服。"这么说来,左拉克一直在教你们伽星语啊?"他说道,"嗯,也很合理。这个千载难逢的机会,你们这帮家伙怎么会错过呢?"

"这门语言挺有意思的。"麦德森评论道,"它明显是经过漫长的时间发展成型的,已经变得非常合理,几乎没有任何语义含糊的地方,也没有任何不规则的形式。实际上,这门语言的结构很直截明了，学起来并不难。只是它的音高和变调方式跟人类的自然生理构造并不那么协调，这门语言难就难在这里了。"然后，他往空中做了一个抛开不管的手势，"反正……我们学得这么起劲，我猜纯粹是出于学术上的考虑吧。正如你所说的，这个千载难逢的好机会，我们怎能抗拒呢？"

"在第谷环形山附近找到的月球人文件档案呢？"亨特问道，"那方面有什么进展吗？"

"当然有了。"麦德森朝着办公桌上的一堆乱纸挥了挥手，又指着对面墙边一张小桌子上的另一叠纸，"瞧，我们一直都在忙这个。"

接下来，麦德森详细介绍了亨特离开地球后的这段时间，他的语言学团队填补了哪些空白——比如说，在五万年前的慧神星上，月球人的文化是怎样的？月球人的社会又是以怎样的方式构建起来的？又比如说，研究人员发现了一部《月球人极简史》，这本史册简单描画出一个饱受战争摧残的文明；他们找到了几幅地图，这些地图详细描绘了慧神星表面的某些地区，甚至包括该地区的地理、气候、农业以及工业等特性；他们翻译了一篇论文，该论文描述了在慧神星盛行的军工极权制度下，公民对国家应尽的责任与义务；他们在残存化石样品的基础上，重建了慧神星本土的生命形态，并把详细结果记录在一篇论文上，还在文中收录了一些假设，推测为什么慧神星的动物在两千五百万年前会突然灭绝。在这些浩如烟海的资料堆里，有很多处提到在月球人文明出现之前，有一个更古老的种族居住在慧神星上——很显然，像伽星人这么发达的文明就算消失了，也会给后人留下大量线索。月球人挖掘伽星人古城遗址，并为之惊叹；他们研究前人遗留下来的器械设备，智慧却并没有因此得到飞跃；不过他们还是通过图画，很全面地重现了伽星人的形象。在大部分文字资料当中，月球人只是把伽星人称作"巨人"。

两人聊了一个多小时后，麦德森从一堆纸张底下抽出了一叠图表，全部摊开给亨特细看。那些是夜空星象图，只是里面的星座乍看之下都认不出来。图里四处都有标注，亨特认得这些都是月球人的文字；而在每一个月球文单词下面，都写着一个英语单词的翻译。

"你大概会对这个感兴趣，维克。"麦德森说道——虽然谈了这么久，他那股兴奋劲儿依然处于沸腾状态，"这是五万年前的月球人天文学家绘制的星图。只要你看久一点儿，就能认出所有熟悉的星座了。和今天相比，它们看起来有些扭曲，这当然是因为年代久远，星体之间的相对位置发生了变化。我们把这些数据发给加州海尔天文台的天文学家，他们能够根据扭曲程度推算出这些星图是在什么时候绘制的——而结果恰恰是在大约五万年前。"

亨特没有答话，只是凑上去仔细看着这些星图。这实在是太神奇了——图表记录的正是五万年前的宇宙星辰。当时，月球人的文明刚刚到达顶峰，可惜在转眼之间就灭亡了。正如麦德森所说，所有熟悉的星座其实都在，只不过和今天相比有一点细微的差别。此外，它们之所以很难辨认，其实还有另一个原因：星图上有一组组线条，把许多比较突出的恒星连成一个个图案和形状；而图上的这些形状跟我们今天认识的星座大相径庭。这些线条使人的视线固化在陌生的形状上，反而看不清熟悉的图案。就比如说猎户座，那些星星还在，却没有被线条连成一个单独的整体。它的一部分被划分成一个独立的个体；而另一部分却和猎户座分裂开来，跟天兔座独特的平行四边形连在一起，组成了另外的图案。结果，亨特必须花时间辨认出猎户座的两部分，然后在脑海里把它们重新合并起来，这才发现猎户座原来没有丢！

"我明白了。"终于，亨特经过一番深思熟虑后，这才说道，"他们跟我们一样，也在漫天星宿中看出各种图案，只不过他们看到的图案跟我们不一样。你们也看了很久才适应，对吧？"

"对。这事情有趣吧？"麦德森附和道，"和我们相比，他们不仅看到了不同形状的图案,而且还把不同的星星划分在一起。不过这其实没什么值得大惊小怪的,我老早就说过,看星空就像读莎翁,一千个读者眼中就有一千个哈姆雷特。而有趣的地方在于,月球人的思维方式和我们原来挺相像……都容易被自我暗示左右。"

"这是什么?"过了片刻,亨特问道。他指着一张星图左侧的图案。只见月球人把武仙座、巨蛇座、北冕座,以及牧夫座的一部分连接起来,形成了海星形状的巨大星座。这个星座的英语译名很简单:巨人座。

"我还想着你会不会留意到这个星座呢。"麦德森点头表示赞许,"这个嘛,据我们所知,月球人知道史前伽星人文明的存在,所以我猜他们用伽星人来命名这个星座,算是向他们致敬吧。"说着,他一挥手,扫过整幅星图,"你也看到了,他们用各种各样的东西去给星座命名,不过绝大部分都是动物的名称——这一点跟我们地球人很相似,我猜这是我们天生的一种倾向吧。"然后,他又指回亨特感兴趣的那个图案,"如果你想象力够丰富的话,应该能看出这个图案里面隐约有一点伽星人的影子……反正我看着挺像的。你这样看,武仙座是脑袋和两条抬起的手臂……巨蛇座是一条伸向后面的腿,稍稍有点弯曲……然后有一组线条穿过北冕座,再往下延伸,到达牧夫座的大角星,这里就是另一条腿了。你看出来了吗?就像一个人正在奔跑或者跳跃。"

"真挺像的,是吧?"亨特附和道。他的目光仿佛一下子飘到了远方,过了好一会儿才继续说道,"我跟你说,老唐,这里还有另外一层深意:月球人很早就知道伽星人的存在了,早在他们还没发现什么科学真理以前。"

"怎么推断出来的呢?"

"首先,你看看他们给星座取的那些名字——正如你所说,都是很简单的、日常生活当中的事物,比如说动物之流。这些名字是思维简单的原始人想出来的……因为这些事物都是在他们身边、能经常见到的东西。我们自己的星座也是用这种方式命名的。"

"你的意思是，这些星座名称是从古代一直流传下来的？"麦德森应道，"从月球人刚要发展文明的起步阶段开始，一代一代地流传下来。对，我觉得你说的有道理。"说到这里，他停下来想了想，又继续说道，"我知道你想说什么了……那个名叫'巨人座'的星座很可能是与其他星座在同一时期命名的；而月球人在给其余星座命名时，还处于原始社会阶段，也就是说，'巨人座'这个名称是原始月球人起的。结论就是，月球人在文明刚刚起步时就知道了伽星人的存在。嗯，我同意……而且也不觉得奇怪。你想想，伽星人给我们看过他们那个文明的照片，从那些照片看来，慧神星上肯定遍布他们的遗迹。原始月球人只要不是瞎子，就肯定不会看不见。"

"难怪他们的文学作品和民间传说里面经常提到'巨人'。"亨特说道，"这个史前的种族肯定对月球人的文明和思维发展产生了巨大的影响。想象一下，如果苏美尔人发现身边到处都有一个高科技史前文明留下来的遗迹，他们的发展轨迹将会发生多大的变化！他们也许……嘿！这是什么？"亨特一边说一边漫不经心地瞄着其他星图，这时候，他突然停下来，凑上去盯住其中一张，同时伸手指着图上的一个标注。这个标注不是整个星座的名称，而是专门指向一颗孤零零的、比较暗淡的恒星；不过，它的字母却是大写的粗体，翻译成英文就是：巨人之星。

"有什么不妥吗？"麦德森问道。

"倒没有不妥……只是有点古怪。"亨特皱起眉，若有所思地说道，"这颗恒星——它跟巨人座相距那么远，完全是在天球的另一半上，都已经靠近金牛座了……可是这颗恒星居然有这样一个名字。我很好奇为什么月球人给这颗恒星起了这个名字。"

"为什么不呢？"麦德森耸了耸肩，"这名字跟其他名字相比也没什么特别呀，为什么他们不能用呢？也许他们实在想不出别的名堂了吧。"

然而，亨特看起来依然惴惴不安。

"可是，这颗恒星太暗了。"他缓缓地说道，"老唐，在这些星图上，每颗星星的亮度都是有意义的，对吧？他们绘制星图的习惯跟我们一样，星星越大，亮度就越高，是吧？"

"没错，确实就是这样的。"麦德森答道，"不过这又怎样呢？这真的很重……"

"这到底是哪颗恒星？"亨特兴致勃勃地问道，显然没听见麦德森在说什么。

"我怎么知道？"麦德森双手一摊，"我又不是天文学家。这事情真的这么重要？"

"我觉得很重要。"亨特的声音突然变得很轻柔，仿佛是从远方飘回来的。

"为什么呢？"

"你顺着我的思路想。我觉得那颗星很暗，根据目测，亮度不会超过四等或者五等，我怀疑太阳系的观察者根本就不可能用肉眼看到它。如果是这样的话，那么月球人必须是在发明了天文望远镜之后才发现这颗恒星的，对吧？"

"有道理。"麦德森表示赞同，"那又怎样？"

"我们现在再看看那个名字。你得明白，那种名字——巨人之星——乍看之下与其他星座的名字很一致，你会觉得那就是原始月球人能想出来的名字。可是，如果原始人根本看不见这颗恒星，完全不知道它的存在，那又如何？那就表明这个名字是一个更加先进的文明在后来取的，因为他们的天文学必须已经发展到比较高级的阶段才能观察到那颗恒星。现在问题来了，为什么一个先进的文明要给那颗恒星取一个那么原始朴素的名字呢？"

麦德森脸上逐渐显现出恍然大悟的神情。可是，这件事情背后的含义实在太重大，他一下子惊呆了，只是愣愣地盯着亨特，一句话也说不出来。亨特读懂了麦德森的表情，于是点了点头，对他的想法表示肯定。

"没错！我们一直在黑暗里摸索，寻找伽星人文明的遗址和证据。可是月球人科学家就完全没有这个烦恼了，因为他们拥有一个我们没有的宝贝——慧神星！那颗星球就在他们脚下，还是完好无缺的；而伽星人文明的各种证据和线索肯定遍布全球，月球人世世代代地挖掘研究，也够他们忙的了。"麦德森还是用难以置信的目光看着他，于是他又点头确认道，"他们肯定建立了一套完整的证据系统，指出伽星人当年到底干了些什么。无奈所有证据都随着月球人灰飞烟灭了。"

说到这里，亨特停下来，一边缓缓地从外套口袋里掏出烟盒，一边快速地整理一下脑子里的逻辑链。

"关于那颗恒星，他们肯定了解得比我们多。我在想，这里面到底有什么是我们不知道的呢？"他又开口了，声音变得很平静，"我觉得，他们知道和那颗恒星有关的一些信息，所以才给它取了这样一个名字。很久以来，我们都在怀疑伽星人迁徙到了另一个星系，却没办法证明；我们当然也说不出他们去的是哪一颗。而现在突然冒出这颗恒星……"

这时候，亨特握着打火机的手突然停在了半空。"老唐，"他说道，"你有没有觉得，在你的一生中，命运之神会不时过来眷顾一下？"

"这问题我还从来没想过。"麦德森承认道，"可是现在听你这样一说，感觉我不赞成也说不过去了。"

21

　　随着日子一天天过去,伽星人科学家与地球的科学界渐渐熟悉起来,彼此的合作也越来越紧密了。在多个领域里,外星人提供的信息为人类知识的飞跃做出了极其重要的贡献。

　　早在渐新世末期,来自慧神星的远征队就登陆过地球;如今科学家们根据左拉克数据库里的资料,重新绘制了那个时期地球表面的地图。在这些地图上,大西洋的面积只有二十一世纪的一半多一点儿,表明在那个年代附近,美洲大陆板块刚刚分裂出去,正在向外漂移。当时的非洲大陆已经在不断地向北移动,阿尔卑斯山却还没有成形;而意大利才旋转了一半,还没完全并入欧洲,所以地中海的面积比今天大很多;印度刚刚与亚洲大陆相接,开始把喜马拉雅山脉挤出来;澳大利亚距离非洲还很近……学者们根据这些地图上面的数据,就能彻底检验当代的板块结构学说,同时在地球科学的许多方面取得新的突破。

　　可是,伽星人自始至终不肯透露他们当年在地球建立的试验性殖民地到底在哪里,也不肯说在哪个地区造成了巨大的生态灾难。

他们只是表示，这些事情都属于过去，就让它们永远埋藏下去好了。

伽星人在科学领域开疆辟土，最终导致了引力科技的出现。在这段时间里，伽星人向世界各地的大学和物理研究所揭示了这门学科的理论基础中最初级和最根本的概念。虽然伽星人拥有很多与引力科技相关的设备和仪器，却并没有把设计蓝图拿给人类看——因为人类还不能理解这些设备的工作原理，这时候就让他们接触，未免为时过早。伽星人只能提供一些大方向上的概括性指引，并宣称在时机合适的时候，人类自然能够自己想办法补齐各种细节。

伽星人还为人类描绘了一个满载着希望的美好未来——因为宇宙当中充满了取之不竭的能源！他们指出，所有物质都是由相同的原子构成的；只要掌握对口的知识、拥有充足的能量和原材料，任何物质——金属、晶体、有机聚合物、燃油、糖与蛋白质等——都能够合成出来。人类刚刚开始意识到，宇宙中能量之丰富，是他们做梦也想不到的，前提是他们必须懂得如何去捕捉。比如说太阳辐射到宇宙空间的总能量，地球截获的只有其中的一万亿分之一，这当中还有一半被反射回了太空。而在穿透大气层到达地表的那些能量里，只有很小一部分被人类捕捉并且以某种方式利用起来。伽星人借用地球人的商业术语，把人类在地表捕获的这一丁点儿能量比喻成人类的"启动资金"。他们预测，将来的人类回顾历史时，会把阿波罗计划看作人类史上最佳长线投资的一笔前期投入。

一眨眼，好几个月过去了，两种文化更加紧密地交融在一起。在这个过程中，双方都各自做出调整和妥协，为的是更好地适应和迁就对方。一切都很顺利，以至于许多地球人都觉得那些外星巨人一直以来都是地球的居民。"沙普龙号"环球巡游，不时在各大城市的机场停留一两天，吸引数以万计的游客前来参观。有好几次，他们还载着某些贵客飞去月球一趟然后立即返航,全程不过一个小时!凡是有权限可以利用终端与左拉克在公共交换信道上进行交流的人,都会争相连线,以至把信道都给堵塞了。于是,官方永久性地保留了几条高优先级的信道,专门给学校使用。年轻一代伽星人虽然不是在地球长大的,却爱上了棒球、足球等体育运动。他们在飞船上度日的时候,完全想不到世上竟然还有这么多消遣娱乐方式。很快,他们就组建了自己的队伍去挑战地球的对手。刚开始的时候,年轻一代的变化使长辈们忧心忡忡。不过后来他们分析:竞争意识使人类在短时间内取得飞速的进步,要是引入人类的好胜心——当然,一点点就好——使之与伽星人的理性和分析能力相结合,也许会有奇效。

在这六个月里,伽星人走遍了地球上的每一个国家,了解他们的生活方式,吸收他们的文化精髓,并且接触当地的人——无论贵贱贫富,也不管是名人还是平民,都一视同仁。如是般过了一段时间,他们逐渐摘下了"外星人"的标签。地球人早已习惯了瞬息万变的世界,而伽星人也只不过是新加入这个大环境的一个因素罢了。当年在木卫三,在伽星人前往冥王星祭祖的那一周里,留守在坑口基地的亨特就留意到一件事情;如今他再一次留意到了——只不过这次是在全球范围内:伽星人看起来好像本来就是属于地球的。要是附近没有了伽星人的踪影,或者新闻头条没有报道他们的消息,地球反而会显得有点反常。

一天,全球新闻媒体同时插播了一条重大新闻:加鲁夫会在稍后通过全球互联网向地球人民宣布一件重要的事情。虽然伽星人没有透露要宣布什么,可是从凝重的气氛看来,这次讲话之后,局势将会发生重大的转折。到了晚上,加鲁夫的电视讲话即将开始,全世界几十亿人都守在了终端显示器前。

加鲁夫先用大段时间讲述了伽星人到达地球以来发生的事情，提到他们的所见所闻、去过的地方，以及学到的东西。他描述地球时说道："我们做梦也想不到你们的世界会如此神奇。"他还说，无论走到地球的哪一个地方，伽星人总能感受到人类对生命的热忱和对现状的不满足，以及人类与生俱来的狂野、躁动和活力……这一切都使伽星人赞叹不已。此外，他还称赞地球人热情好客，愿意把自己的家园拿出来与他们分享，这种患难中的友谊尤其可贵。在此，他代表伽星人向地球各国政府和人民再次表示最深切的谢意。

他说话时态度本就有些严肃，而现在他的语气突然变得沉重起来："朋友们，相信你们当中大部分人都知道，这段时间以来，我们一直在猜测：很久很久以前，就在我们飞船离开慧神星之后，我们族人彻底放弃了那颗星球，去别处建立新的家园。最近有迹象表明，他们飞向了一颗遥远的恒星，并在附近的一颗星球上建立了新家园——这颗恒星就是'巨人之星'。

"不过，上述的说法都只是猜想而已。地球人和伽星人的科学家已经合作研究了许多个月，仔细查找月球人的文献记录，每一条蛛丝马迹都不放过，希望能给我们的猜想增加一点可信度。在这里，我必须要告诉各位，一切努力都是徒劳的。我们至今也无法确信'巨人之星'就是我们族人的新家园；我们甚至不知道族人是否真的迁徙去了另一颗星球。

"然而，我们依然从中看到了一丝可能性——这一切有可能是真的。"

说到这里，长脸巨人停下来，默默凝视着摄像机。他好像知道世界各地的观众们能猜到他接下来要说什么了。

不知过了多久，加鲁夫终于开口了：

"我在这里正式通知各位，我和远征队的高级官员们研究商量了很久，最终决定，虽然成功的机会很渺茫，可还是要做出努力，前去寻找一个答案。太阳系曾经是我们的家，可是现在我们已经不属于这里了。我们必须飞向太空，去寻找我们的族人。"

然后，他再次停下来，多给显示屏前的观众们一些时间领悟这段话的意思。

"这是一个艰难的决定。我们一生中已经有很大一部分时间是在深邃的太空里蹉跎，我们的年轻一代甚至不知道家为何物。而且从这里出发，要航行许多年才能到达巨人之星……这些我们都知道。这次道别，我们心里也不好受，无奈我们和你们一样，说到底还是必须遵从自己的本能。巨人之星这个谜团不解开，我们内心深处永远也不会得到安宁。

"朋友们，我要在这里向各位道别了。我们在地球的蓝天绿地中度过了一段快乐的时光，这些美好的回忆将陪伴我们踏上旅途。我们永远也不会忘记这个世界的人们是多么热情好客，也不会忘记你们为我们的付出。只可惜，世上无不散之筵席。

"一个星期后的今天，我们就会启程了。不过，我在这里承诺，如果这次探索失败，我们——或者我们的子孙——一定会回来的。"

最后，巨人轻轻点了点头，举起手臂敬了一个礼。

"全体地球人民，谢谢你们。后会有期。"

他一直保持着这个姿势，直到直播画面切断为止。

半小时后，加鲁夫从小伽村会议中心的正门走出来。他在夜色里驻足片刻，细细品味着从高山上飘下来的一丝寒意——冬天快到了。一排排木屋的窗子里倾泻出温暖的橙色灯光，照亮了木屋之间的小径。四周景物一动不动，只是不时有一两个人影在窗前闪过。夜空如水晶般清澈，他仰望满天繁星，看了很久很久。然后，他沿着面前的小路慢慢往前走，转进一条比较宽的通道，再从两排木屋之间穿过，走向那座被泛光灯照亮的巨塔——"沙普龙号"飞船。

飞船是由四根巨大的尾翼撑起来的。加鲁夫从一根尾翼旁边经过，走进了飞船下方的一个巨大空间里。在头顶流线型金属穹顶的映衬下，加鲁夫突然变成了一个小矮人。飞船的尾部降下来，通过多条坡道连到地面上。加鲁夫往其中一条坡道走去，踏进了一圈灯光里。在坡道旁边的阴影里有几个八尺高的人影，他们看见加鲁夫，连忙站直了。加鲁夫认出他们是自己手下的机组人员，想必是聚在这里休闲，享受一下夜色。走近后，他突然察觉到众人的站姿和目光跟平常不太一样。通常他们会热情地打招呼，说几句欢快的闲话；可是现在，他们只是默默地站着，流露出一种疏离感。加鲁夫走到坡道前，众人向两边让开，同时一起举手，向长官敬礼。加鲁夫向他们回礼，然后在人群中穿了过去——他发觉自己没办法直视他们的目光。在场的人都不说话，加鲁夫知道他们肯定已经看了直播，也知道他们内心的感受，所以他确实也无话可说。

　　此时，他已经走到坡道顶端，经过敞开的气密舱，穿过一片开阔的空地，来到左拉克早为他准备好的升降机前。几秒钟后，升降机载着他高速上升，进入了"沙普龙号"的主船体。

　　走出电梯时，加鲁夫距离地面已有五百英尺了。他穿过一条短过道，走进一道舱门，来到了自己的房间。施洛欣、孟查尔和贾思兰已经在这里等候了。虽然这几人的坐姿都很随意，可是加鲁夫感觉到他们的态度与刚才坡道众人其实差不多。加鲁夫站定了，低头看着他们。这时候，身后的舱门无声无息地关上了。孟查尔跟贾思兰对望了一眼，显得有点心神不定；而施洛欣则一言不发地与他对视。加鲁夫长叹一声，缓缓地从他们当中走过，凝视着对面墙上的金属挂毯。过了好一会儿，他终于转过身来看着众人，发现施洛欣依然死死地盯着他。

　　"我们非走不可，但你们还是不赞同。"他终于说道。其实这句话说了等于没说，答了也是白答。不过，此刻场面尴尬，总得有人先开口。

首席科学家施洛欣的目光终于移开了，转而看着摆在她和另外两人之间的一张矮桌子。她对着桌子说道："我不满的是你的处理方式。从伊斯卡里星到这里，这么多年来，他们都毫无保留地信任你……可是你……"

"等等。"加鲁夫走到镶在舱门旁边墙上的一只小控制面板前，"这段对话不能留底。"他拨了一个开关，把房间连接左拉克的所有信道都切断，这样就不会连上航行日志了。

"巨人之星根本就没有我们伽星人的文明，别的地方也没有，你自己也心知肚明。"施洛欣继续说道，语气的严厉程度已经达到了伽星人的极限，"我们反反复复地查找过月球人的记录，但什么也没发现。你这样率领族人飞去太空，完全是自取灭亡。我们这样一走，根本就没办法再回来，可是你编织了一个美丽的谎言，骗他们安心跟你上路。这一套分明是地球人的手段，我们伽星人不做这种事情。"

"地球人让我们在他们的世界里安家。"贾思兰一边摇头一边喃喃道，"二十年了，你的族人只有一个愿望，就是回家。现在，他们终于找到家了，可你却要把他们赶回太空里。慧神星已经没了，这是一个不能改变的事实。难得命运眷顾我们，让我们在这里找到一个新家。这种机会只有一次，错过就不会再有第二次了。"

加鲁夫猛地觉得身心俱疲，坐倒在门边的一把椅子上。他看着另外三张神色冷峻的脸，该说的都已经说过，实在没什么可以补充的了。没错，地球人像对待失散多年的手足一样欢迎他们，还毫无保留地给他们提供一切。可是在过去这六个月里，加鲁夫一直尝试透过表象发现事情深层的本质。他观察了，也聆听了，所以他已然明了。

"今天，地球人确实是张开双臂迎接我们。"他说道，"可是从很多角度看，他们这个物种依然处于幼童的阶段。他们把世界展现给我们，就如同打开玩具箱子给新玩伴看。可玩伴偶尔前来探访是一回事，让他搬进来同住，并对这个玩具箱拥有同等的所有权，这又是另外一回事了。"

加鲁夫看得出来，和前几次一样，在座几位都很希望被他说服，很想按照他的思维方式去看待这个问题，无奈他们就是做不到。可是在这个关头，加鲁夫别无选择，只能把自己的想法再复述一遍：

"地球人还在挣扎着学习跟同类相处。今天我们只是一小撮外星人——算是一个新鲜事物；可是我们会发展壮大，终有一天人口会达到一个相当可观的数量。而地球还不够稳定，也不够成熟，无法容纳两个物种在大范围内共存。就算在人类内部，他们也只是勉强能相处罢了。纵观人类的历史，我相信有那么一天他们能真正学会和平共处，不过现在时机还不成熟。

"你们别忘了，人类天性骄傲，而且好勇斗狠。总有一天，他们会在本能驱使下改变态度，把我们看作比他们强大的潜在竞争对手；而人类是永远不会甘心屈居人后的。当那一天来临时，我们还是会离开，因为我们绝不愿强人所难。只是到了那时候，我们两个种族之间肯定已经矛盾重重。既然如此，与其不欢而散，还不如及时分开。"

施洛欣当然明白他的意思，可是她心里始终接受不了加鲁夫就这样对人类盖棺定论。"所以，为了这一点，你就不惜欺骗自己的族人。"她低声说道，"仅仅是为了这颗星球的稳定，为了避免可能出现的矛盾，你竟然愿意牺牲自己的族人——这是我们文明残留下来的仅有的一些幸存者了。你怎能做出这样的判断呢？"

"做出判断的并不是我，而是时间，是命运！"加鲁夫答道，"无可否认，太阳系本来是属于我们这个种族的；可是那个年代早就结束了。我们现在已经变成了不速之客，与这个时代格格不入，我们是被时间洪流卷上岸的海难残骸。而今天的太阳系已经由人类继承，我们再也不属于这里了。这不是我们说了算,而是客观存在的现实,我们能做的就只有接受了。"

"可是你的族人……"施洛欣还是不依不饶,"难道他们不应该了解真相吗?难道他们没有权利?"她狠狠地挥动双臂,做了一个无助的手势。加鲁夫沉默片刻,然后缓缓地摇了摇头。

"没错,我不打算告诉他们巨人之星的新家园是虚构的。"他斩钉截铁地说道,"这个包袱就由我们领导团队来承担好了,他们没必要知道……至少现在还不是时候。当年正是凭着一丝希望和信念,他们才能坚持下来,成功地从伊斯卡里星返回太阳系;现在,这个新的希望和信念应该能再支撑他们一段时间。我们这回要率领他们飞向人迹未至的深空,最后将会在寒冷中悄无声息地死去,甚至连怀念和哀悼的人也没有。我觉得,在最后一刻真相大白之前,我们至少应该让他们心里好受一点儿。这个要求很过分吗?"

众人陷入一片冰冷的沉默当中,久久不能自拔。施洛欣再次仔细思量加鲁夫的话,迷离的眼神一直飘向远方。然后她的表情慢慢开始改变,眉头也皱了起来。她缓缓地抬起头来直视着加鲁夫的眼睛,眼神突然变得无比清澈。

"加鲁夫。"她说道。奇怪的是,她的语气突然变得很平静,态度也镇定下来,刚才流露出来的那些不满一下子都消失不见了,"有一句话,我以前从来没有对你说过,可是……我不相信你。"贾思兰和孟查尔听了,猛然抬起头来看着两人。更奇怪的是,加鲁夫并没有流露出一点点惊奇,仿佛早就料到施洛欣会这样说。他靠在椅背上,眼睛却望向另一面墙上的挂毯。然后,他的目光缓缓地转回来,看着施洛欣。

"你不相信什么呢?施洛欣。"

"你刚才提到的那些原因……还有过去几周内,你说的所有理由。那些都……不像是你的行事风格。你只是想要把这个决策合理化罢了,其实你有一些更深层的原因。"加鲁夫没有回答,只是继续与施洛欣对视,没有丝毫动摇。

"地球正在高速成长。"施洛欣继续说道,"我们与地球人混杂居住了这么久,他们毫无保留地接受我们,这已经远远超出了我们的期望值。而你做出的那些预测都是没有根据的。就算将来我们人口数量增加,也没有证据表明我们与人类不能共存。单凭这样一个莫须有的顾虑,你是不会甘愿牺牲自己族人性命的,你至少会尝试在这里居住一段时间。所以,我断定你这样做另有原因,如果你不肯直说,我是不会支持你的决定的。你说我们领导团队要挑起这个重担,那好,既然我们要挑起这个重担,那么我们就有权知道真正的原因。"

施洛欣说完后,加鲁夫继续凝视着她,从目光能看出他心事重重。片刻后,他用同样的目光看向贾思兰和孟查尔。两人的眼神表明,他们完全同意施洛欣的看法。

突然,加鲁夫的神情一变,仿佛做了个决定。

他没有说话,只是从椅子里站起来,走到控制面板前,拨回开关,恢复了房间的正常通信。

"左拉克。"他说道。

"在,指挥官。"

"地球科学家在坑口飞船的渐新世动物身上收集了许多基因数据。一个月前,我们讨论过这个话题,记得吗?"

"记得。"

"你对那些数据做了详尽分析,并且得出了一些结论。请你把这些结论展现出来。不过这些信息只能我们这里的四个人知道,绝不能让其他人接触到。"

22

　　来小伽村观看"沙普龙号"飞船升空的人群与当年的欢迎人群一样庞大。可是，两次的情绪已有天壤之别——这一次，并没有上次那种兴奋和喜庆的气氛。相处时间虽短，可是地球人已经很了解这些温和的伽星巨人了；现在他们即将远去，人们都显得依依不舍。

　　地球各国政府再次派遣代表前来，双方的代表团队在巨型飞船下方的混凝土降落区进行了最后一次会面。在告别仪式和致辞后，两族的发言人交换了送别礼物。

　　联合国主席代表地球各国人民和政府，向伽星人赠送了两只制作精良的金属箱子。箱子表面雕刻着大量精美的图案，还镶着珍贵的宝石。第一只箱子里储存着一些地球植物——树木、灌木、花卉——的种子；第二只箱子稍大一些，里面放着每一个国家的国旗。主席说，当伽星人到达新家之后，请选定某个地方专门种下这些种子。这些植物长大后，一来可以作为地球生命的象征，二来可以经久不息地提醒大家，从今以后，对于伽星人和地球人来说，这两个世界都是他们的家园了。至于国旗，在未来的某一天，当第一艘地球飞船抵达巨人之星时,请伽星人把这些国旗插在地球植物的近旁。这样的话,在人类大张旗鼓地冲向茫茫的星际空间时,他们知道在宇宙的另一头,有一片小小的地球沃土在等待着他们。

加鲁夫送给地球人的礼物是知识。他也运来一只大箱子,里面装满了书本、表格和图表。加鲁夫说,这些资料详尽介绍了伽星人的基因科学。当年,伽星人在地球进行惨无人道的实验,直接导致渐新世的某些物种灭绝;而现在,他们把这些知识传授给人类,算是某种补偿。加鲁夫还表示,这些书籍详细解释了许多技术,掌握之后,人们就能把动物器官细胞当中的DNA代码提取出来,用来控制人工培植器官的生长。只要有一小片骨头、一点儿身体组织或者一片角质物,人们就可以合成一个全新的胚胎,并由此培育出动物个体。因此,假如人类能够找到远古动物的一点点残余,就能把这些曾在地球表面自由驰骋的灭绝动物一一复活。伽星人希望通过这种方式,让当年突然枉死在他们手下的动物重见天日。

末了,站在四周山坡上的群众都在默默地挥手。最后一队伽星人驻足片刻,也向众人挥手道别,然后才列队缓缓地走进了飞船。同行的还有一小队前往木卫三的地球人——"沙普龙号"飞船会在木卫三短暂停留,好让伽星人与太空军团的朋友们告别。

左拉克通过地球通信网络向地球人民发送了伽星人最后的道别语,连接随即中断。"沙普龙号"飞船将尾部慢慢回收到飞行位置,然后孤零零地立在那里。过了一会儿,在全世界目光的注视下,飞船缓缓上升,散发出一种庄严肃穆的气势。紧接着,"沙普龙号"一飞冲天,与舰队的其他飞船会合。四周的山坡上,无数张脸依然仰望着天空,空荡荡的混凝土降落区里还排列着一行行细小的人影,而小伽村里一排排的巨型木屋却已经人去楼空……不过,这一切仿佛都在向世人诉说,伽星人和他们的"沙普龙号"飞船确实曾经来过。

"沙普龙号"飞船里的气氛也很沉重。在指挥中心,加鲁夫站在指挥台下方的开阔地带,身旁围了一圈高级官员。众人默默盯着主屏幕上一片蓝白相间的斑驳图案逐渐缩小,变成了一个圆球。施洛欣就站在他身旁,也是默不作声,沉浸在自己的思绪里。

终于,左拉克说话了——它的声音似乎是从四周墙壁上传出来的:"系统检测完成,发射参数正常,请求指示。"

"出发指令已确认。"加鲁夫平静地说道,"目的地木卫三。"

"航向设置木卫三。"机器报告,"即将设定到达时间表。"

"暂时不要启动主驱动器。"加鲁夫突然命令道,"我想再多看一会儿地球。"

"辅助驱动器保持运行。"左拉克回应道,"主驱动器暂缓启动,随时候命。"

时间一分一秒地逝去,伽星人继续默默地注视着,看着屏幕上的圆球渐渐缩小。终于,施洛欣转头望着加鲁夫,"你能想象吗?我们竟然还把这里称作'梦魇星球'。"

加鲁夫听了微微一笑。他的思绪依然飘荡在很远很远的地方。

"他们已经从梦魇中苏醒了。"他说道,"这个种族真了不起,他们在银河系绝对是独一无二的。"

"我至今还是不敢相信,眼前这一切竟然是出自那样一个起源。"她答道,"你别忘了,根据我从小到大接受的教育,这一切都是不可能发生的。我们的理论和模型都预测,在这种生态系统当中,智慧生命是不可能出现的,任何形式的文明都是绝对不可能成型的。可是……"她又做了一个无助的手势,"看看他们,才刚刚学会飞行,就谈论要飞去别的恒星了。两百年前,他们连电都不知道;而今天,他们已经懂得利用核聚变来发电了。他们前进的终点到底在哪里呢?"

"我猜他们没有终点。"加鲁夫缓缓说道,"因为他们不可能停下脚步。他们跟他们的先祖一样,必须时刻处于斗争状态。他们的先祖是互相争斗,而他们则是与天斗、与地斗、与宇宙斗。太空把一个又一个挑战甩到他们面前,一旦这些挑战没了,他们反而会日趋式微,甚至最终灭亡。"

施洛欣再次陷入了沉思:这个令人难以置信的种族一直不屈不挠地向上攀爬,克服了各种各样难以想象的困难和障碍——其中很重要的一个原因正是他们刚愎自用的天性。如今,他们已经大功告成,毫无争议地取代伽星人,成了太阳系的主人。

"从很多角度看,地球人的历史都是相当丑恶的。"她说道,"而奇怪的是,当中又包含着许多值得他们自豪的动人故事。他们能够与危险共舞,而我们却做不到——因为他们自信能够征服任何形式的危险。人类还有许多别的经历,使他们能够彻底了解自己。至于这些经历具体是什么,我们永远也不可能知道了。不过,正是拥有了自知之明,人类才会在我们知难而退的时候继续奋勇向前。假如两千五百万年前生活在慧神星上的种族是人类,我相信今天的一切都会不一样了。他们不会因为伊斯卡里星的失败而轻易放弃,他们肯定会另想办法,直到取得成功为止。"

"没错,假设当初生活在慧神星上的是他们而不是我们,今天的一切肯定会不一样了。"加鲁夫赞同道,"可是我有个感觉,这个假设的结果,我们不用等多久就能亲眼看到了。地球人很快就会向外扩张,足迹踏遍整个银河系。等这个假设变成现实之后,整个宇宙都会因此而改变。"

说到这里,两位伽星人同时停住,一起转头望向屏幕,最后看一眼即将消失的地球——这颗把他们的一切理论、定律、原则和预期值都统统打破的星球。在未来的许多年里,他们肯定会无数次从飞船数据库里调出眼前这幅画面,反反复复地凝视,却再也不可能找回这一刻的震撼感觉了。

过了许久,加鲁夫大声说道:"左拉克!"

"指挥官?"

"是时候出发了。启动主驱动器。"

"主驱动器撤销候命状态，开始全功率运行。"

只见地球从一只小圆盘突然雾化成一抹蓝白色斑，迅速从屏幕的一头飞向另一头，同时逐渐变淡。几分钟后，这一抹蓝白色融入一片迷雾中，整个屏幕只剩下灰褐色，别的颜色都消失了。这种画面会一直持续到他们到达木卫三为止。

"孟查尔，"加鲁夫喊道，"我要处理一些事情，你来接管一会儿好吗？"

"遵命，长官。"

"很好。我会留在自己的房间，有事可以去那里找我。"加鲁夫说完，四周的人一起向他敬礼。加鲁夫点头还礼，走出了指挥中心。他沿着过道向自己的套间走去，一边走一边沉浸在思绪中，对四周的一切都视而不见。走进房间后，他把舱门关好。客厅墙上镶着一面大镜子，他站在镜子前凝视着自己，看了很久很久，似乎想确认在做出那个艰难的决定之后，自己的容貌有没有一丝一毫的变化。然后，他瘫倒在躺椅上，仰起头来心不在焉地看着天花板，任由时间在不知不觉中流逝。

最终，他打开了客厅的墙幕显示屏，调出一张包含了金牛座的星图。他久久凝视着那颗暗淡的恒星——这颗恒星将会在前方的漫长旅途中变得愈发明亮。他们预计那里其实并没有自己的同胞，可是也许他们是错的，无论多么渺茫，机会总是有的。如果伽星人真的迁徙到了那里，那么，从"沙普龙号"飞船离开慧神星到现在这两千五百万年里，他们到底会发展出怎样的文明？又会创造出哪些他们早就习以为常而加鲁夫等人会觉得匪夷所思的奇迹呢？正当他的思绪在不知不觉间飘向那颗黯淡的恒星时，他的心底突然燃起了一股希望。加鲁夫开始在脑海里描绘那个正在迎接他们的世界，可是一想到要等许多年才能揭晓最终答案，他又觉得很不耐烦，简直坐立不安。

　　加鲁夫知道，地球人科学家的乐观是无止境的。在月球背面，射电天文望远镜的巨型圆盘正在通过高能电波向巨人之星发射伽星人的通信代码，告诉那里的伽星人，"沙普龙号"飞船就要来了。这个信息需要许多年才能穿越无比广袤的空间，不过它还是会赶在"沙普龙号"之前到达目的地。

　　忽然间，加鲁夫感到一阵沮丧和绝望，再一次瘫倒在椅背上。他和几位最信任的手下都很清楚，这个信号到达之后，根本就不会有人接收。他们在月球人的文献里找不到半点儿证据，这完全是地球人一厢情愿。

　　这时候，他的思绪又回到了那些了不起的地球人身上。几千年来，这个种族不断地挣扎求存，苦苦争斗，克服了无数可怕的艰难险阻。走到今天，他们从过往的苦难中脱颖而出，奔向了美好的未来。他们会变得越来越聪明，等待他们的将是历久不衰的繁荣盛世……前提是，没有人去干扰他们的自主发展。他们应该拥有多一点时间，继续英勇奋斗，通过努力取得属于自己的成就。他们在混乱当中创造了一个有序的世界，用行动彻底推翻了慧神星科学家和智者们的理论和预测。就凭这些成就，他们就有资格独自享受这颗美好的星球，免受任何外来的干扰。

　　这世上只有加鲁夫、施洛欣、贾思兰和孟查尔知道，人类是伽星人创造的。

　　人类与生俱来的缺陷、桎梏，以及面临的很多难题，其实都是伽星人一手造成的。所以这些不利因素累积起来，将人类进步的概率降到最低，但人类硬是将它们一一克服了。如今，为了还地球人一个公道，伽星人实在不应该继续干涉他们的事务，而是应该让他们继续用自己的方式去把自己的世界变得更完美。

　　因为，伽星人已经干涉得够多了。

23

西木生物研究所坐落在休斯敦郊区,丹切克的办公室位于主楼的高层。此刻,教授和亨特正在一起看着屏幕上的"沙普龙号"飞船——这个画面是由地球上空一颗人造卫星上面的望远镜摄像机追踪拍摄的。飞船的图像逐渐变小,然后又突然变大——这是因为摄像机自动增加了放大倍数——后来再次开始慢慢缩小。

"他们还没加速呢。"亨特坐在房间一端的一张安乐椅上评论道,"看来他们想好好看我们最后一眼。"丹切克坐在自己的书案后,心不在焉地点了点头,没有答话。这时候,扬声器传出来的实况报道证实了亨特的推测。

"以前我们都见识过'沙普龙号'飞船的高速。可是现在雷达显示,它的航速比上次慢很多。它好像并没有进入环地轨道……而是继续缓慢匀速地驶离地球。这将是各位观众有生之年最后一次亲眼看到这艘神奇的飞船了,大家好好观赏、好好珍惜吧。这是人类历史上最惊人的篇章,我们正在见证这个篇章的最后一页缓缓合上。从今以后,我们的世界还会跟以前一样吗?"这时候,评论员停顿了一下,"喂,等等,据说有状况发生……飞船现在开始加速了,真的越来越快,它确实要离我们而去了……"这时候,屏幕上的飞船突然化作一团亮光,一边疯狂地舞动,一边以惊人的速度缩小。

"他们启动主驱动器了。"亨特说道。

评论员还在继续:"图像开始碎片化……应力场的作用已经很明显了……飞船继续远去……越来越模糊……没了,这就正式结——"突然,声音和画面同时消失了——原来是丹切克拨了书桌后面的开关,把显示屏关了。

"他们终于走了……此去无论生死祸福,都是命数使然啊。"丹切克说道,"希望他们一切安好吧。"说完,两人陷入一阵短暂的沉默。

亨特将手伸进口袋掏烟盒与打火机,然后舒舒服服地靠在椅背上,说道:"你知道吗?克里斯,回望过去这几年,我们的成就也算是可圈可点了。"

"对,这个评价不为过。"

"从查理到月球人再到坑口飞船,从伽星人的光临到今天的离别……"他伸手指着空屏幕,"还能有更好的年代吗?我们今天的经历足以让历史上其他年代都黯然失色了,对吧?"

"当然了……确实是黯然失色……"丹切克像是下意识地回答。他的思绪仿佛已经追随着"沙普龙号"飞到了九霄云外。

"从某些方面看,这事情其实有点儿可惜。"过了片刻,亨特说道。

"怎么可惜了?"

"遗憾伽星人就这样走了,有些很有意思的问题,我们还没机会问个水落石出呢,对吧?他们哪怕再多逗留一会儿也好,我们至少能多找出几个答案。实际上,我甚至有点奇怪他们怎么突然说走就走了呢?就在前不久,他们在某些事情上甚至比我们还好奇呢。"

看样子，丹切克正在反复思量亨特这句话。过了许久，他终于抬起头来，用一种古怪的眼神盯着坐在房间另一端的亨特。更奇怪的是，他开口说话时，语气当中竟然带着一丝挑战的意味：

"嗯，是吗？我倒想问一下，你说我们能找到的是关于什么问题的答案呢？"

亨特皱起眉与丹切克对望了一下，然后长长地吐出一团烟雾，顺便耸了耸肩，"你这家伙还明知故问。比如说，在'沙普龙号'飞船离开后，慧神星上发生了什么变故？他们为什么要把那些地球动物运回家乡？慧神星本土动物的灭绝是拜谁所赐？诸如此类的问题……虽然这些问题现在只有学术圈感兴趣，可是能圆满解答一些疑难，毕竟也是好的。"

"噢，那些问题嘛……"丹切克故意装出一副漠不关心的样子，还装得挺像，"你想要的答案我全有。"然而，教授的语气却又显得很实事求是，这让亨特一时间无言以对。丹切克歪着脑袋，用质询的眼神盯住亨特，脸上却流露出一丝掩盖不住的笑意。

"嗨……天哪！答案到底是什么呀？"亨特终于说道。他突然发现，刚才自己目瞪口呆的时候，香烟竟然从指间滑了下来。亨特连忙将手伸到座椅一侧的地面去捡。

丹切克默默地看着这幕哑剧演完，然后才答道："这么说吧，逐个回答你提出来的那堆问题，实在是事倍功半，因为那些问题彼此间都是相关的。我从木卫三回来之后，一直在研究一个覆盖面很广的课题；而那些问题的答案大部分都是从这项研究工作里推导出来的。简单起见，我就从头开始给你介绍一下这个项目，然后再切入正题吧。"说完，丹切克向后靠在椅背上，十指交叉搁在下巴前，盯着远端的墙壁，慢慢整理思路。亨特则耐心地等待着。

终于，丹切克继续往下说道："我们回到地球不久后，你提起乌特勒支大学的一个研究课题，我马上就开始关注了，你还记得吗？

就是地球动物体内产生少量毒素和有害物质，旨在激活自身的防御系统。"

"自免疫过程嘛，我当然记得了——其实那是左拉克首先留意到的。动物体内有这个过程，而人类没有。这有什么特别的吗？"

"我觉得这个课题很有意思，所以跟你讨论之后又额外花了点时间去深入研究。其间，我跟剑桥大学的泰瑟姆教授长谈了好几次，每次都谈得很仔细。他是我的老朋友，我知道他最擅长这种工作了。更确切地说，我想知道正在发育的胚胎里面，是哪些基因编码导致这个自免疫机制的产生。在我看来，我们人类和动物之间存在这么巨大的差异，要想找到其中原因，必须在基因这个层面上去搜寻。"

"然后呢？"

"然后……我们得出的结果非常有意思……不，简直可以称得上是惊世骇俗……"丹切克的声音压得很低，感觉每个字都咬得特别狠，"左拉克发现，基本上在当代地球所有动物的身上，控制自免疫过程的基因片段与控制另一个过程的基因片段都混杂在一起，彼此间有着千丝万缕的联系，甚至可以说这两个过程是同一个系统下的两个子功能。这里说的另一个过程是负责控制二氧化碳的吸收与排放。"

"这样啊……"亨特缓缓地点着头。他还不知道丹切克要把话题引向哪里，不过他能感到这件事情非常重要。

"你总是对我说，你不相信巧合。"丹切克继续道，"其实我也不信，而这件事情当中恰恰有着太多的巧合，所以泰瑟姆和我决定继续深究下去。当我们调查在坑口基地和'朱庇特五号'飞船进行的一些试验时，又发现了另一件相当惊人的事情。我们刚才不是提到坑口飞船上的渐新世动物吗？这个发现就和这些动物有关。渐新世动物的基因片段与当代动物几乎一样，只是有一个差别：控制刚才我提到的那两个过程的子系统是分开的！也就是说，在同一条基因链上,并存着两组互不影响的基因编码。这个现象够惊人了吧?"

亨特仔细思量着丹切克的话。过了几秒钟,他说道:"你的意思是,当代动物的基因里面也有这两个子系统,只是两者被混在一起了;而在渐新世的物种体内,它们是各自独立的。"

"是。"

"渐新世的所有动物都这样吗?"亨特又想了片刻,然后问道。丹切克欣慰地点了点头,显然觉得亨特走上了正确的道路。

"没错,维克,渐新世所有动物都是这样。"

"可是这不合理啊。通常来说,人们第一反应是基因突变导致这两种状态——混杂态和分离态——发生了转换,而且这种转换可以是双向的。在第一种假设里,混杂态是地球动物的常态,可是它们到了慧神星之后发生基因突变,转换成分离态。这就能解释为什么慧神星的地球动物是分离态,而留在地球本土的动物的后代全是混杂态。同样的,你也可以假设在两千五百万年前,分离态才是地球动物的常态,只是后来在地球上发生了基因突变,所以变成了混杂态。这也能解释为什么那个年代的动物是分离态,而当代动物是混杂态。"说到这里,他看着丹切克,然后摊开双手,"不过,这两个说法都有一个重大的缺陷——这种转变怎么能同时发生在多个物种身上呢?"

"对!"丹切克点头称是,"根据学界普遍接受的自然选择理论和进化原则,这个现象基本上排除了基因突变的可能性——至少排除了自然突变的可能性。同一个偶然事件,自发性地同时发生在多个各自独立、毫不相关的物种身上,这种现象是不可思议的……完全不可思议。"

"自然突变?"亨特一脸疑惑,"你的意思是?"

"其实很简单。我们刚才一致认为,这种状态的改变确实存在,而且不可能是由正常的、自然的基因突变引起的。这样的话,就只剩下一个可能性了：这种基因突变不是自然产生的。"

在这一瞬间，许多难以置信的念头闪现在亨特的脑海里。丹切克察言观色，干脆替他把心里话说出来了：

"换句话说，这种基因突变不是随机生成，而是外力使然。这些基因编码是被刻意重组的——也就是人工基因突变。"

亨特闻言，愣了好一会儿。"刻意"这个字眼描述的是有意识地、自主地进行某种行为。这就暗示了做事的那个主体是有智慧的。

丹切克点了点头，表示赞同亨特脑子里的想法，"刚才你问的那个问题，且让我重新组织一下，换个问法。我们真正要问的其实是：到底是被运到慧神星的那批动物改变了，还是留在地球上的动物改变了？而现在，我们又掌握了一个事实：这种变化是有人刻意为之。把这个问题和这个事实结合起来一看，我们就只剩下一个答案了。"

于是，亨特帮丹切克把话说完："在过去的两千五百万年里，地球上没有谁能够做这样的事情，所以必须是发生在慧神星上。这就只能意味着……"这句话背后的含义越来越清晰，亨特的声音也越来越小。

"就是伽星人！"丹切克说道。他给亨特一点儿时间消化消化，然后继续说道，"伽星人把地球动物运回慧神星后，改变了它们的基因编码。在这些转基因动物当中，有一批样品成功地保持了新的特性，并稳定地流传下来。我敢肯定，我们在坑口飞船上找到的那些标本就是这一批样品的后代。从我们刚才讨论过的证据推断，这是唯一一个符合逻辑的结论。此外，我们还有一个相当有趣的证据，也完全支持这个结论。"

到了这时候，不管丹切克说什么，亨特都不会觉得意外了。

"哦？"他答道，"是什么证据呢？"

"渐新世所有动物体内都带有一种奇怪的酶，记得吗？"丹切克说道，"我们现在终于知道它的功能了。"亨特不用开口问，因为他脸上迷惑的神情已经说明了一切。于是丹切克继续说道:"渐新世所有动物都是分离态的,在它们体内,控制两个子系统的两组基因片段本来是相连的;而这种酶只会执行一个特定的任务:把每一个连接点的DNA链都切断——所以这种酶只存在于分离态的动物体内。换句话说,它把定义二氧化碳抗耐性的基因片段分离出来了。"

"呃……"亨特慢慢回应道,他还是不太明白丹切克想要表达什么,"你说是就是吧……不过,这个发现怎么支持你那个关于伽星人的结论呢?我不是很……"

"这种酶不是自然生成的,而是被人工制造出来并且被刻意植入动物体内。我们发现的那些放射性元素的衰变产物就是在这种酶里面找到的。这种酶被制造出来的时候,加入了示踪放射性元素。当它们在动物体内运行时,就能够被追踪和测量。我们自己在医药和生理学的研究当中也大量使用了这种技术。"

亨特举起一只手,让丹切克稍停一下再说。他在椅子里坐直了,闭上眼睛,把教授的逻辑链一步一步重新梳理一次。

"好……等等……你总是说,正常的化学过程不能区分普通同位素与放射性同位素。所以,这种酶形成的时候,怎么能够专门挑选放射性同位素呢?答案是它们确实不能,放射性同位素只能是有人刻意挑选的。也就是说,这种酶是人工制造的。那为什么要用放射性同位素呢?答案是用来做示踪剂。"说到这里,亨特睁开眼看着丹切克。教授正在认真听着,还点头表示鼓励。"你刚才已经证实了,被运到慧神星的那批地球动物的DNA都被人工修改过;而这种酶又专门对被修改过的DNA链进行进一步切割……啊……我明白了……我终于看出这两者之间的联系了。你想说的是,伽星人修改了地球动物的DNA编码,然后生产出一种特别的酶,专门对被修改过的DNA进行操作。"

"没错!"

"但这一切的目的是什么呢？"亨特按捺不住内心的兴奋，"你有什么想法吗？"

"有。"丹切克答道，"而且我有信心我们已经找到真相了。其实，我们刚才讨论了那么多，已经有足够证据让我们推测伽星人当年到底想要干什么。"他向后靠在椅背上，又把十根手指交叉在一起，"我刚才已经描述了这种酶的工作方式，以此为参考，伽星人这样做的真正目的其实已经昭然若揭了……至少我是这样认为的。如果将这种酶植入转基因动物体内，那么它们生殖细胞里的染色体就会被修改。这样一来，在它们的后代当中就有可能出现一个分支，其成员体内的二氧化碳抗耐性基因编码是以一种独立的、相对简洁的形式存在的，便于日后修改和操作。你也可以说，这样做使研究者能够把这个特性分离出来，将来对这批转基因动物的后代做进一步试验时，就很容易用这个特性作为研究的焦点了……"丹切克说"后代"时，语气有点古怪，仿佛在暗示，他这一番长篇大论的真正含义马上就要揭晓了。

"你说的我都明白，"亨特告诉他，"可我不明白你为什么要说这些。从这里能够得出什么结论吗？"

"伽星人想尽办法去解决环境问题，可是都失败了。而这正是他们的另一次尝试啊！"丹切克说道，"这肯定是发生在伽星人在慧神星居住的末期——也就是'沙普龙号'飞船出发去伊斯卡里星之后，否则施洛欣等人肯定会有所耳闻的。"

"他们怎么能通过基因和酶去解决环境问题呢？不好意思，克里斯，我还是不明白你在说什么。"

"我们先扼要地复述一下他们当时的处境吧。"丹切克提议道，"他们知道慧神星的二氧化碳含量又开始上升，总有一天会达到一个使他无法生存的水平。这种变化对慧神星其他本土物种不会造成太大影响，而对于伽星人来说却是致命的，因为他们当初通过基因改造和繁殖的方法牺牲了二氧化碳抗耐性，以换取更强的抗意外击打能力。他们从决定永久废除副循环系统的那天起，就踏上了灭亡的不归路。于是，伽星人尝试改造大气环境，但行不通；他们想移民地球，却被吓跑了；他们去伊斯卡里星做试验，也失败了。后来，他们似乎又想到了新的举措。"

亨特全神贯注地听着，这时候打了个心服口服的手势，还吐出两个字："继续。"

"不过，他们在地球上倒是有收获：发现了一批全新的物种。这些动物在一个比慧神星温暖的环境里进化，不用面对负载分担的难题，因此体内也没有形成双循环系统。伽星人尤其感兴趣的是，地球动物进化出一套完全不一样的二氧化碳处理机制，而且这套机制完全不用依赖副循环系统。"

亨特脸上露出不可思议的神情。他看着丹切克，而丹切克则停下来等他发表意见。

"你该不是想说……他们不会真的想复制这套机制吧？"

丹切克点头确认道："如果我的推测没错，伽星人确实就是想复制这套机制！他们把大量地球动物运回慧神星，目的是要做一系列大规模的基因改造实验。我相信这些实验分三步。第一步，先修改DNA编码，使控制二氧化碳抗耐性的那一部分基因从地球动物的天然状态——也就是你说的'混杂态'——当中分化出来。第二步，设计出一种手段——也就是那种酶——将那一组基因代码隔离，并且变成易操作的独立部分，遗传给这些动物的后代。第三步是我猜的，伽星人打算将这些代码植入慧神星本土动物体内，看看它们能不能生成一种不依赖副循环系统的抗二氧化碳机制。我们已经有证据支持第一步和第二步，至于第三步，至少在目前看来还只能说是处于猜测的阶段。"

"假设他们第三步也成功了，那么接下来就会……"亨特越说声音越小。伽星人的计划实在太精巧，他很难一下子就毫无疑问地全盘接受。

"要是第三步成功了，转基因操作没有产生不良副作用，那么伽星人肯定会把这些基因植入自己体内。"丹切克确认道，"这样一来，他们体内就拥有了二氧化碳抗耐性，并且可以遗传给子孙后代。与此同时，他们依然保留着废除副循环系统所带来的好处。当自然进化的方案不尽如人意时，依靠自己的智慧去改造自然，这就是一个绝佳的例子了，不是吗？"

亨特从椅子上站起来，开始缓缓踱步，从办公室的一头走到另一头，不禁陷入沉思。这个计划实在太大胆，简直到了匪夷所思的地步。伽星人一直惊叹地球人战天斗地的精神，然而他们在知识领域里的所作所为却是人类可望而不可即的。在本能的驱使下，伽星人总是趋利避害，远离现实生活中的危险和冲突；可是他们在知识领域里，却具有一往无前的冒险精神和永不言败的斗争勇气——而正是这种激励鞭策着他们冲向茫茫太空。丹切克默默地看着，等待亨特提出下一个问题——他知道亨特要问的是什么。

终于，亨特停下脚步，转身面向着书案。"没错，他们的计划很周全。"他说道，"不过最后还是失败了，对吧，克里斯？"

"很不幸，确实失败了。"丹切克承认道，"可是追查原因的话，我觉得并不是他们的错。我们在科技上虽然和他们还有很大差距，不过我认为在这件事情上，我们是旁观者清，所以能够看出到底是哪里出错了。"这时候，他不再等亨特提问，而是继续往下说道，"我们的优势在于，我们对本星球生物的了解远比他们多。这几百年来，成千上万位科学家参与研究这门学科，所以我们拥有大量现成的数据和成果。可是两千五百万年前伽星人初来地球时，并没有这么丰富的资源。尤其是他们当时不可能知道剑桥大学泰瑟姆教授团队刚刚发现的新成果。"

"控制自免疫系统与二氧化碳抗耐性的两组基因处于混杂态？"

"没错，就是这个发现。有一件事情是伽星人的基因工程师始终没有意识到的：为了简化日后的实验，他们把后者隔离出来，却也在同时失去了前者。伽星人使用的方法其实很对，他们利用这批转基因动物繁殖出来的后代，确实是二氧化碳抗耐性实验最理想的实验对象，可惜这些后代也失去了自免疫功能。换句话说，伽星人创造并且培育了一大批由各个物种组成的全新的地球物种。这批新物种的体内失去了它们祖先自古以来就拥有的自我防御机制——它们不能在体内自动生成微量的有害物质，因此无法自动激活自免疫系统。而当时，留在地球上的动物继续自然进化，同时把上述机制遗传给后代，到了今天也一样。"

这时候，亨特低头看着丹切克。他的眉头缓缓皱起，脸色也变了，仿佛心里突然想通了一件事情。

"可是这还没完，对吧？"亨特说道，"自免疫过程与更高级的脑部机能有关……我猜到你要说什么了，可是我猜对了吗？"

"恭喜你，猜对了。你也知道，在自免疫过程中，被释放进体内的那些毒素会抑制大脑更高级功能区域的发展。另外，泰瑟姆的最新研究表明，攻击性和暴力倾向与那些区域有着千丝万缕的联系——当然了，这只是地球动物进化过程当中的某个巧合罢了。于是，伽星人发现他们虽然培育出了想要的类型，却消除了高级脑部机能发展的限制，同时还增强了被试对象的暴力倾向。发生了这样的事情，考虑到伽星人的品性，我觉得他们是不可能把这些实验进行下去的。不管当时情况多么紧急，他们也不会对自己做这种事情，绝对不会！"

"这么说来，伽星人最终把整个实验看作一个失误，然后抛诸脑后，转去另一个领域寻找对策去了？"亨特替丹切克把话说完。

"这就不得而知了，也许是，也许不是吧。可是，看在加鲁夫他们的分儿上，我也希望当年的伽星人找到了另一个对策。"这时候，丹切克身体前倾，靠在书桌上，语气突然变得严肃起来，"但不管这个问题的答案如何，关于你刚开始的时候问的那个问题，至少我们已经找到了明确的答案。"

"哪个问题？"

"你想想，当伽星人终于意识到他们那个看上去很完美的基因工程解决方案走进死胡同时，慧神星肯定已经陷入水深火热当中了。他们要不就是离开那里，去另一个星系重建家园，要不就只有留下来等死。反正不管怎么做，伽星人留在慧神星上的日子都是屈指可数了。现在，我们把伽星人这个因素从等式当中剔除，那么还剩下什么呢？答案就是：只剩下两大类能适应慧神星环境的动物。第一类是慧神星的本土动物；第二类是地球动物的转基因后代——在伽星人离开之后，它们就开始在慧神星上自由自在地驰骋了。那么，现在我们往等式里加入另一个因素，这个因素是我长期研究左拉克的数据库发现的：慧神星本土动物体内的毒性对地球肉食动物完全没有影响。好了，现在你能得出什么结论？"

亨特的双眼突然睁得溜圆，目不转睛地盯着丹切克。

"天哪！"他倒抽一口凉气，"那就是一场大屠杀啊！"

"是的，确实是大屠杀。我们在坑口飞船里面的墙上看见那些色彩鲜艳、像卡通形象般荒诞的动物，它们从来没有进化出任何防御、隐藏或逃跑的本领，完全没有'战或逃'的本能。现在你设想一下，慧神星上面全是这种动物，然后往那里投放各种各样来自地球的捕猎动物——它们当中每一种都经过几百万年的锤炼，都生性凶残、狡猾，还精于算计。而且，它们体内的枷锁已被解开，能够自由进化出更高级的智慧。与此同时，它们天生那种可怕的攻击性还得到了进一步加强。在这种情况下，你会看到一个怎样的场景呢？"

亨特没有回答，只是在脑海里默默地展开一幅画面，心里充满了惊惧。

"这就是它们灭绝的原因！"他终于说道，"慧神星就是一个动物园，里面那些可怜的动物连一线生机也没有。难怪在伽星人离开后，它们只撑了几代就灭绝了。"

"另外还有一个后果。"丹切克插话道，"刚开始的时候，来自地球的肉食动物主要捕食那些容易抓的猎物——也就是慧神星的本土生物——这就给了来自地球的植食动物一个喘息的空间，它们得以大量繁殖，在新世界扎下了牢固的根基。等肉食动物把慧神星本土动物都吃光后，它们被迫重操旧业，开始追捕来自地球的植食动物。不过，那时候局势已经稳定下来，来自地球的植食动物和肉食动物在慧神星全球范围内混居，形成了一个平衡的生态圈……"这时候，教授的声音突然放轻，语调也变得有点奇怪，"这种状态肯定是一直持续下去……直到月球人出现为止。"

"查理……"亨特感觉到丹切克一直在卖关子，这时候终于点到正题了，"查理，"他重复道，"你们在他身上也找到那种酶了，是吧？"

"确实找到了，不过是一种严重退化的形态……感觉这种酶一直在逐渐消亡，到了查理的年代已经是所剩无几了。而现在，这种酶确实已经消亡了，因为现代人类的体内完全没有它的痕迹……不过有意思的是，正如你刚才所说，查理体内有这种酶，所以我们可以推测，所有月球人体内都有。"

"而这种酶只有一个出处……"

"没错。"

此刻，亨特终于明白了这一切背后的含义。他抬起一只手，扶着自己的眉头，然后缓缓地转头看着丹切克。两人四目相对，眼神都很凝重。逻辑推理将无情的现实赤裸裸地呈现在他们眼前。亨特的五官慢慢拧成一团，满脸难以置信的表情。最后，他虚弱无力地坐在身边一把椅子的扶手上。

丹切克一言不发，耐心等待亨特自己把各个碎片整合成一幅完整的画面。

"被运到慧神星的地球动物当中，包括渐新世的灵长目动物。"过了一会儿，亨特说道，"它们的进化程度不逊色于同时期地球上任何一个物种，而且还具有巨大的发展潜力。紧接着，伽星人无意中解开了禁锢它们脑部发展的枷锁……"说到这里，亨特抬起头，又遇上了丹切克镇静的目光，"从那时候开始，它们就一骑绝尘、势不可挡了。而且，它们天性中的攻击性和进取心还被彻底释放出来……一个不受控制的变异物种……一群被科学狂人创造出来的怪物……"

"而月球人当然就是它们的子孙后代了。"丹切克严肃地回应道，"按理说，它们根本不会存活下来。伽星人科学家的理论和模型都一致断定，这个物种最终逃不过自我毁灭的宿命。而且他们也确实走到了灭绝的边缘。这帮人把整颗星球变成了一个大堡垒，等他们的科技开始发展时，永不间断的战争已经成了人们生活的中心。每个人都知道对待敌人要像秋风扫落叶般无情，每个人都以消灭敌国为毕生不渝的志向。他们想不出别的方法去解决眼前的危机，所以最终还是把自己毁灭了，还顺便拉上慧神星陪葬，或者至少可以说，他们毁灭了自己的文明——如果月球人那一套也算是文明的话。他们的自毁大业本来可以圆满成功的，可是因为某个百万分之一的小概率事件，最终功败垂成……"丹切克抬起头看着亨特，让他把故事补充完整。

不过，亨特只是坐在椅子扶手上，一言不发地看着他，显然还是震撼得说不出话来。当年，月球人只剩下两个敌对的超级大国。后来，核战爆发，导致慧神星解体，慧神星月球的地表也发生了永久性的改变。这颗月球向太阳坠落，又在这个过程中被地球俘获。滞留在月球上的少量幸存者仰望苍穹时，发现有一个全新的世界就悬在他们头顶上方。而他们拥有的资源只够踏上这最后一段旅程——

飞去这个新世界。在接下来的四万年间，这些幸存者的子孙后代逐渐融入地球的生态圈，并为了生存挣扎奋斗。最终，他们开枝散叶，足迹遍布全球。跟慧神星的先祖一样，他们成了其他动物最可怕的敌人。

终于，丹切克用平静的声音继续说道："一直以来，我们都揣测月球人——也就是我们地球人——源自隔绝在慧神星的灵长目动物中的一支，而且是通过一种前所未有的基因突变形成的。同时，我们推测在这一条进化线上，人类的先祖摒弃了其他动物共有的自免疫过程。而现在，我们不但能确定所有这些推测都是正确的，而且还知道它们是怎么发生的。实际上，慧神星上许多来自地球的物种都有类似的经历，只是最后除了一个物种之外，其余的都与慧神星一起灰飞烟灭了。唯独人类——也就是当时的月球人——成功返回了地球。"说到这里，丹切克稍做停顿，长长地吸了一口气，"在慧神星上，确实发生了一次前所未有的基因突变，不过这并不是一次自然的突变。值得庆幸的是，导致月球人灭亡的那些极端特性并没有在地球人身上显现出来。可是纵观地球人的历史，其实每一处都浮现着慧神星先祖的影子。因此我们的结论就是：智人其实只不过是一系列失败的伽星人基因实验的产物罢了！月球人天生缺乏稳定性，而且具有极端的暴力倾向，最终导致了他们的灭亡。伽星人相信地球人正在逐步摆脱这些不利因素，虽然步伐缓慢，可前景却是光明的。希望他们没有看错吧。"

接下来，两人陷入了漫长的沉默当中。真是讽刺啊，亨特心想，说一千道一万，原来过去两千五百万年里发生的一切都是伽星人干的好事。在这段悠长的岁月里，灵长目动物在慧神星上进化成智人，月球人的文明走过了兴盛与衰亡，而地球也上演了历时五万年的人类发展史。与此同时，"沙普龙号"飞船一直在茫茫太空中游荡，在某种神秘机制的作用下，被困在一个扭曲的时空里，一直保存到现在。

"一系列失败的伽星人基因实验……"亨特重复着丹切克的原话，"他们就是始作俑者。多年之后，伽星人回来发现我们已经能够建造核电站，还开着太空飞船四处翱翔。于是，他们不由得惊叹人类的发展速度是个奇迹。其实，这一切都起源于两千五百万年前他们的实验……而且，还是被他们放弃了的失败的实验！这事情太有趣了，克里斯，真他妈有趣！现在，他们一去不回了，要是他们也知道了我们今天发现的这些东西，会做何感想呢？"

丹切克没有立即回应，只是若有所思地盯着桌面，似乎在衡量是否应该把此刻的心中所想说出来。过了一会儿，他终于伸出手，心不在焉地玩儿着搁在桌面上的一支笔。当他再次开口说话时，并没有去看亨特，而是目不转睛地盯着那支在指间不停转动的笔。

"维克，你知道吗？在他们离开前的几个月里，伽星人突然对地球动物的生物化学系统特别感兴趣，各个方面——包括查理、人类、坑口飞船上的渐新世动物等等——的数据都不错过。在很长一段时间内，他们对这类话题流露出极大的好奇心，总是通过左拉克提出数不尽的问题。然后在一个月前，他们却突然三缄其口，再也不提这件事了。"

说到这里，教授终于抬起头直视着亨特，目光里满是坦诚。

"现在，我明白他们的态度为什么会突然改变了。"他轻声说道，"你想想，维克，其实他们是知道的，他们已经知道了！他们知道自己当初创造了一个病态的、畸形的怪物，然后把它遗弃，任由它在一个险恶的世界里自生自灭。后来，他们重新回到这里，发现那个怪物已经变成了一个骄傲的胜利者、一个敢与天比高的征服者！这才是他们匆匆离开的真正原因。他们自认已经对人类亏欠太多，所以决定不再对我们横加干涉，任由我们按照自己的方式去继续完善这个世界。他们了解我们的过往，也亲眼见证了我们的现状和成就。

他们认为，过去由于他们的干涉，我们已经受了太多苦；而且人类也用实际行动向他们证明，没有谁能比我们更好地掌握自己的命运。"

最后，丹切克将笔一扔，抬起头来总结道：

"维克，我有预感，我们是不会让他们失望的，因为人类已经彻底走出了低谷。"

尾　声

　　人类通过月背天文台的巨大碟形无线电发射器把信号发送出去。于是，一连串信号越过太阳系边缘，飞进了广袤的太空。它的低吟触发了一个深空哨站机器人的感应器——这个机器人经年累月地在这里监视，从不间断。机器人内部的电路辨认出这些信号是用伽星人的编码组成的，立即做出了反应。

　　机器人内部的其他设备将这些信号转换成不同的力和场——这些力和场遵循的并不是人类熟知的物理定律——再将它们传进另一个维度的空间，我们宇宙所在的时空就像影子一样投射在这个空间里。而这个影子宇宙的另一头则是一颗温暖明亮的星球，这颗星球围绕着一颗充满活力的恒星转动。星球上面有设备接收了这些信号，并成功将其解码。

　　这些设备的制造者收到了解码后的信息，对内容产生了浓厚的兴趣，并立即发送回复。

　　深空哨站机器人将回复的信息从影子宇宙的超空间里提取出来，重新转换成电磁信号，传回了靠近太阳的第三颗行星的卫星那里。

月背天文台的接收设备突然收到这些信息,天文学家们完全没办法解释这到底是怎么一回事儿。他们刚刚开始发送信息,才过了几个小时就收到了回复——可问题是,方圆几光年之内都不可能有信号源啊!对于这个疑问,联合国太空军团的官员也是大惑不解。时间一分一秒地流逝,科学家们利用左拉克之前从数据库发过来的信息,终于将这段信息从伽星人的通信编码翻译成伽星人的文字。不过,这段伽星文字还是没人能看懂。

然后,有人想起向太空军团航通部的维克多·亨特博士求助。亨特马上就想到了伽星语专家唐·麦德森,于是立刻把原文发给语言学团队,看看他们能发现什么。麦德森团队从来没做过类似的任务,而且还失去了随叫随到的左拉克,所以这段信息虽然比较简短,可任务还是相当艰巨的。麦德森和手下连续工作了四十八个小时,最后,老唐顶着两个黑眼圈来到亨特面前,神情里充满了胜利的喜悦。他把一张纸交到亨特手里,纸上印着:

自从我们的先祖从慧神星来到这里,伊斯卡里星远征队的故事就一直世代相传。无论你们是怎样流落到太阳系的,也不管你们是怎样找到我们的,请尽快回家!现在已经有了一个全新的慧神星,而我们——你们的子孙后代——正在翘首以盼,热切等待你们归来。

除了这段文字,纸上还印着一些由航通部其他团队破译出来的数字和数学符号。通过确认该信号的光谱型以及它与银河系邻近地区已定位的脉冲星的相对几何位置,他们能够证实——巨人之星正是这段信息的源头。

这里面到底涉及了哪些物理过程?这个问题亨特根本没机会去思考——毕竟现在时间紧急,没时间纠结学术方面的细节了。他们必须尽快把消息转告伽星人，因为"沙普龙号"飞船一旦进入主驱动器飞行状态，就没办法用常规手段进行联络了。所以，现在唯一的机会就是抢在飞船离开木卫三之前告诉他们。

亨特匆忙把从巨人之星发过来的信息传送到得克萨斯州加尔维斯顿的联合国太空军团行动司令部。消息很快就发送到一个环地通信站上，然后通过激光信道传送到"朱庇特五号"飞船。接下来，亨特、丹切克、麦德森、柯德维尔以及休斯敦的相关人员都在焦急地等待回复。几小时后，终于有消息通过加尔维斯顿的开放信道传回来。这条消息写道：

> 很抱歉，"沙普龙号"飞船在贵方信息到达十七分钟前已经出发，现已全速驶入深空，失去联系，踪影全无。

事已至此，所有人都束手无策了。

"至少我们知道，"亨特疲惫地从屏幕前转过身来，面向着柯德维尔办公室里那一圈沮丧的脸孔，"他们旅途的终点将会是大团圆结局。到时候，他们一定会觉得路上的辛劳都是值得的。"然后，他再次转身，闷闷不乐地盯着屏幕，"只是……如果他们现在就知道这个好消息，那就更完美了。"